《山西抗日根据地红色文化经典文献大系》
编纂委员会 编

山西抗日根据地红色新闻经典文献

晋冀鲁豫根据地卷（四）

张汉静 主编

山西出版传媒集团 山西人民出版社

山西抗日根据地红色新闻经典文献

晋冀鲁豫根据地卷（四）

李家宜　编撰

一九四一

YI JIU SI YI

《新华日报》华北版

一九四一

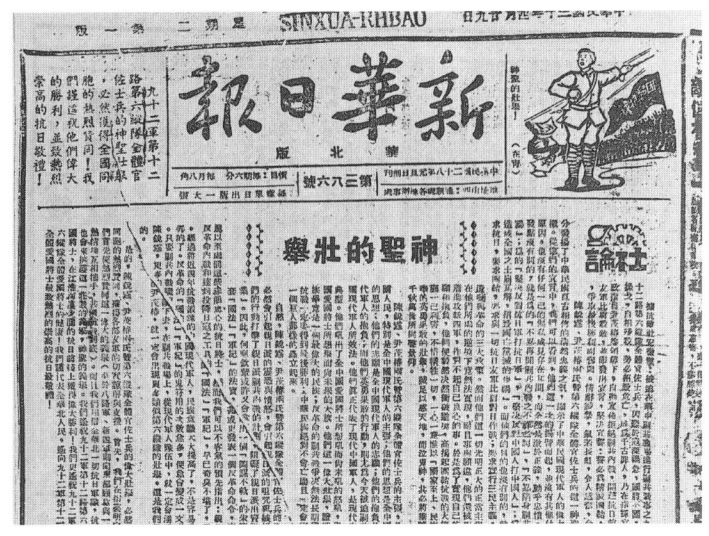

神圣的壮举

据抗敌社安徽电：被迫在华中剿共战场进行剿共战事之九十二军第十二路第六纵队全体官佐士兵，因□于寇深祸急，国将不国，而又同室操戈，自相残杀，势必招致危亡，成为千古罪人，乃在指挥官陈锐霆、政指员尹茂椿等领导下，自动宣布拒绝剿共内战，开赴抗日前线与一切友军比肩杀敌，并即发出宣言，坚决宣誓：誓必为精诚团结，坚持抗战，争取最后胜利而奋斗。情辞诚挚，气若长虹，令人感奋，令人钦佩！

陈锐霆、尹茂椿两氏暨第六纵队全体官佐士兵的这一神圣壮举，充分发扬了中华民族亘古相传的浩然忠义之气，显示了中华民国现代军人的伟大的坚毅气概。从他们的宣言中，我们可以看到，他们这一次的振臂而起，并没有其他什么复杂的原因，也没有任何一己的偏私成见存在其间，而全然是激于正义，动乎忠愤。他们的出发点没有别的，就是为的"不忍再闻剿共内战之不祥之词""不忍陷身剿共之罪恶旋涡"；为的"坚决反对抗日军打抗日军""坚决反对中国人打中国人"；为的不愿"造成全国之土崩瓦解，招致国亡党灭的惨祸"。而他们的目的也没有别的，就是为的要求抗日，要求团结，要求与一切抗日友军比肩对日作战，要求实行三民主义，恪遵总理遗嘱与革命的三大政策。然而他们这一切光明正大的正当主张和要求，在他们所处的逆境下竟无法实现，而且事与愿违，他们还被亲日派命令着进攻新四军，做对不起自己良心的事。于是为了实现自己的伟大的志愿和抱负，他们便毅然决然冲破逆境，高揭起团结抗战的大旗。这种不顾一己利害，不惜牺牲一切，一心一意惟以"国家至上、民族至上"自奉的英勇果敢的壮举，诚足以感天地，而泣鬼神，其必将垂诸史册，为千秋万世所同声景仰。

陈锐霆、尹茂椿两氏暨第六纵队全体官佐士兵的主张，是今天全中国人民，特别是全中国现代军人的主张；他们的思想是全中国现代军人的思想；他们的志愿是全中国现代军人的志愿；他们的抱负是全中国现代军人的抱负；而他们英勇果敢的行动，则尤为今天被迫剿共的一切中国现代军人所效法。他们真正代表了现代中国军人，是现代中国军人的典型。他们吼出了全中国爱国将士所想吼而尚未吼的怒吼，举起了全中国爱国将士所想举而尚未举的大旗。他们这一伟大壮举，证明了中华民族毕竟是一个最伟大的民族；反革命的剿共战争决无法长期继续下去；抗战一定要得到最后胜利；中华民族绝对不会亡而且一定会复兴，会像一个巨人那样的矗立起来。

自然，陈锐霆、尹茂椿两氏暨第六纵队全体官佐士兵的伟大壮举，必然会引起亲日派的震恐与愤怒，会引起亲日派的咀咒与嫉恨，因为他们的行动打击了亲日派剿共内战的计划，阻碍了亲日派出卖祖国的"事业"。因此，何应钦辈或许又会拿出一个"图谋不轨"的朱签，搬出一套"国法""军纪"的法宝，甚或更发表一个反革命命令，来侮蔑、责骂以至处罚这些赤胆忠心的抗日将士，然而我们可以不客气的预先指出：亲日派的作为反革命内战和达到投降日寇之工具的"国法""军纪"，早已奇臭不堪了，已经不灵了。经过将近四年抗战锻炼的中国现代军人，民族意识大大提高了，不是容易受欺骗受愚弄的了。反革命的"国法""军纪"的鬼符用的次数愈多，便愈会变成一文不值的废纸。只要剿共内战继续下去，在剿共战场上，从现代军人队伍中，就一定会涌现出更多的陈锐霆，更多的尹茂椿，就一定会出现更多类似第六纵队的壮举，这是我们早就算定了的。

是的，陈锐霆、尹茂椿两氏暨第六纵队全体官佐士兵的伟大壮举，必然能获得全国同胞的热烈赞同，获得各部友军的切实谅解与支援。首先，我们在这里明白宣布：我们首先便热烈赞同这一伟大的义举（至于八路军、新四军则向来都愿意与一切抗日友军热情地互相携手，共同抗战到底）。而且我们相信全华北一切抗日军队、抗日人民必然也会来拥护这一庄严的义举，神圣的义举。我们遥祝九十二军第十二路第六纵队全体爱国将士，在江淮河汉之间的抗日前线上获得伟大胜利！我们更遥祝九十二军第十二路第六纵队全体爱国将士的健康！我们谨代表全华北人民，遥向九十二军第十二路第六纵队全体爱国将士敬致热烈的崇高的抗日最敬礼！

（原载一九四一年四月二十九日《新华日报》华北版第一版社论）

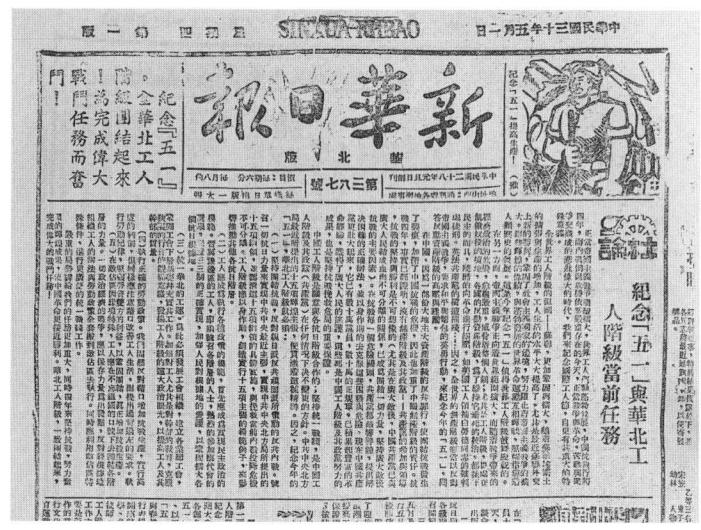

纪念"五一"与华北工人阶级当前任务

正当帝国主义战争继续扩大，世界工人运动蓬勃发展，中国抗战行将四年，而内战倒退危机依然严重存在的今天，正当战争与革命，苦难与斗争交织成的悲壮伟大的时代，我们来纪念国际工人节，自更有其重大的特殊意义。

全世界工人阶级的祖国——苏联，更加巩固与扩大，随着苏维埃国土的扩张与生产的增加，工人生活的水平大大提高了。尤其是最近苏联外交上新的胜利，巩固了社会主义国家的边境，努力阻止着帝国主义战争的扩大。这些辉煌的伟绩，与蓬勃发展的世界革命运动互相辉映，照耀指导着人类历史的发展。这是今年纪念"五一"值得世界工人阶级鼓舞庆祝的。

在另一方面，帝国主义战争正向着世界范围扩大，而随着战争带来的经济政治的危机，愈趋严重，威胁着整个人类；尤其是工人阶级，更处在饥饿奴役的境地，各国的反动资产阶级，为了维持它垂死的统治，都扯下民主的面具，残酷的向革命进行镇压，如美国工人领袖白劳德同志的被判处徒刑，英法共产党的横遭摧残……因之，全世界的无产阶级应当以反对帝国主义战争，要求和平与面包的英勇行动，来纪念今年的"五一"，回答反动资产阶级的高压与蹂躏。

在中国，因为一部分大地主大资产阶级的反共罪行，使团结抗战发生了裂痕，加深了中国抗战的危机，因此也加重了中国无产阶级的责任。抗战四年，事实已经证明，没有无产阶级及其政党——共产党的参加与领导，抗战的坚持与胜利是不可想象的（尤其是在广大敌后，中国共产党已与广大人民结成血肉不可分离的关系，已成为团结一切力量，坚持广大敌后抗战的主要因素）。在抗战每一个危险关头，共产党都敲响警钟，提出解决困难的正确办法，并以身作则的去克服这些困难与危险。现在中国共产党更壮大起来，它已有数十万党员，数十万的正规军，已积累起丰富的革命经验，获得了广大人民的拥护，这些都是中国工人阶级及其政党努力的成果，也是坚持抗战挽救危局的重要保证。

中国工人阶级是愿意与各抗日阶级合作的；坚持统一战线，是中国工人阶级及其政党（共产党）在任何情况下决不变更的方针。中共中央北方局最近所提出的十五项辉煌主张，便贯彻着这种精神。因之，纪念今年的"五一"，华北工人阶级就必须：

（一）坚持团结抗战，反对亲日派反共顽固派所策动的反共内战。号召一切抗日力量来实现中共中央最近主张，实现中共中央北方局所提出的十五项纲领，并认清这十五项纲领的具体实施，与挽救当前内战投降危机不可分离。工人阶级应以身作则，创造实行十五项主张的模范例子，来影响推动其他各抗日阶层。

（二）工人应成为执行各种政策的模范，首先应成为实现民主政治的模范。晋冀豫边区的工人，即须号召各阶层的人士，热烈的参加临代会的选举，保证三三制的正确实现，加强人民对根据地的爱护，以巩固扩大各个抗日根据地。

（三）统一华北的工运。为此必须发展工会组织，建立各业总工会，巩固工会下层基础并充实其工作。加强对工人尤其是对干部的教育，克服狭隘的行会的观点意识，发扬工人阶级的远大政治眼光，以提高工人及其干部的质量。

（四）执行正确的劳动政策。我们固然反对借口增加抗战生产，实行高度的剥削，但同样应注意借口改善工人生活，而提出过苛过左的要求。执行劳动纪律，照顾劳资双方的利益，以巩固团结，真正增加抗战生产。

（五）在敌占区因环境特殊，工人应在不忘祖国的口号下去团结各阶层的力量。一切政治经济的斗争，应以保存力量为出发点，反对将根据地组织工人的办法与劳动政策全套搬到敌占区去执行。同时应利用敌占区特殊条件，进行更广泛的统一战线工作。

严重的局势课给我们的任务更加重大，同时四年来坚持抗战，努力奋斗的辉煌成果，使中国革命更接近胜利。华北工人阶级，一致团结起来，完成伟大的战斗任务！

（原载一九四一年五月一日《新华日报》华北版第一版社论）

纪念"五四"开展新民主主义文化运动

明天便是"五四"新文化运动第二十二周年纪念日,也是第三届"中国青年节",为了迎接这个有伟大历史意义的节日,全华北文化界、青年界,定将盛大举行纪念,检阅自己的抗战建国工作,尤其是晋冀豫边区,将在这一个节日举行全区国民政治大测验,准备把这一天定为"文化节",展开广泛的新文化运动,我们异常欢迎,异常兴奋。

二十二年前的"五四"运动,主要形式虽是文化上的大革命,但同时也是反帝反封建的群众政治运动。当时,正由于新文化运动的掀起,才推动了群众政治运动的开展,而群众政治运动的开展,又丰富了新文化运动的内容,它是作了一九二五——二七年大革命的思想准备。因之,我们今年纪念"五四"的最中心任务,应该是:发挥"五四"精神,开展新民主主义的文化运动,高举新民主主义文化的旗帜,与总的抗日斗争密切配合起来,向抗战胜利、建国成功的大道前进。

新民主主义文化的第一个特点,是民族的,就是坚决反对日本帝国主义的侵略,坚决反对一切出卖民族利益的亲日反共、分裂倒退的思想,因此,开展新民主主义文化运动,首先就要反对敌伪汉奸的奴化政策和奴隶思想。在这方面,我们过去虽然也做了不少成绩,比如说普遍的提高了民族自尊心和胜利信心,但是,这一斗争所获得的成果,却还远远赶不上客观要求,今后我们必须强化这一斗争,广泛的搜集敌伪汉奸奴化教育的材料,并且详细研究这些材料,针对着敌伪汉奸奴化政策的阴谋,用各式各样的方法,给以无情的揭穿和打击,把广大敌占区同胞尤其是青年与儿童,从敌伪汉奸欺骗麻醉的深渊里拯救出来,把某些同胞从敌伪汉奸毒化、奴化等迷信思想的圈套中唤醒起来,彻底扫清敌伪汉奸奴化政策和奴隶思想的毒素。

其次,我们必须坚决反对一切出卖民族利益、亲日反共的汉奸思想及其"文化"活动。他们有的已卖身投敌,奴颜事仇(如汪精卫、周佛海、陶希圣、周作人之流),有的主张分裂反共,投降日寇(如何应钦、叶青之流),有的则正在禁锢进步思想,摧残抗战文化,为敌伪的奴化政策扫清道路。我们今天的任务,就在于号召全中国文化界战士挺身起来,在中外广大人士面前,揭发他们的妖形怪状,控告他们的罪恶,为保卫进步思想,保卫抗日文化而斗争。

新民主主义文化的第二个基本内容,是反对封建思想,提倡科学真理,这也是"五四"运动所遗留给我们的另一个光荣任务。在今天,由于敌伪汉奸利用迷信"会道",到处散播封建思想,由于亲日派反共顽固派虐杀真理,实行复古和专制主义,使中国文化界笼罩上一团乌烟瘴气。我们今天就要发扬"五四"探求科学真理,提倡民主自由的精神,以科学真理和民主自由冲破寇奸所散播的封建迷信思想,击碎复古专制主义。

最后，新民主主义的文化是大众的文化，"它应为全民族中百分之九十以上的工农劳苦民众服务，并逐渐成为他们的文化"。不容否认，我们过去在这方面是努力得不够的。在农民夜校，在前线士兵，甚至在小学校里，普遍着"我们缺少读物"的呼声，而在农村的救亡室里，更少适合民众消化的文化食粮。中共中央北方局在对晋冀豫边区目前建设十五项主张中，特别规定了"要出版大量的通俗读物"，这是根据客观需要的正确方针，这就要求我们文化界有计划有步骤的来编制一大批真正为劳苦工农群众所需要的通俗读物，把抗日民主的大道理，用深入浅出的方法，灌输给他们；而这个通俗读物，要为广大工农所接受，就又要求我们多多去研究民族形式。

我们敌后文化界，在不断艰苦奋斗中，虽然已立下不少功绩，但严格说来，我们是异常惭愧的，我们既少作高深的研究，又未深入群众底层，三四年来敌后文化运动之所以还落在军事、政治后面，虽然也由于客观困难，但上述之点，正也是主观原因之一。纪念今年的"五四"，便要克服这一现象，一面对新民主主义文化的各种问题，作深刻的研究；另方面深入群众，挖掘民间文化宝藏，向底层群众学习，经常作广泛与深入的讨论，大量出版，大量发行。这样，当明年纪念"五四"时，便将有更好的成绩。

（原载一九四一年五月三日《新华日报》华北版第一版社论）

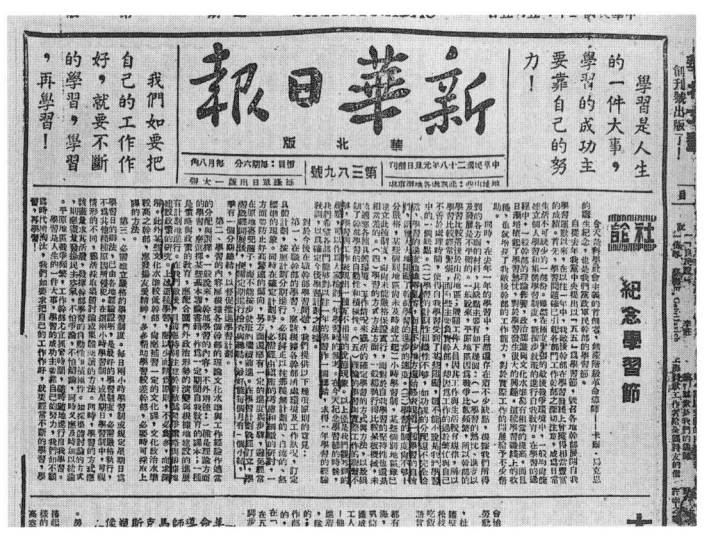

纪念学习节

今天是科学社会主义的首创者,无产阶级革命导师——卡尔·马克思的诞生纪念,也是我们党政军民干部的学习节。

自从去年我党中央提出以"五五"为学习节,号召各地干部展开自我学习运动以来,在以往一年中,我敌后干部在学习战线上曾获得相当丰富的成绩。首先,学习问题确已引起各部门工作干部之深切注意,成为日常生活不可缺少的一部分。虽然在极度紧张的敌后战争环境中,一般均尚能建立个人学习和集体学习制度,能按部就班的进行自我教育。在学习的过程中,一般干部的理论修养,政治认识与文化水准都有相当的提高,而且日渐培植起了学习热忱,对于学习发生很大的兴趣。这种学习战线上的收获,也就增长了我敌后干部的工作能力，对于实际工作的开展给予不少帮助。

同时，在去年一年的学习中，自然还存在着不少缺点，根据我们所得到的各方面的材料，其缺点主要有如下几个：（一）学习的热忱、进度以及发展是不平衡的。一般说来，平原地区因为战争比较频繁，所以干部的学习比较落后于山岳地区；机关工作人员因其工作生活较有规律，所以学习比较经常紧张，而有些主要负责干部，却因为工作的过于繁忙与自己不善于处理时间，使得自我学习受到了某些阻碍，这不能不说是我们学习中的一个缺点。（二）学习的计划性组织性不够，如功课的分配还不完全恰当，学习的进度也嫌零乱等，而且不少地方还始终表现着一种学习的自流性，这会大大阻碍了干部学习的进步的速度。（三）学习的制度尚不够十分严格，某些个别地区尚未及时建立起二小时学习制，某些个别地区虽已建立此种制度，而尚未能严格保证实行，而对于自我学习的坚持性也还是相当差的。（四）学习的方式方法方面，一般都执行得比较呆板机械，未能适应各种具体环境、工作情况来灵活的确定学习的方式与方法，以致限制了干部学习的自动性和积极性。（五）理论的学习与实际工作的联系不够，学习与工作表现出一种互不相关的脱节现象。以上仅是我们观察到的几点，可以作为大家检讨一年学习时的参考。在今天纪念学习节的时候，我们希望各部门能够对以往一年的学习作一个总结，求得一年学习的经验教训，以为确定今后学习计划之根据。

对于今后在职干部学习问题，我们提供以下几项原则的意见：

第一，在职干部的学习。应该根据各干部所处环境及工作状况，订定具体计划，按照计划分期进行。必须纠正以往那种无计划的、自流的、无标准的现象。同时在确定计划时，必需经由缜密的考虑和细致的研讨，一方面要防止好高骛远的偏向，另方面还应有一定的进度与步骤，避免经常在原地里兜圈子，而不能按部就班的继续前进。在学习计划既经订立，学习既经开展后，便需定期进行检查与总结，最好能每个月有一个小结，一季有一个分期总结,以督促推进学习计划。

第二,学习的内容应根据各个干部的理论文化水准与工作经验作适当的分配与选择。一般说来,干部学习的内容,不外两种:一种是理论方面的学习,应选择某些基本理论书籍,作为一定期间自我教育的课本;一种是策略与政策的教育,应配合国内外政治形势的演变与根据地建设的进展有计划地进行。在我们敌后,目前应特别注意于对敌伪斗争策略与根据地建设政策的研究。上述这种学习,应以少而精为原则,不必贪多,而求深解。此外某些文化水准较低干部,尚应补习一定的文化课,文化政治水准较高之干部,应发扬友爱精神,多多帮助学习较差干部,必要时可采取上课的方法。

第三,必需建立严格的学习制度。每日两小时学习制或规定星期日为学习日的办法,已由各地经验证明,是最好的学习制度,必需严格执行,不为其他种种原因所侵犯。在这两小时学习制,或星期日学习制中,可视情形的不同,灵活采取集体讨论或集体阅读的方法。同时,学习的方式应该尽量求其活泼,发挥干部学习的自动性和积极性。如采集体讨论的方式,则应尽量发扬民主空气,不怕争论,不怕辩论,同时又应及时加以结论。平原地区战争频繁,工作干部尤宜抓紧时间,随时随地进行自我学习。

学习是人生的一件大事,学习的成功主要靠自己的努力,我们如不愿为时代所淘汰,我们如要求把自己的工作作好,就要经常不断的学习,学习,再学习!

(原载一九四一年五月五日《新华日报》华北版第一版社论)

拥护模范的施政纲领

  最近中共陕甘宁边区中央局，"为着进一步巩固陕甘宁边区，发展抗日政治、经济、文化等建设，坚持长期抗战，增进人民福利起见"，特于边区第二届参议会举行之际，根据孙中山先生三民主义，根据总理遗嘱，在中共中央抗日民族统一战线政策原则之下，向边区两百万人民提出了"陕甘宁边区施政纲领"，这是具有十分重大的政治意义的。这一施政纲领的发表，适当国内外政治局势发生显著激烈变化，全国人民对我党殷望愈益迫切的时候，就愈益表现这一纲领在全国范围内的重要意义。因为谁都知道陕甘宁边区是我党中央的所在地，是全国瞩目的模范抗日民主根据地，我党陕甘宁边区中央局所提"陕甘宁边区施政纲领"，同时也正反映了我党中央对于全国政治、经济、文化等各种建设的一般的主张。对于全国新民主主义的各种建设的初步的主张，它指出了三民主义新中国的建设的道路，全国人民努力的目标，这一纲领的公布，将给予全国以很大的激励和推动。

陕甘宁边区这一次施政纲领，是具有全面性的，内容极为重要，正如延安新华社所云："不但表示了团结抗战的总方针，并包括了各方面的正确政策。"举凡军事政策，优抗政策，三三制政权政策，人权保障政策，司法政策，廉洁政治政策，农业政策，土地政策，工商业政策，劳动政策，财政、税收政策，文化教育政策，卫生行政政策，妇女政策，华侨政策，游民政策，敌伪军政策及外籍侨民政策等，无不一一列举。这是我党在抗日民族统一战线总的政治方针下各种政策的具体代表，是抗日民族统一战线政策在各种实际问题中的正确执行。这是我党在抗战开始之初所提抗日救国十大纲领在抗战四年后新的政治条件下新的更进一步的发展。抗日救国十大纲领曾引起全国人民的热烈讨论和拥护，同样的这一"陕甘宁边区施政纲领"，亦必然会引起全国人民更大的同情和注意。

"陕甘宁边区施政纲领"具有许多重要特点，其最大特点是：扼要、实际、具体、明确。每条纲领都以最少字句表现出来，而又具有最丰富、最新鲜的内容，这是它扼要的地方；是和某些人们所发表的那些芜杂而又空洞的纲领根本不同的。它根据实际情形出发，切合实际需要，每条都可认真见诸实现，这是它实际的地方；是和某些人们所惯作的那种纸上空谈的诺言显然不同的。它不仅细致详尽，而且规定具体实施的简要办法，保证其能全部执行，对于每一政策，都加以清晰解释，这是它具体的地方；是和某些人们所惯用的抽象空泛的美丽名词大大不同的。它每字每句都明白无二，确切不移，毫不晦涩，毫不含糊，好像斩铁截钉，不容人加以歪曲误解，这是它明确的地方；是和某些人所惯发的那些吞吐含糊，模棱两可，既可如此解释，又可那样执行的条文，有其基本上的区别。"陕甘宁边区施政纲领"首先给予人们一个明白清显的印象，就是它是一个真正现实性的行动纲领，是一个战斗性的施政纲领。

陕甘宁边区是模范抗日民主根据地，陕甘宁边区的我党是模范的布尔什维克党，而其所发颁的施政纲领，也正是模范的施政纲领，值得特别在此提起注意的是：这一施政纲领是经由中共中央政治局批准的，它不仅是我党对陕甘宁边区建设的具体意见，而且是我党对所有抗日民主根据地建设的具体意见。正如我党中央书记处所称：这一施政纳领"不仅陕甘宁边区可以施行，而且在华北华中各抗日根据地，亦均可施行"。华北各抗日根据地，虽地处敌后，但经三年余之辛勤经营，一般均已略具规模，各种建设事业亦均日渐走上轨道，的确已经存在有执行"陕甘宁边区施政纲领"的充分条件和可能。过去华北各抗日根据地的建设方针和政策一般是正确的，现在"陕甘宁边区施政纲领"的公布，更给予我们以很好的示范。我们拥护"陕甘宁边区施政纲领"，并号召全华北的共产党员和全体人民来热烈讨论和研究这一纲领。而在晋冀豫边区，则更可把我党中央北方局最近所提"对晋冀豫边区目前建设的主张"和"陕甘宁边区施政纲领"配合着进行研究。我们相信：如果我们对这一纲领研究和理解得深刻，我们的各项实际工作就愈有办法，我们的胜利和成功也就愈有保证！

（原载一九四一年五月七日《新华日报》华北版第一版社论）

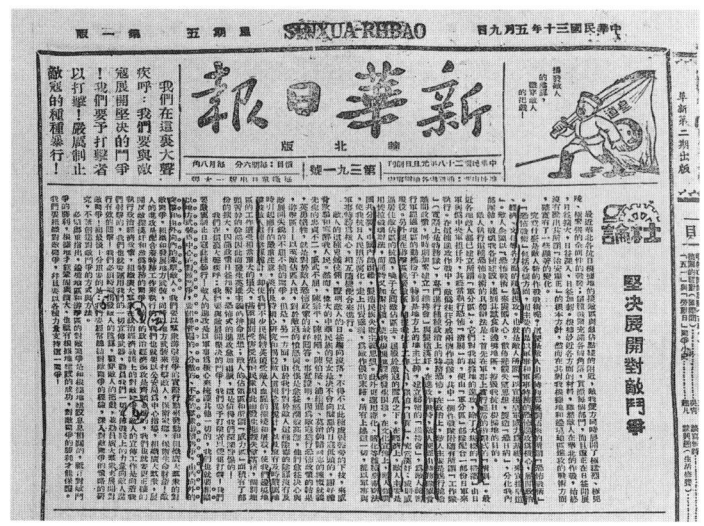

坚决展开对敌斗争

最近华北各抗日根据地的接敌区与敌占点线的附近，敌我双方同时展开了极猛烈、极凶残、极紧张的全面性的战斗。这种战斗充满各个角落，贯澈每个部门，而且还正在日益开展，日益扩大，日益深入，日益加剧。根据最近各方面的材料，虽然敌人在华北的作战，始终没有脱出其所谓"治安肃正"的根本方针，然而在其对我根据地和边境地区进攻的战术方面，确实有了一些显著的变化。

究竟什么是敌人新的作战战术呢？这便是敌人由希特勒那里剽窃来的所谓"恐怖战术"。"恐怖战术"包括各个方面，而主要的是以军事和军事特务的恐怖进攻为核心，展开政治、经济、文化等各方面的残暴进攻。也就是敌人所谓"以宣扬皇军威力为基础,来宣扬皇道"。敌人企图以"恐怖战术"来震慑人心,散布悲观失望思想,制造"恐日病",分化我内部团结,破坏我各种建设,达到其蚕食我边境地区,摧毁我抗日根据地的目的。

敌人执行这种恐怖战术的具体办法是:首先在军事上实行经常的游击式的"清剿"。最近各地敌人都已建立所谓"军分区"。它们对我根据地的进攻,除了大规模的"扫荡"由日军与伪中央军担任外,其经常执行恐怖"清剿"的,便由"军分区"部队配合一部份日军来执行。在这种进攻作战中,敌伪往往分成两个作战队,其中一个作战队附随有所谓"工作队"(实际上是特务队),专门进行种种政治上的特务恐怖。在政治上,敌人主要是进行挑拨离间政策,同时则加紧建立"维持会"与制造汉奸。在进攻作战时,敌人便经由特务队威胁行军经过地区的动摇份子,特别是地方上的地主士绅,建立秘密的"维持会",为敌人秘密服役。另外更在游击区或接敌区,捕捉我抗日工作人员,强迫"自首",充当汉奸;或则威逼居住敌占区的抗属,唤子女回敌占区去,屈服于敌寇的魔爪之下。在经济上,敌人主要是用焚掠破坏办法,而同时又加紧封锁,使我根据地经济发生困难。在文化宣传上,敌人强调国共分裂,中国内部困难,制造民族失败主义思想。此外更运用毒化、赌化等种种恶毒办法,使我抗日人民堕落腐化,走上出卖灵魂、为敌作伥的末路。所有上述这一切,都以军事与军事特务为核心,相互随机配合来进行。

敌人的这种鬼蜮伎俩,证明敌人的日益趋向没落,不得不以此种虚张声势的下技,来威胁欺骗和麻醉我人民。然而,伟大的中华民族的儿女是决不会向丑恶的日寇低头的,谢好礼先生的忠贞不二,威武不屈,陈宗平、陈建刚、陈伯坚、浦维逊、莫治钧诸同志的慷慨就义,英勇牺牲,就是对于敌人恐怖政策的最好回答。事实证明,因为敌寇施行恐怖政策的结果,游击区——以至敌占区人民,对于敌寇的愤怒与仇恨是愈益怒潮般高涨,他们愈益决心与敌展开尖锐的不屈不挠的斗争。但是,另一方面,由于我们对于敌人这种险毒的阴谋没有及时引起应有的严重注意,没有及时细心研究和揭发敌人这种阴谋诡计,以及没有及时严厉地击破敌人这种阴谋诡计,却使我们不少民族精英遭受敌人血腥的摧残和屠杀,使我们边境地区的工作遭受相当重大的损失,甚至个别受害受愚的民众因此而发生悲观失望情绪,个别埋头苦干的干部因此而发生英雄主义的拼命思想。敌人的占领区和所谓"威力区"面积有了部份的扩大,囚笼政策日益加紧,恐怖式的进攻愈加猖獗,这是值得我们深深警惕的!

我们在这里大声疾呼:我们要与敌展开坚决的斗争!我们要予打击者以双倍打击!我们要严厉制止日寇此种暴行!敌人的进攻是以军事为核心来掩护其他一切的,我们也就要组织以地方武装为中心的对敌斗争,要组织普遍的、分散的、不断的群众游击战争,由内向外的突击和由外向内的牵制敌人。我们要以群众游击战争的实际行动来发动和组织广大群众的对敌斗争,组织和发展地方武装,同时以地方武装来打击敌人,保卫家乡,保卫生命财产!敌人的进攻是配合着特务工作来执行的,我们也就要以公安局为中心指导,组织广大群众,展开反敌探汉奸和敌伪特务的斗争!敌人的政治经济进攻是齐头并进的,我们也就要更正确的执行政治经济政策,组织广大群众在政治经济战线上的对敌斗争!敌人的宣传工作是向着我们射击的,我们也就要运用我们的一切宣传武器,动员我们一切宣传战线上的力量向敌人进行有效的回击!我们必须时刻揭发敌人的阴谋,戳穿敌人的把戏,并动员广大群众来展开对敌斗争!而最后十分重要的是:我们要经常总结对敌斗争的经验,深入对敌斗争的策略的研究,不断创造对敌斗争的方式与方法。

必须郑重指出,边境地区和游击区的对敌斗争是和根据地建设息息相关的,只有对敌斗争的胜利,根据地才能巩固与扩大,也只有根据地建设的成功,对敌斗争的胜利才能保证。我们要组织对敌斗争,并且要以各种力量支持这一斗争!

(原载一九四一年五月九日《新华日报》华北版第一版社论)

再论节约

"生于忧患，死于安乐"，从来亡国史上，都充满着劳民伤财、贪污浪费的罪恶现象。近来大后方经济上异常紊乱，日用品奇缺，物价飞涨，使广大群众及中小职业者都辗转于饥饿死亡线上。而某些当权者却大发国难财，挥金如土，过着纸醉金迷的荒唐生活，致使我抗战大后方充分显示出一种颓废没落的气象，这是有关整个民族生死的大问题，值得我全国人民深深注意与警惕的！

但是，正同抗战中各个部门的工作一样，在经济部门中，陕甘宁边区及敌后各个抗日根据地却和大后方种种现象，形成一个鲜明的对照。抗战一开始，我们华北敌后就提出廉洁节约的口号，经过全华北的军政民一致的努力，已获得很大的收获。比如：我们已建立起廉洁的津贴制，所有的工作人员每月都只有二元到五元的津贴；我们已建立起严格的预决算制度，禁止任何额外的开销，在某些地区（如太北区）已展开爱惜公物、利用废物的运动，掀起节约的浪潮，如抗大今年便提出节约五万元的口号，并在全校热烈响应下已获得很大的成绩。这些刻苦的精神，我们不应忽视，这是敌后民主地区青春朝气的表现，这是我们战胜敌人经济政策的武器之一，也是今后积蓄力量渡过难关，最后战胜敌人的重要保证之一！

但是不可否认的，我们过去节约运动还存在着许多严重缺点。这首先表现在节约运动发展的不平衡，如果说太北根据地节约较好，那么冀南等平原地区，就还存在着严重的浪费现象（冀南某部分每日每人吃三斤小米，并以"这里土壤不佳，食粮质量低劣"来作浪费的掩护）；如果说上级机关节约较好，那么还有个别下级机关与团体中还存在着浪费的现象。其次表现在有些地区虽然建立起预决算制度，但不能很好的严格执行，某些随便惯了的同志，感到制度对他是一种束缚，因之执行起来就打折扣，甚至曲解制度，所以贪污浪费的现象依然改头换面的存在。这些事实我们同样不能忽视，因为这将妨害我们的经济建设，会腐蚀我们的干部。将使我们不能战胜敌人的经济和毒化腐化政策，不能支持今后更加困难的战争局面。因之，在这生产运动热烈展开的今天，关于节约问题，我们提出如下意见，藉供参考：

第一，要从政治上来认识节约，要认识今后敌我经济斗争会更加残酷，经济斗争在整个抗日斗争中所占的比重，可能日益增大。这就要求我们在节约问题上予以更多的注意，就是说，要认清节约运动普遍的开展，是巩固抗日根据地的重要环节之一。大后方挥霍浪费所助成的经济上的危机，我们应当引为殷鉴。——只有这样才能提高警惕，彻底克服浪费以至贪污的现象。

第二，各个抗日根据地一般都已建立了经济上较严格的制度，今天是执行的问题,这里须要进行广泛的教育及深入的督促与检查。共产党员应以身作则,成为节约的模范。同时节约的程度如何,应作为考核干部的标准之一。

第三,要将节约运动造成一个广泛的群众运动,深入下层,不要尽在上级机关兜圈子。尤其是在较富裕的地区,应号召广大群众,共同进行节约,同时和改进财政经济政策互相配合起来,克服某些"今天有酒今天醉"的堕落现象,造成群众节约运动的热潮。

第四,根据晋冀豫贸易总局四个月买进货物的统计,布匹占总额百分之五十九,文具占百分之二十九。就是说,这两种是我们漏卮的大宗;要求我们在这方面更加节约,爱惜衣服,保证一套棉衣穿两冬,两套夏衣穿两年,再如许多村干部及青年,虽然现在还不会写字,而胸前却都挂起了一支由敌占区运来的自来水笔,我们认为这种情形,是不必要的浪费。

第五,节约运动不仅仅是消极的一面,必须与生产运动配合起来,才能更益巩固抗日根据地的经济基础,因之,必须加紧开荒,普遍发展手工业;各部队机关团体要保证今年生产计划的完成,各生产机关,要不断研究创造,做到每种日常用品都能自给自足,以杜绝漏卮。最后陕甘宁边区颁布了施政纳领,规定要开荒六十万亩,增粮四十万石,我们要学习这种精神,在生产战线上也向陕甘宁边区看齐!

(原载一九四一年五月十一日《新华日报》华北版第一版社论)

坚决执行党中央关于参加经济和技术工作的决定

今日本报所发表的我党中央"关于党员参加经济和技术工作的决定",对于敌后华北根据地的建设,是具有非常重大的意义,值得大家加以深刻讨论和坚决执行的。

正如我党中央在决定中所指出的,各种经济工作和技术工作是革命工作中不可缺乏的部分,是具体的革命工作,具有重大的政治意义。今日革命所畀予我们华北敌后的每个共产党员以及全体人民的主要任务是什么呢?就是巩固已建立起来的根据地,并把根据地建设成为三民主义新中国的模型。这是我们对于革命最具体的贡献,也是推进革命最切实的办法。但要做到这样,就须要有成千成万的优秀共产党员联合广大群众共同参加建设和经营根据地的各种事业的实际工作。其中特别是经济工作和技术工作，这不仅对于今日具有非凡的重要性，而且对于将来也有伟大的意义。

然而，不幸得很，直到今天，我们根据地的很多共产党员，对于这一方面始终缺乏应有的认识。他们对革命工作作抽象的狭隘的了解，了解为神秘的、莫测高深的东西，而对于真正革命的实际工作，特别是经济工作和技术工作，却反抱着一种轻视的态度，认为这些是"无出息"的小事，不值得加以一顾。因此，在分配工作的时候，颇有不少干部要讲价钱，而其中首要的一个条件和要求便是：不作"事务工作"（包括经济工作和技术行政工作）。尤其是某些刚由学校受训完毕的干部，甚至往往发出这样的议论："我是学了政治和政策的，要我去做'事务工作'，岂不是学非所用吗？"最近在某些政府机关中还发生下列这样的事，就是某些经营经济贸易和粮食管理的工作干部，坚决要求离开原来的工作岗位，说在这种工作里找不到马列主义，听不到政治名词。在这些人们的思想中，理论和实践，政治和实际工作，是完全分了家的。他们认为实际工作便是单纯的事务工作，而"事务工作"只是一般"庸人"的事，一个自命为"政治家"的人，是不应该侧身于其间的。

自然，这种观点是从头到尾错误的。共产党员是社会的一份子，是社会的活动家，非万不得已是不应该没有职业的，何况是根据地的建设事业，原本是革命工作的一部分，更需要我们去竭力负担。列宁就曾经说过："少说些漂亮话，多做些平常的日常工作。"他在苏联新经济政策建设开始时，且曾特别提出"做生意吧！"的口号，号召党员大家去经营事业。难道说列宁的这个口号是事务主义的观点？是没有远大的政治意义的？我们的斯大林同志，总可算是世界上一个特殊的天才的政治家了，但他在苏俄国内战争时还当过供给部主任，专门奔走前线后方，忙于筹办粮食的事务。几乎没有一个伟大的政治家，不曾在社会上担任过职业，在革命中作过许多日常的实际工作。实际上,离开革命的实际工作,政治只会成为虚浮的无意义的噪声;不做实际工作,也不可能成为真正的政治家。

为什么许多共产党员会对于经济工作和技术工作发生如此厌恶之情,如此没有兴趣去担负呢?这首先是由于我们那些同志,存在着一些不正确的观念,甚至掺杂着一些脱离群众的官僚主义的思想。他们总以为自己是了不得的人物,自封自己为政治家、理论家、策略家,自高自大,都想高出人上,都想做政治上的领导工作,而不愿在别人领导下切实在实际工作中去锻炼。而在另一方面,某些经济和技术工作部门,自己没有建立起政治学习制度,没有把实际工作和理论联系起来,陷身于事务主义的泥坑,感觉干燥无味,迷失革命前途,丧失革命信心,也是使某些干部害怕担任技术部门工作的原因之一。但是所有这些不是不能克服的,而且要使工作作好,要使干部干得起劲,也必须克服这一弱点。因此这决不能成为不愿参加实际工作的借口。

我们热烈拥护我党中央的决定,响应我党中央的号召,首先号召我们华北的党员,热烈参加经济和技术工作,特别是那些具有经济智识和特殊技能的党员应尽可能动员到经济和技术部门中去。而一切在经济和技术部门中服务的党员,更必须向非党的和党的专门家学习他们的技术,诚心诚意学习和熟练自己的技术,掌握自己的技术,使自己成为各种各样的专门家,成为新时代事业的主人。正和在其他各种工作中同样,我们共产党员在经济和技术战线上也应该成为模范。同时我们也希望各部门的负责者,能够善于领导干部,器重人才,帮助干部的理论和政治的学习,使他们不致于成为"无头脑的实际主义"(斯大林),帮助他们学习技术,成为精通技术的优秀人才。只有如此,我们根据地的各种建设才能更迅速的发展起来,而我们的党也才能成为真正群众性的党!

(原载一九四一年五月十三日《新华日报》华北版第一版社论)

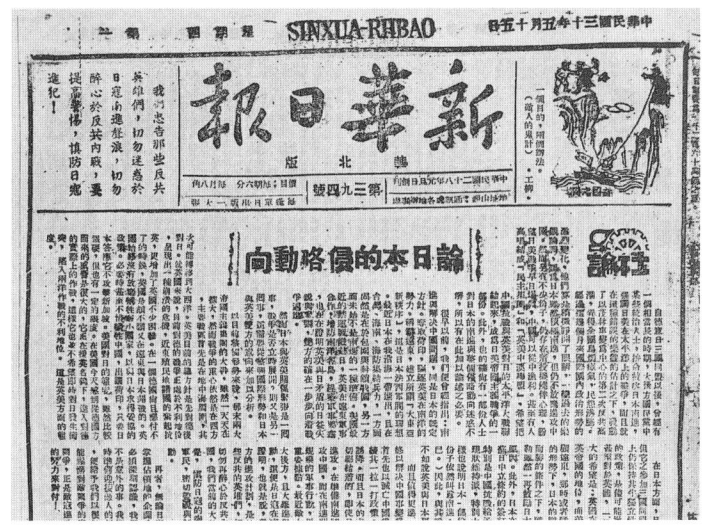

论日本的侵略动向

自德意日三国同盟以后，曾经有一个相当长的时期，大后方国民党中某些统治人士，拼命鼓吹日本南进，强调日美在太平洋上的战争，而且就在这种错误的乐观的估计之下，发动了以茂林事变为中心的第二次反共高潮，弄得全国乌烟瘴气，民怨沸腾。经过这几个月来国际国内政治形势的激烈变化，他们算是稍微睁开了眼睛，一变过去的乐观论调，认为日本虽然积极南进，但仍不放弃进攻中国。然而另有不少份子，仍存在着投机侥幸心理，盼望日美战争早日爆发，中国可以从中渔利。甚至有人高唱结成"民主集团"和"英美中澳联盟"，希望把中国抗战与英美对日的太平洋大战联结起来，成为日美帝国主义战争的一部份。此外，也的确尚有一部份人士对日本的南进与整个侵略动向迷惑不解，所以有在此加以论述之必要。

很早以前，我们便曾经指出：南进与解决中国问题，同是日本的既定方针。夺取荷印，驱逐英美在南洋的势力，称霸远东，建立所谓"大东亚新秩序"，这是日本法西军阀的理想。最近日本在我沿海一带进出，且在台湾、海南海防集结兵力，一方面固然是在于包围与封锁我国，另一方面未始不是南进的一种准备。美国最近的禁运废铁赴日，英美在远东军事合作，增防南洋各岛，赶筑军事要塞，也在在证明英美与日矛盾的日益尖锐与紧张，双方的确在一步步向着战争迈近。

然而日本与英美关系紧张是一回事，战争是否立时展开，则又是另一回事，这需要从整个国际形势和日本与英美双方的意向来加以分析。

以目前的整个形势来说，那末两大帝国主义集团的大战，虽然一天天在扩大，然而战争的重心依然在西方，主要战区首先是在地中海周围，其次可能转移到大西洋。英美目前的总方针是先对德后对日。就英国来说，目前对德的战争正处于不利地位，呈现出一种崩溃的危机，近东殖民地诸国的奋起抗英，更增加了英国不少困难。在一个德国尚且应付不了的时候，英国是颇不愿又在远东与日本开战的。英国始终没有放弃牺牲弱小国家，以与日本求得妥协的政策。必要时甚至不惜牺牲中国，出让荷印，只要日本答应它不攻击新加坡。美国对日的态度，虽然比较强硬，但也有一定的限度。在美国今天感到从德国方面来的威胁是很大的，它正在援英名义下，进入对德的实际上的作战，这样它也并不希望即时对日发生冲突，陷入两洋作战的不利地位。这是英美方面的态度。

在日本方面，日本虽然是三国同盟的盟员之一，但它之参加三国同盟完全是根据自身利益出发，实际上仍保持其半独立性的地位。日本对于南太平洋问题的政策，是尽可能撇开美国，避免与美国直接作战。甚至对于英国，一般也以掠取荷印为满足。日本最大的希望是：英国在欧洲继续失败，至于无法维持大英帝国的地位，而美国则直接参加西方战争，无法兼顾远东，那时或者猛烈南进，乘机抓一把。而在今天的形势下，日本的办法首先是尽量胁迫英美，在不战而胜的条件之下，获得英美的某些让步。这就是希特勒虽然一再鼓励日本南进，而日本却总是举棋不定的原因。此外，日本在南进途中，尚存在着不少困难，苏日中立条约的签订，并没有为日本解除什么困难，特别是中国抗战给予日本很大的牵制。最近日本国内现状维持派，特别大声疾呼：日本切勿轻举妄动，同样也说明日本一部份意向。（虽然某些狂妄的法西斯份子依然叫嚣南进，但那不过对英美尽其恐吓作用而已。）因此，与其说日本将即刻南进与英美开战，还不如说英美与日本更有妥协的可能。

而且值得更进一步指出的，日本的侵略方针，始终以解决中国事变为中心，所谓"大东亚新秩序"，首先也以灭亡中国为主要目标。日本对于中国仍将继续其一拉一打政策，在军事进攻以外，还要加紧政治诱降。而且日本的南进政策是与解决中国事变政策密切联结着的，即使日本南进，也绝不放松对于中国的进攻。在准备南进期内，就首先多方包围、压迫和进攻中国。而在南进开始以前，还必定要发动对中国大规模的军事行动，以摧残中国的有生力量，控制某些重要据点。最近敌人在各战线集结兵力，大肆狂炸我大后方，且大举进犯我黄河北岸，鄂西鄂北，寇亦蠢动，这便是日寇在南进以前，可能向我大规模进攻的证明。也就是说，敌人对于西安、重庆、昆明等大后方的进攻计划，是并没有放弃的。因此，我们忠告那些反共的英雄们，切勿再为日寇的南进声浪所迷惑，切勿再醉心于反共内战，要知道日寇是决心在灭亡中国，我们当前的大敌是日本帝国主义，要时刻提高警觉，慎防日寇的突然进犯。同时，我们也希望全国军民，密切监视与制止何应钦辈亲日派的投降阴谋活动。

再者，无论日寇南进或向我大后方进攻，但确实掌握占领地的企图也是决不会放弃的。我们华北军民必须深刻认识，我们是处在敌人后方，战争对于我们不是意外的事。我们应经常保持在动员状态之中,随时准备迎接敌人的新"扫荡"。最近日寇对冀鲁豫的"扫荡",便给予我们以很好的教训,它教训我们无论何时不能松懈对敌斗争的意志。同时目前各根据地所展开的斗争,正是敌寇进攻我们的新方式,值得我们以最大的努力来对付!

(原载一九四一年五月十五日《新华日报》华北版第一版社论)

抵制仇货——加强对敌的经济斗争

在华北,敌人经济上的掠夺,近来更益变本加厉,它企图以此来挽救其崩溃的命运。因之不但成立了伪"中国准备银行",而且以十五万万日元的资本,组织所谓"华北开发会社"。作为吮吸我华北资源的总机关,其掠夺的花样,也是无奇不有。从公开的抢劫到并吞收买,而降低价格无孔不入的倾销仇货,乃是最毒辣的一种方式。这种方式,伴随着特务活动的加紧,其来势不容忽视,同时又由于我们主观上注意与努力的不够(如贸易机构的不健全与某些政策上的错误等),于是,在贸易斗争上暂时形成了敌进我退的现象。这不仅表现在根据地的市场上充满了仇货,表现在敌人因此操纵我根据地的市价以至影响冀钞,同时敌人随着仇货的倾销且图进而掌握我游击区的市场，逐渐扩大敌人统治的范围，遂使某些接近根据地边区的民众之日用品，都仰赖敌占区，于是发生了"鬼子票上了山"的现象。

"抵制仇货"的任务，便是在这样情形之下提出来的。因此不难了解，这一任务的提出，不是单纯的防止资金外溢，而且有它新的严重的政治意义。

首先，我全华北的军民，对仇货的倾销必须给予新的认识，必须从政治上来认识这个问题，从敌人整个毒辣政策来认识这个问题，对这种形式发展所可能产生的恶果，须有足够的估计。就是说，我们要确切的认识，抵制仇货与抗日根据地的巩固和扩大是分不开的；只有这样，才能提高警惕，以最大的注意和努力来负起抵制仇货的任务。这是问题的一面，另外还要了解我们是有充分自力更生之基础，有充分以乡村包围城市的自然条件。只要我们主观上有足够的努力与正确的政策，粉碎敌人经济上的进攻，是绰有余裕的，也只有这样，才不会对仇货之来，感到无策应付。

其次，健全与统一贸易机构，也是当前的急务之一。要以严密细腻的组织工作，加紧对仇货的统制。举凡奢侈品（如纸烟、香皂、化妆品、海味等），迷信用品（如冥钞、金银箔、供香等），以及丝织物、麻织物、草织物等一律禁止入口，同时要认识走私是敌人无耻的惯技，必须经过一定手续，严防走私。

再次，必须将抵制仇货，造成一个广泛的群众运动，仅靠少数税务人员是万分不够的。公务员应以身作则，消除过去公务员是仇货主要雇主的恶劣现象。对商人则进行耐心的说服与解释，使其自动不贩仇货；对群众则进行深入的宣传教育，激励其敌视仇货、一致不用仇货的抵货热潮。

最后，抵制仇货运动不是孤立的，应与其他各种斗争配合起来，要以组织土产（如山地的花椒、柿饼、胡桃仁，平原的红枣、花生、大豆、芝麻、草帽辫等）的出口，巩固冀钞，加强武装斗争、公安斗争来保卫市集，促进抵货运动的开展，同时以抵货运动的实际效果，来影响推动其他各种斗争。

当然，基本的问题还是生产运动，所以必须有计划的加强已有工业的生产，奖励私人营业，奖励发明，欢迎外来投资，逐渐以土货来代替仇货，从基本上粉碎敌人倾销仇货的政策以及"以战养战"的阴谋！

（原载一九四一年五月十七日《新华日报》华北版第一版社论）

加强对敌贸易战

敌寇对我根据地的进攻,除了从军事上、政治上施行惨酷毒辣的"恐怖政策"而外,同时在经济上一面施行大量的倾销,企图独占市场,掠夺我必需资源;另一方面又进行经济封锁,积极破坏我根据地的贸易,以扩大其经济占领范围,从经济上来绞杀我根据地。因此,对敌展开经济战,尤其是贸易战争,已成为目前打击敌寇,巩固抗日根据地的当务之急。

敌寇摧残我贸易的伎俩,首先是对我市场的破坏。在晋冀豫方面,自从去年秋冬以来,由于我贸易政策的正确实施,大批山货皮毛向外输出,冀钞稳定,各地集市继续繁荣,这在经济上给予敌寇以重大打击。因之,自入春以来,敌寇对各接敌区的集市，便不断施以武力的袭击与压迫，企图使贸易中心，转移到敌寇控制下的据点去，同时则将奢侈品大量倾销，以图扩大仇货伪钞之流通区域，囊括鲸吞，掌握各个集市，窒息我贸易市场。第二，除奢侈品大量输入外，对一切抗战建设之必需品则严加封锁，并且不仅封锁从敌占区来的货物，即我根据地内各地区货物之交流，亦多方加以破坏与封锁，近来更利用公路与壕沟，严密封锁我平原与山地的交流。第三，限制与抵拒我货物之输出，在某些敌占区组织了"贸易委员会"，进行商品登记，拒绝我山货等之输出。第四，抬高市价，并以高价收买我原料，以降低我货币价值，而强迫使用伪钞。此外，敌人为了侵夺我市场，往往从我根据地内采购货物，利用其便利的交通工具，由甲地运至乙地，廉价销售。由于根据地交通不便，运费奇昂，因此同样是从甲地运来的货物，便难与敌人竞争。在此情形下，市场上便形成只有伪钞才能买得廉价货物的现象，于是乙地市场，便为敌人所控制，而乙地的资源，也在伪钞流通中被敌人吸收。敌寇在贸易战中之阴险毒辣，实并不亚于烧杀政策，应引起我们万分的警惕和注意。

由于我们过去在执行贸易政策中未能深谋远虑，缜密主动，因此在输出上往往形成自流现象，未能确保以输出的外汇，换回必需品，使之有利于根据地，同时，输出时间既欠经常，地区又不普遍，输出种类也不繁多，于是山货节季一过，输出锐减，而敌人的倾销政策便乘时进攻，我乃处于被动与防御地位。为了补救这些缺点，加强对敌经济斗争，取得贸易战线上的胜利，我们应注意下列几点：

第一，在输出工作上，应有缜密长远的计划与组织，调查各地区的山货与产物，进行经常对外的出口贸易，政府应奖励土货出口，务使一年中输出的期间经常而有调节，并扩大输出品的地区，增多输出的种类，求得出入口的平衡，由平衡而逐渐走向出超，以粉碎敌人经济掠夺和"以战养战"的阴谋。

第二，在贸易战争中，必须纠正单纯的经济观点。如上所说，货品的输出固然重要，但是关键在于输出品的外汇是否能换回必需品，以求有利于根据地，否则外汇只为少数营利者所利用，输出虽多，也无若何重大意义。此外有些地区把货物卖成伪钞，再把伪钞买成冀钞，则伪钞操纵了物价，操纵了市场，这在对敌贸易战中，是应该纠正并禁止的。

第三，贸易机构之健全，是取得贸易胜利的条件之一。必须有强有力的贸易机关与商业组织，来坚持对敌贸易斗争，才能使奸商对内欲提高物价而不能，对外贸易欲低价竞争而不可。在这里，我们同样要消除把贸易机关看成营利组织的纯经济观点。掌管贸易之机关，应该成为站在对敌经济斗争最前线的堡垒，发挥它伟大的作用。同时各经济部门，更应密切配合，克服过去各自为战的现象，统一集中一切力量，进行合作与斗争。最近冀太联办决定成立全区财经会议，合并生产贸易两系统，以及银行对生产贸易大量投资等项，这是很好的，应该澈底执行。

此外，要打击敌人不断的骚扰与袭击市集，必须发动民众武装，普遍开展群众游击战，保卫市场，巩固贸易。在对敌市场争夺战中，一方面用武装保卫集市，坚持贸易，同时动员群众力量，在接近敌占区的各村各交通要道实行对敌封锁，并派出武装在赶集的日子向敌人据点进袭。无论敌人如何残酷的进行经济侵略，无论敌人如何阴险毒辣的来破坏我贸易市场，只要我们坚强地展开对敌经济斗争，展开对敌贸易战，我们一定能取得胜利而且根本粉碎敌人"以战养战"的阴谋。

（原载一九四一年五月十九日《新华日报》华北版第一版社论）

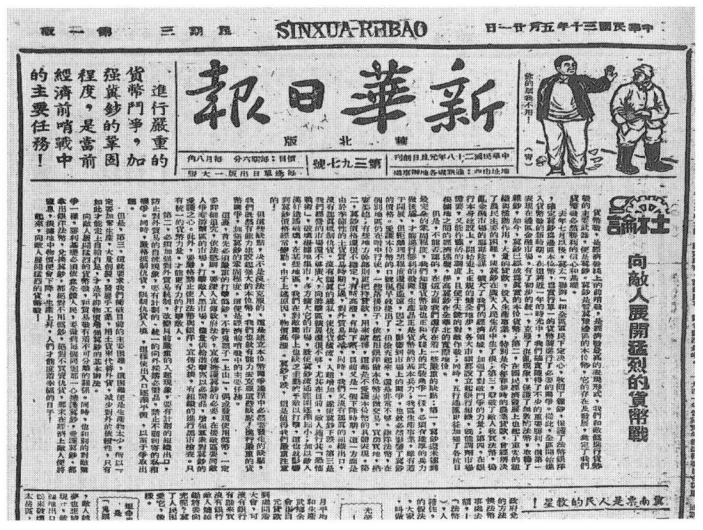

向敌人展开猛烈的货币战

货币战，是经济战线上的前哨战，是经济战最高的表现形式，我们和敌伪进行货币战的主要武器，便是冀钞。冀钞是晋冀豫边区的本位币，它的存在及发展，奠定了我们货币战必然胜利的信心和基础。

去年七月以后，冀太"联办"和全区军民下定决心，收回了杂钞，保护了法币银洋，确定冀钞为边区本位币，为实行单一的货币制进行了必要的斗争。从此，全区开始进入货币战的新时期。在这将近一年的时光中，我们确实获得了不少的重要胜利，这第一表现在边区金融市场，有了初步的统一，克服了混乱现象，保护了无数的法币，取缔了杂钞。如今，冀钞已经成为真实的本位货币；第二，在国民经济发展上也起了重要的组织与推动作用。大量的货款，投入生产事业，特别是今年春耕时的农业货款，曾经解决了农民主要的困难，使冀钞在广大人民生活中生了根；第三，击破了敌人收买法币，捣乱金融市场的恶毒阴谋，扩大了我们的经济领域，加强了对敌斗争的力量；第四，在银行本身建设上，开始走上正规的健全地步。各大市镇都设立起银行组织，既能调剂市场需要，又能做灵活的调度，且便于尖锐的对敌作战。同时，五行通汇更益加强了各抗日根据地之间的经济连系，提高冀钞在全华北的实际地位。

但是，不能否认的，在这方面我们还存在着一些严重的缺点：第一，冀钞还未达到最完全的巩固程度，我们知道货币战也正和火线上的武装斗争一样，必须有雄厚的兵力做后盾，才能进行胜利的战斗，生产品正是货币战的基本兵力。我区生产事业，虽有若干开展，但距离理想程度还很遥远，因之，影响到市场上的斗争，也就必然影响了冀钞的价格。爱护本位币的口号很早就提出了，但检查起来，还是非常不够，银洋法币，在个别地区仍在暗中行使，一些落后份子，依然用银洋做本位币去做交易，买房买地，纳妻娶媳；有些地方干部则更把持货款，用来赌博，这都是不爱护本位币的具体表现。第二，冀钞价格还很不稳定，有时高涨，有时下落，目前又是一个下降时期。这一方面是由于季节性的土货贸易时期已过，对外贸易锐减，同时，我们又没有认真的组织出口，没有认真抵制仇货，没有认真的缉私，使仇货横流，入超增加，遂使冀钞下跌。第三是我们经营的市场还不够广大，向游击区扩展还很不够。尤其在目前，敌人施行其"恐怖战术"，破坏根据地集市，多方扩大它的市场，致使冀钞流通范围逐渐缩小，加以敌人汉奸造谣破坏，在某些地区，我们在对敌斗争上也缺乏主动的予敌以打击，这也就影响到冀钞价格经常变动。由于上述原因，物价高涨，冀钞下跌，这是值得我们严重注意的！

但这些缺点，绝不是没法克服的，这是建立本位币斗争过程中必然要发生的缺点。我们既然有能力建设起强大的本位币，我们也就有能力去克服这些缺点！进行严重的货币斗争，加强冀钞的巩固程度，这便是经济前哨战中的主要任务。

这里，首先必须严重的打击伪钞，不许鬼票子"上山"，偶或发现使用伪币，一定要详细追究，依法惩办，要深入宣传政府法令，宣传拥护冀钞的必要。在接敌区要同敌人争夺游击区的市场，打击敌人黑市场，尽量供给游击区以必需品，增强群众对冀钞的爱护之心。此外，要严格禁止使用法币与银洋，宣传兑换，有组织的进行黑市检查。只有统一的货币力量，才能更有力的打击敌人。

必须加强对外贸易统制，改变目前严重的入超现象。要有计划的组织出口，防止对外贸易的自流现象。要有计划的、统一的向外采购必需品，禁止不顾利害的私相竞争。同时，严格抵制仇货，限制仇货入境，这样使出入口逐渐平衡，以至于争取出超。

但是，第三，这就要求我们冲破目前的主要困难，这困难便是生产物太少，所以一定要加紧生产，大量创制，发展手工业，用土货来代替外货，减少对外的依赖性，只有如此才能走上自给自足，才是平抑物价增强冀钞的基本办法。

向敌人展开猛烈的货币战，和贸易战有着不可分离的关系。同时，也和别的对敌斗争一样，胜利基础必须依靠全体人民，要做到每个同胞都一心拥护冀钞，爱护冀钞，都拿出银洋法币，兑换冀钞，都绝对不用伪钞，绝对不买卖仇货，那末在经济上敌人便将窒息，根据地中物价便会下降，生产上升，人们才能度着幸福的日子！

起来，向敌人展开猛烈的货币战！

（原载一九四一年五月二十一日《新华日报》华北版第一版社论）

防止偏向

自从华北各抗日根据地的建设略具规模以后,各战略地区的我党先后向当地人民提出了比较精密、具体而又全面的建设方案。晋察冀边区我党中央北方分局早于去年八月向该边区人民公布了关于目前施政的"双十纲领"。这一纲领,已经得到了全边区各界同胞的拥护,它实际上已成为边区人民的行动纲领。但在执行过程中,同时还得到了不少宝贵的经验,发现了许多新的问题。昨今本报所发表的聂荣臻同志的文章,便是这些经验和问题的一个扼要的总结。他不仅反映了许多实际的生动的问题,指出这些问题产生的主客观原因,而且更重要的是对这些问题的解决给予有效的指导。晋察冀边区的情形与华北其他各根据地基本上是相同的，他们那里所发生的问题，在华北其他地区同样也有可能或已经发生。而他们那里的经验，更值得引起其他各地的严重注意和精细研究，尤其是正在执行十五项建设主张的晋冀豫边区，更需即刻把晋察冀的经验作为借镜，随时随地注意一切可能发生的问题，适当其时的予以正确的解决。

这里首先值得注意的是纲领和主张执行中的偏向问题。我们的纲领和主张都是根据统一战线原则确定的，在每一条目中都贯澈着统一战线的精神，因此在执行时也必须澈头澈尾地根据这一精神和原则。但是统一战线内部是有斗争的，这种斗争又必然会反映到纲领和主张的执行中来。晋察冀边区的经验告诉我们，虽然我们所提出的纲领和主张本身是正确的，但各阶层的某些份子，往往会根据自己的阶级利益和主观要求，各有所偏执，各人都抓住纲领和主张对于他自己有利的某一条目或某些字句，用以保护自己或进攻别人。他们会宰割纲领和主张的严整的整体内容，破坏它的有机连系的统一性，以致可能发生如下面两种错误的偏向：

第一是少数不明大义的地主士绅们，他们并不一定顽固，但在汉奸投降派和顽固份子的挑唆欺骗下，会不站在巩固各阶级团结的立场，来对待工人、农民和青年、妇女，却站在仇视报复与无理反攻的立场，企图把广大人民已经获得的初步的民主民生的改善，给以推翻和取消。这些人往往不了解我们共产党人所提的一切纲领和主张，都是站在抗战团结进步立场上的，都是调节各阶层利益的，大公无私的。因为只有这样，才有力量最后战胜日寇。如果相互仇视和报复，无论地主士绅和工人农民，除了两败俱伤，予日寇汉奸投降派以可乘之机外，是一点好处也没有的。因此我们对于这些人，要善意劝告他们顾全大义，在互助互让原则之下，维护团结，而不应该图私报复，互戕互害，为害民族。

第二是一部份工农群众，因为只看到眼前的一些小的利益，而看不到全□的大的永久的利益，或则因为一时受了一部份不明大义、不顾大体的地主士绅的报复进攻，而自己又苦于无适合正确办法去进行必要妥当的斗争，求得双方利益的兼顾，因而对于正确纲领和主张的执行，便采取怀疑观望或消极怠工的态度。对于这些人，我们同样应该进行耐心的说服，告诉他们暂时的局部的利益，应该服从总的永久的利益；在抗战期间不能光顾到自己，而要照顾各阶层的利益。至对那些采取报复和反攻手段的地主士绅们，我们仍然可以在巩固团结的条件下，一方面动以精诚，晓以大义，另方面在迫不得已时还是可以进行适当的斗争。

其次，值得警惕的是汉奸托派投降派对于纲领和主张执行的破坏。一个进步的建设根据地的方案，对于敌寇汉奸是一把致命的利刃。因此纲领和主张愈是得到广大人民的拥护，外敌内奸便愈会千方百计的来加以阻挠和破坏。他们会造谣污蔑，歪曲附会，如曲解保障人权的主张，在为非作歹以后，抗拒政府法律的制裁；会挑拨离间，播弄是非，如在地主士绅面前，鼓励他们压迫工人农民，而在工农面前，又装作"左"的面貌，煽惑他们向地主士绅进攻；甚或散布悲观失望空气，激动不满情绪等等，以达到其破坏抗战、破坏团结的目的。我们对于这一切阴谋诡计，必须毫不留情地予以戳破和打击！

上述这一切在晋察冀边区已经发生，而在其他地区也可能或已经发生的现象和问题，是不足惊异或恐惧的。因为敌寇汉奸的阴谋破坏是必然的，而我们在执行政策中，"左"右倾偏向的发生，也是可能的。但是我们要善于及时克服和防止。而且在反对"左"右倾偏向斗争中，还必须注意：在反对"左"倾时，同时就必须防止右倾的危险；在反对右倾时，同时亦必须防止"左"倾的抬头。唯有如此，才能克服"左"右摇摆，正确的执行统一战线政策。同时从聂荣臻同志的文章中，我们可以体会到：一个纲领和主张，要使各方面都能真正的透澈了解和接受，且能整体的正确的执行和实现，不是一件简单容易的事。晋察冀边区对于"双十纲领"，曾经进行了相当深入的宣传，绝大多数人民差不多都能口诵其要点，领悟其精神，然而终还有少数人没有透澈了解，在执行中发生了许多实际问题。晋冀豫边区就更应吸收其经验，立即掀起对我党中央北方局对晋冀豫边区目前建设的十五项主张的宣传浪潮，把十五项主张播送到穷乡僻野中去，贯注到人民脑海中去，而且要做到使大家都能透澈的正确的认识，自觉地来认真执行。

（原载一九四一年五月二十五日《新华日报》华北版第一版社论）

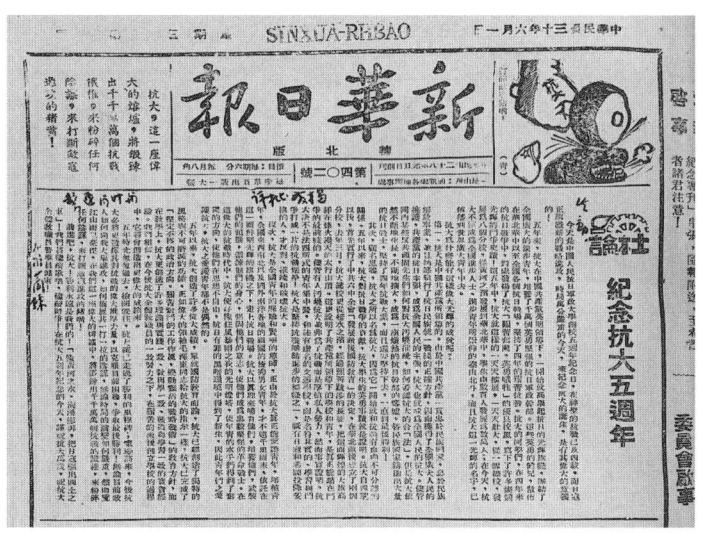

纪念抗大五周年

今天是中国人民抗日军政大学创校五周年纪念日，在神圣的抗战已及四载，而日寇正组织新的战略进攻，时局万分严重的今天，来纪念抗大的诞生，是有其伟大的意义的！

五年来，抗大在中国共产党英明领导下，一开始就高举起抗日的光辉旗帜，团结了全国广大的进步青年，培养了千万个英勇坚强的抗日军政干部。这些英勇的健儿，散布在华北华中以至全国各个抗日战场，坚持了四年的艰苦抗战。抗大的同学们，在四年来的抗日战争中，到处发扬了抗大"艰苦奋斗，英勇牺牲"的优良校风，写下了许多璀璨光辉的斗争史迹！这五年中，抗大就这样的一天天扩展，一天天壮大，从一个总校，发展为八个分校，从黄河之滨发展到华北华中，学生由数百人发展为数万人。在今天，抗大不仅成为全国进步人士、进步青年所崇仰的泰山北斗，而且抗大这一光辉的名字，已传播到世界广大青年中去。

抗大为什么能有这样伟大光辉的成就呢？

第一，抗大是中国共产党所领导的，由于中国共产党一贯忠于民族国家，忠于民族解放事业，并且始终执行了抗日民族统一战线的正确方针，因而获得了全国广大人民的拥护，共产党的抗日主张，成为全国人民的主张，抗大也就成为全国人民的抗大。尽管国内某些反共顽固先生们如何对抗大污蔑摧残，如何否认抗大的合"法"。但是抗大依然不断地生长，不断地扩大，成为一座炽热的抗日干部的熔炉，替民族国家铸造出大量的抗日战士，坚持了四年抗战大业，而且还要坚持下去，一直到最后胜利！

其次，顾名思义，抗大之所以名为抗大，因为它一开始就和抗战有血肉不可分离的关系。五年以来，抗大对抗日战争的贡献，抗大学生的英勇事迹就是证明。抗大自四期以后，首先实行了中共六中全会"发展敌后国防教育"的决定，在华北敌后建立了两个分校。去年三月，抗大总校更从延水之滨，经过艰苦跋涉的长征，把这面辉煌的大旗高插在烽火漫天的太行山顶。这更说明了共产党所领导下的学校和青年，是真正能站在斗争的最前线的。尽管有人污蔑抗大并非为了抗战而是厚植私人势力，然而事实证明，抗大绝不是法西斯式的青年集中营和徒有虚名的文凭学校，而是名符其实的、学习与斗争打成一片的抗战堡垒！抗大是坚持抗战团结进步的标帜之一，只有日寇和希图投降妥协的人，才反对、摧残和破坏抗大。

复次，抗大是全国青年的保姆和贤明的导师。正由于抗大真正能爱护青年，培植青年，全国东西南北以及国外南洋各地的祖国的优秀男女青年，才不远千里而来，依托在这一面鲜明光辉的旗帜之下，走上抗日战场。抗大以真理来哺育他们，培养他们，武装他们的头脑，锻炼他们的身心，强固他们的意志，使他们成为忠义坚强的革命战士。在这伟大的抗战时代中，抗大便好像狂风暴雨之夜的光明灯塔，使年青的水手们得到了奋斗的方向，使他们在思想不自由、抗日有罪的黑暗环境中得到了新生。因此青年们之爱护抗大，抗大之爱护青年都不是偶然的。

五年以来，抗大创造了许多伟大成绩，单就国防教育而论，抗大已经创造了独特的风格与不可磨灭的功绩。正如伟大的领袖毛泽东同志给抗大的指示一样，抗大已经完成了"坚定不移的政治方向，艰苦奋斗的工作作风，机动灵活的战略战术"的教育方针。而在教学上，抗大更创造了许多理论与实践一致、教与学一致、战斗与学习一致的宝贵经验。我们相信，在今后抗大全体教职员的一致努力之下，在艰苦的敌后创立学校的过程中，它将会创造出更伟大的成绩来。

五年时光匆匆过去，检阅既往，抗大确已走过了胜利的里程碑；策励将来，今后抗大必将更发挥其对抗战的伟大雄厚力量，以克服目前困难，争取最后胜利！无论目前敌人如何向我大举进攻，如何施展其一打一拉的阴谋，无论时局的演变如何严重，然而览江山而思豪杰，在我们这一座伟大的熔炉中，将锻炼出千千万万个抗战的铁椎，来粉碎任何阴谋，来打断敌寇进攻的猪嘴！

前进吧，抗大！胜利永远是我们的！"像黄河之水，汹涌澎湃，把日寇驱出国土之东"！我们将继续歌唱，继续斗争！在抗大五周年纪念的今天，谨祝抗大万岁，祝抗大全体教职员暨学员健康！

（原载一九四一年六月一日《新华日报》华北版第一版社论）

庆祝八路军总攻胜利

最近港沪渝等地和平妥协空气弥漫，东方慕尼黑阴霾密布，举国惶惑，人心惴惴，而我华北敌后则捷报纷传，凯歌四奏，亿万军民兴奋鼓舞。八路军自发动全线总攻以来，连日猛击敌交通命脉，横扫敌各地据点，正太、同蒲、平汉、白晋、平绥、平古等铁路既被我支解割裂，隈坡、浮图峪、原子沟、娄子村等据点又为我一一拔取，而夜袭五台，巷战获鹿，更使敌闻风丧胆，震恐万状，平素专以攻击八路军为能事之国民党中央通讯社，至此亦不能不发出电讯，承认华北敌后之大胜，并谓华北之敌已陷入惊惶失措之状态。

八路军此次在全华北各地发动全线总攻击，直接系为策应晋南战事，减轻敌人对我友军之威胁，牵制敌人前进，而作战胜利之结果，顿使敌首尾不顾，进退失据，不得不纷纷后撤，停止进攻，其成效至为显著。同时，敌人此次进犯中原，曾公开宣称：系一种"和平的施策"，其目的在"迫蒋投降"，可见在军事企图以外，尚含有重大的政治阴谋。因之，与进攻晋南同时，敌人动员了它所有一切新闻机关，摇旗呐喊，大吹其"皇军"的"气势"与"武功"，企图"吓"我投降；而某些胆小如鼠之流，也竟丧魂落魄，乱跳乱叫。但是八路军在敌后的连续大胜，却一举手而戳破了"皇军"的纸老虎，因此也就起了打击敌人"吓"降阴谋的伟大作用。

此次胜利的出击，充分显示了八路军对国家民族的赤胆忠心与对团结抗战的无比负责。尽管整整两年未受到政府一械片弹的补充，足足五个月未领到半文钱的饷款，但八路军数十万将士仍然效命前线，奋勇苦战，而一见敌寇向我正面战场进犯，西北国防感受威胁，即自动奋起，进行全线总攻击，以热血和头胪，与敌肉搏，坚决钳制敌人，使日寇无由逞其凶暴。尽管包围陕甘宁边区的三十万大军仍在向我进逼，"驻防"华中之汤恩伯部正搜杀我新四军荣誉将士，但我八路军则秉"兄弟阋墙，外御其侮"之明训，始终认清当前大敌，一见友军遭遇危险，即不惜流血牺牲，挺□跃马，舍身相助，掩护友军转移。此种急公忘私、见义勇为的光明磊落行为，大有古代骑士风度，充分发扬了我中华民族之侠义精神，足使那些目光如豆的自私自利之辈愧无容身之地！

在晋南战事开展后，敌寇便发动了一个大规模的谣言攻势，不是说"八路军不与中央军协助作战"，便是说"八路军准备乘机扩大地盘"，等等。此种造谣，其目的显然是在离间国共关系，分化中央军与八路军团结，以便乘机渔利，日寇此种惯技，即三尺童子也不难洞察其奸，但竟有一群"热心宣传"工作的人们，甘心充当日寇造谣的义务宣传家，唯恐同盟社的谣言散布不广，乃又全套搬上自己的电台和报纸重新转播。谩骂叫嚣，咄咄逼人。可是，八路军在敌后的一再胜利，立刻打了他们的嘴吧，我们不知他们何以在国人面前自解其嘲，但更奇怪的是近日中央社一面在播发敌后作战胜利的消息，一面仍在乱吹什么八路军拒绝中央作战命令等等梦呓。此种神经错乱之状态，至使在前线指挥作战的国民党将领，亦为之大惑不解。然而华盛顿方面却传来事实的真相，原来我们在纽约交易所流连忘返之外交人物，却正在与白宫磋商"和平"。重庆若干当局企图投降日寇，找不到适当借口，便把主意打到共产党和八路军的头上。他们起初宣传"八路军不配合作战"，其下文意思，无非是说："那叫我有什么办法不投降日本呢！"现在和平谈判既然开始进行，自然更不能不加紧"反共"，作为达到和平妥协的步骤，但这种戏法，其实要得颇不高妙，因为全国人民今天已经完全懂得"反共"是投降的准备，愈是"反共"的曲调唱得高，便愈可以知道某些人是在准备进行出卖祖国的勾当。

一个月来事变的激剧发展，在国内刻画出一幅鲜明的对照：日寇的一个小规模的军事攻势和大规模的谣言攻势，在国民党若干统治人物方面所引起的反响是悲观失望，剧烈动摇，以致丧失理智，语无伦次，每日唯以造谣为主；而从共产党八路军方面所得到的回答却是坚决出击，勇敢作战，号召粉碎敌人新进攻。愈是祖国情势危急，便愈显出共产党八路军的力量。今日共产党八路军已经是擎天柱石，民族前锋，它能挽狂澜于既倒，扶大厦于将倾，其在抗战中的地位和作用，正在与日俱增，远非抗战初期所可比拟。我们相信，只要共产党八路军存在，日寇无论采取什么鬼蜮伎俩，绝对无法灭亡中国。

敌寇对于晋南的作战，已经宣布告一段落，现在正在进行中的是华盛顿、东京、重庆的三角"和平"谈判。在此期间，日寇既不南进，又勿西进，自然又要大肆"扫荡"敌后了。日寇很有可能就势撤回集中在晋东南的兵力，袭击华北敌后。而且无论在华盛顿，在重庆都是希望日寇"北进"的。我们敌后向来过惯战斗生活，随时都准备好了粉碎敌人进攻！当今日庆祝八路军总攻胜利的时候,我们愿意竭诚号召全华北各抗日根据地军民,一致动员起来,时刻警惕东方慕尼黑危险!时刻谨防敌人的袭击!

(原载一九四一年六月七日《新华日报》华北版第一版社论)

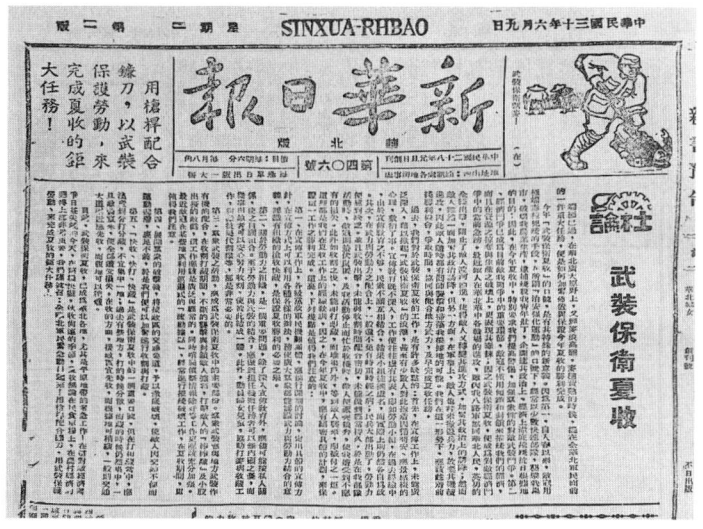

武装保卫夏收

端节已过,在华北广大原野上,又到麦浪高翻、麦穗黄熟的时候,摆在全华北军民面前的一件重大任务,便是如何加紧布置与保证今年夏收的胜利完成。

今年"武装保卫夏收"的口号,是有其特殊的新意义。因为第一,自入春以来,敌寇用极端毒辣凶残的手段,在所谓"治安强化运动"的口号下,经常以少数快速部队袭击我集市,破坏我农业生产,逮捕残杀我青年壮丁,企图达其政治上、经济上彻底摧残抗日根据地的目的;因此,在今年夏收中,特别要求我们提高警惕,加强群众性的对敌武装斗争。第二,经济斗争已成为目前敌我斗争中的重要环节,敌寇不仅用倾销和封锁来摧残我们的经济,而且在资源之掠夺与生产之破坏上，更表现其毒辣；因之武装保卫夏收，便成为对敌经济斗争中的当前急务。最近敌人在华北华中各战场的进攻，虽因我八路军协同华北人民，英勇的全线出击，阻止了敌人渡河西进，使得敌人又转变其进攻方式，加紧其政治上的诱降；然而敌人虽然一面加紧其政治诱降，但另一方面，在军事上，敌人也并未撤退兵力，放弃其继续进攻，因此敌人随时都有回师袭击和"扫荡"我根据地的可能。我们在这一形势下，应该趁着前线胜利机会，争取时间，协同与配合地方武力，及早完成夏收任务。

过去，我们对于武装保卫夏收的工作，是有许多缺点的：首先，在宣传工作上，未能广泛深入，藉以掀起"武装保卫夏收"的浪潮，甚至有少数人对此抱着因循苟安、应景点缀的心理，敷衍了事。宣传教育既不深入，工作便往往虚有其表，即如劳动小组，在过去经验中，由于宣传教育之不够，民众不愿互相结合，结果小组徒拥虚名，而实际上则仍然各自为政。其次，在武力与劳动力之配合上，一般还不免有时重时轻之病；兵民大部出动了，劳动力便感到缺乏；并且武装出击，未能与收割时间配合密切，未能做到经常持久，于是在我部队活动时，敌寇则蛰伏鼠匿。及我活动停止而忙于收获时，敌人便豕突狼奔，使我遭受到不应有的损失。此外如收割之后，未能即打即藏，而堆集户外，等到敌人袭来，即被付之一炬。这些都是我们在夏收工作上的经验教训，因之，在今年夏收中，应有缜密具体的计划，来保证这一工作之顺利完成。这里，下列几点是值得我们注意的：

第一，在宣传工作上，各级党政军民机关团体，应进行深刻的讨论，定出具体的宣传方针，在宣传方式上可以利用各种各样的办法，务使广大群众都能认识武力与劳动力结合的意义，认识有组织的抢收快藏，是保证夏收胜利的必要之举。

第二，关于劳动力之组织，是一个重要问题，除了深入宣传教育外，应尽可能按私人关系，使之自愿结合。至于劳动力与武装的结合，应做到担任斗争任务者可以无内顾之忧，而从事田亩者可以安心努力收割，使彼此结成一体。此外，动员妇女儿童，协助打麦与收藏工作，组织抗属代割队等，都是非常必要的。

第三，群众武装之活动，应成为武装保卫夏收中的主要部份。群众武装应与地方武装作有机的配合，在收割打藏期间，不断的袭击与封锁敌人据点，打击敌人的"棒棒队"及小股出扰的敌伪，这工作应该是广泛与经常的。同时，哨岗、侦察、情报、除奸等工作更应该充分加强。最近敌寇在某些地区利用巡逻式的"流动据点"，经常进行摧残破坏工作，在夏收期间，更值得我们注意。

第四，展开群众的破击战，将接敌区的交通要道，予以彻底破坏，使敌人因交通不便而运动迟滞，裹足不前，于是我们便可以加紧进行收割与打藏。

第五，"快收、快打、快藏"是武装保卫夏收中的一个重要口号，但在打和藏当中，应注意到分打分藏，不宜集中一地；过去有些地方，打的时候分散，而藏的时候仍然集中，一旦敌骑窜来，便全部遭殃损失。在收的方面，接敌区宜先收，而根据地可稍缓，一般则交通大道附近应先收，而腹地可以稍缓。

目前，武装保卫夏收，已成为华北各地，尤其是平原地带的紧急工作！在这对敌经济斗争日益尖锐的今天，在旧粮快尽、秋收尚远的季节，夏收无论在民食军粮上，在农村经济的周转上都非常重要，我们谨号召：全华北军民紧急动员起来，用枪杆配合镰刀，用武装保护劳动，来完成夏收的巨大任务。

（原载一九四一年六月九日《新华日报》华北版第一版社论）

论群众武装建设

自去年百团大战以来，华北军民在胜利的斗争中，更明确而深刻的认识到群众武装的重要性，这就是：人民必须要有自己的地方武装，使武力与劳力结合，才能打击敌人的"恐怖毁灭战术"，保卫自己生命财产，保卫自己家乡；同时，在野战军方面，也必须帮助地方武装的发展，必须把大大小小的地方武装团结在自己周围，才能使得正规军有了灵活的耳目手足与协□配合作战，才能使得正规军在对敌作战中，不至于形成裸体跳舞的现象。

然而这种认真注意地方武装的转变，乃是最近才开始的。其转变的主要特点表现在：军区领导下，开始创建起坚强的群众武装，展开了群众性的游击战争；晋察冀百万民兵响亮号召的提出，晋冀豫青抗先的建设，都充分说明了这一点。

由于这种转变，在各方面都获得了不少显著的成绩：第一，在武装政策的正确执行中，纠正了过去"连根拔""乱改编"等不良现象；政府和军区，公布了必要和正确的法令，举凡关于逃亡军人、优抗、地方武装待遇等问题，都有了合理的解决。第二，军区工作开始有了系统的建立，各县武装科都配备了些得力干部，改变了过去多头领导的现象，各地都接受了晋察冀的宝贵经验，开始民主改选人民武装的领导机构，准备成立人民武装自卫委员会。第三，建立了坚强的民兵，开展了交通沿线地区的游击活动；如太北区，在很短时间便组织了成千成万活跃的青抗先，而在开展射击手运动号召下，民兵质量更获得进一步的提高。

但是，不能否认的，在建设群众武装中，还确实存在着若干缺点：第一，大部份干部还没有充分认识到：群众武装建设是打开对敌斗争，改变敌我斗争形式的关键，是贯串一切工作的中心环节；还不够认真的，一点一滴去建设地方武装，还缺乏积极的帮助与爱护；第二，群众武装在质量上还远赶不上客观形势的要求，民兵在数量上也十分不够；在领导上则缺乏经常的政治教育与技术训练，而自卫队则更为薄弱，以致影响到群众游击战争的广泛开展；第三，在营兵建设上，还带有"保安队"化的作风，缺乏战斗锻炼，甚至于有些地方，竟把营兵用来支差送信；第四，各地武装系统，在掌握群众武装上，往往不能正确的把握住群众武装的军事性与民主性的相互辩证关系。一方面因为民兵自卫队毕竟是群众的武装，设若一味用下命令的军事作风，必然会遭致失败。另一方面，也必须认清，它到底是半武装的群众，如果过份民主，不注意纪律，必然会降低战斗力，而这种偏"左"偏右的倾向，在某些地方也还确实存在着。

不错，注意群众武装工作的建设，是我们加强武装工作的一大进步。但要想继续迈进，必须坚决克服上述的缺点。

时局是严重的，我们想要加强与发展武装，壮大抗战力量，反对投降妥协阴谋，加强对敌斗争，这就要求我们在建设群众武装中，要突击营兵，组织游击集团，加强青抗先及自卫队工作，并从发扬民主工作中来保证群众武装的更加巩固。为此，我们谨提供以下几点意见：

第一，加紧建设营兵，并切实建立政治工作与供给卫生制度，选拔政治坚定勇敢作战的优秀干部，担任领导工作，要以全力扩大营兵，补充新兵，淘汰老弱，扩补之后要立即行动起来，在战斗中提高作战能力，然后再抓紧时间进行整训。同时从对敌斗争经验中告诉我们，群众武装没有强有力的营兵作支柱是不能应付严重战争局面的。

第二，加紧进行选举各级人民武装自卫委员会。这一工作除晋察冀外，在其他区域还是创举，这是人民武装建设新时期的象征，也是更高级形式的表现，经过民主的发扬去巩固其组织，提高其战斗力，激发参战热情，打下义务兵役制的初步基础。

第三，军区各级领导机关，应加强对群众武装的领导，帮助解决各种困难。同时，群众武装还必须与群众团体保持最亲密的联系，因为群众武装的生长壮大，必然同群众团体血肉不可分离。至于野战军自然更应该尽一切可能去帮助群众武装的发展与巩固。

只有巩固的建设群众武装，才会开展广泛的群众游击战争，也只有群众性的游击战争的开展，才能保卫家乡，保卫根据地的每一角落。

（原载一九四一年六月十三日《新华日报》华北版第一版社论）

开展反维持会斗争

最近敌寇以军事、政治、特务等三股势力扭紧配合，向我根据地和游击区进行猛烈进攻，用武力恐怖威胁、政治劝降勾引、谣言欺骗蛊惑等办法，强迫各地成立伪维持会组织。而其建立维持会方式，则尤十分阴险巧妙，往往先突击某些我们工作薄弱地区或中心村庄，渐次向周近大小村庄推广；先收买某些汉奸败类或动摇妥协份子为其爪牙，然后胁迫广大群众堕其彀中；先建立秘密组织偷偷摸摸活动，到时机成熟，便打开门面"明朗化"……在这种窃盗的方式下，伪维持会组织便由敌占据点而蔓延到接敌区或游击区，甚至爬伸到我根据地内部。某些地区的维持会恶势力，已如蛇蝎蜿蜒爬行到敌占点线周围四五十里地面，造成极严重的敌进我退现象。

然而仔细考察这些维持会的组织，表面虽甚活跃，而实质则十分脆弱。伪组织中，甘心为寇作伥的民族蟊贼固不再少，但大多均系出于被迫受愚，而在既经受敌利用以后，一般咸有"汉奸不是好当的"哭喊，至于广大民众，则更痛苦莫名，无时不盼望我们假以援手，撬脱敌伪奴化统治。这种客观情形的反映，明显的告诉我们：一切伪维持会都有争取和瓦解的充分可能。以往维持会势力之不断扩大，主要的在于我们工作上还存有某些弱点，特别是放松了对敌斗争这一重大环节，使敌有机可乘，其气焰遂日益嚣张。

开展对敌斗争，击毁伪维持会组织，已成为我党政军民当前急务。只有这一斗争的胜利，才能打退敌人的进攻，提高民众的抗日胜利信心，根据地才能扩大和巩固，困难才能克服，各种建设事业才能蒸蒸日上，建设根据地是与对敌斗争不能分离的，关起门来进行建设是不可能的，这是我们认识上应有的前提。

执行反维持会的斗争，首先要求我们正确掌握反敌伪斗争的策略和除奸政策。对于伪维持会组织，一般应采瓦解政策，但应根据各不同地区的具体情形，决定不同的对策和办法，或则打击，或则争取，一切总以维护群众利益、争取广大群众为出发点。至对那些伸入我根据地的秘密的伪维持会，则应坚决打击和摧毁之，绝不容许其在我根据地内存在。对于伪组织的份子，也应根据不同对象，决定不同处理办法。凡死心塌地的汉奸而为群众深恶痛绝者，可依法严惩勿贷。其余被胁从份子，一般均应加以说服教育，争取其悔悟，回头抗日。

反维持会的斗争，事先必须有充分准备和严密布置。首先是思想上的准备，坚定每个干部对敌斗争胜利的信念，反对麻木不仁，恐日疑惧，及一切悲观失望现象，特别强调"只有对敌斗争胜利，一切工作才有办法"，以激发干部对敌斗争的热情。其次是组织上的准备，首先是组织统一的指挥和领导，确定斗争的对象，查明对方的具体情况，配备与集中力量，进行猛烈的突击。这种事先的准备工作，是决定斗争成败的关键。我们必须紧紧掌握。

对敌斗争的中心一环是武装斗争，武装斗争的胜利，对于其他斗争的开展，具有决定的意义。经常的对敌武装斗争，必须以地方游击队、民兵、公安局武装等为中心，组织强有力的游击集团，不断地、积极地、主动地打击敌人的"棒棒队"、便衣队、特务队，坚决摧毁伪维持会的组织。这经常的对敌武装斗争主要是依靠地方武装，不能依靠正规军。有些地方认为离开了正规兵团便无法进行对敌斗争，或者认为对敌斗争只有一个"打"，除了"打"以外便无其他办法，是十分不正确的。

环绕着武装斗争，我们还要展开全面的对敌斗争。在反维持会的斗争中，政治斗争、思想斗争、宣传斗争都是格外重要的。要保障军事胜利的果实，不能专靠打，一定还须配备其他战斗武器。我们一方要坚决揭破敌奸制造伪维持会的阴谋鬼计及其黑暗反动，使群众认清维持会的真相；另一方要宣扬抗日民主政府的盛德，解释并正确执行政府的政策和法令，介绍根据地内光明幸福的生活，团结群众到抗日民主政府的旗帜下来。我们要指明日本必败中国必胜的道理，介绍抗日力量，打击悲观失望心理，发扬民族气节，启发群众的民族自尊心自信心以及爱国热情。我们要帮助解除困难，介绍各地斗争经验，教育群众斗争方法，使他们踊跃的参加斗争……

一个胜利的取得是不容易的，而胜利的巩固更是件艰巨的工作。在伪维持会被摧毁，沦陷土地被收复，人民重回祖国怀抱以后，我们便须抓紧时机，鼓舞群众的抗战热情与信心，在保卫家乡、保卫身家生命的口号下，组织发展人民武装，建立地方游击队，以便继续与敌作长期斗争。政府则要立刻派人前往慰问，扩大政府在群众中的威信，恢复与建立抗日民主政权，巩固群众对于政府的信仰，我们应毫不倦怠地埋头苦干，继续组织力量，准备迎击敌人的反攻。

展开对敌斗争，瓦解伪维持会，面向敌占区，面向交通线——今日仍然是我们的口号。

（原载一九四一年六月十五日《新华日报》华北版第一版社论）

谁不举起剑来谁将死得更可耻

"我是到这个世界来反抗的。"——高尔基的这句名言，写尽了他和他在中国的战友，瞿秋白同志的一生。

高尔基和瞿秋白的名字，指示着人类社会一个新的发展方向，无论在革命历史上，以及人类文化史上，高尔基和瞿秋白的伟大贡献，都好像两条绵亘的山脉，巍然屹立着。

从革命事业上来说，作为"下层"的劳动人民的儿子的高尔基，从他诞生的那天起，便开始在十九世纪俄罗斯黑暗的大草原上喊出了向光明的呼声，从在喀山的时候起，他更直接的参加了革命运动。无论在一九〇五年革命，或者在一九一七年十月革命时期，高尔基都曾经尽了他伟大的革命者的任务；任凭"暴风雨"如何厉害，沙皇的监狱、警察和皮鞭，如何紧紧的追寻着他，他始终以英勇的"海燕"的姿态，射穿着层层的乌云，向光明，向太阳，永远前进着。他曾经这样说过："我是工人阶级伟大运动的一个游击队员，我始终忠于他。"

同样的，瞿秋白同志，当他在北京俄文专修馆求学时代，便热烈参加了"五四"如火如荼的救国运动，他当时曾因费竭心力而至吐血。秋白同志最忠于职守，他那种不屈不挠的革命精神，一直到一九三五年六月十八日的早晨，在福建汀州中山公园里，在反革命的刽子手面前，秋白同志引吭高歌，从容就义。临刑时，还说道："为中国革命而牺牲，是人生最大的光荣。"

从文化战线上说，高尔基是苏联无产阶级革命文学的父亲，在高尔基的笔下，不只充分暴露了沙皇军事帝国主义的专制与黑暗，同时，新的阶级的英雄人物，开始在世界文学史上，第一次出现，便被当做真正的历史的创造者而走上斗争的舞台。正如列宁所说，"高尔基是无产阶级艺术最伟大的代表者"。瞿秋白同志则领导了中国的新文化运动，并且在过去的苏维埃区域，实行了新的文化教育政策，创造并光大了中国新文化运动的传统。至今，高尔基和瞿秋白所遗留给我们的一切著作，已经成了人类新文化史上最可宝贵的遗产，正像山岳里的富藏一样，将永远是取之不尽、用之不竭的丰富源泉。

在人类历史上，曾经出现过无数伟大的艺术家和文学家，但很少能与高尔基瞿秋白相比拟，那些资产阶级的文学家们在高尔基瞿秋白的面前，只有惭愧的分儿，因为只有他们才第一次把文学事业同工人阶级的解放事业紧紧的联系起来，使自己成为政治的文学家，布尔什维克的文学家，在列宁斯大林的旗帜之下，艰苦的进行革命工作。为了保卫列宁的伟大理想，高尔基曾经喊给全世界听："在这疯狂世界窒息的黑暗里，列宁所举起的火把是没有人能够熄灭它的。"为了保卫无产阶级革命的崇高理想，瞿秋白同志不惜牺牲一切，甚至自己的生命！

高尔基和瞿秋白同志,同样具有对于劳动的热爱,他们非常重视劳动,尊敬劳动,他们了解知识的来源就是劳动。瞿秋白同志从他参加革命活动的那天起,便是带病工作着,不管肺结核菌如何深深的侵蚀着他的生命。高尔基在他六十以上的高龄,还领导着一批青年作家编辑工程浩大而具有历史意义的《工厂史》,他在逝世的五十二天以前,还在真理报上发表文章,卧病时还向医生要求看新颁布的斯大林宪法草案,并且说:"我有许多的事要做呢!"

高尔基和瞿秋白同志,同样具有着伟大的社会主义的人道主义胸怀,那便是相信人,相信人民,相信各民族的友爱团结,和对于剥削者、有产者及劳动者的敌人的憎恨,以及对于叛徒的憎恨。

然而,正因他们澈底分清了敌友,爱憎异常分明,正因为他们替人民工作,为人民大众所爱戴,这就成了一切反革命者的生死敌人;终于,高尔基被"右派与托派同盟"所暗害;而瞿秋白同志则惨死于中国反动者的屠刀之下,给人类革命历史上,世界新文化运动史上遗留了不可弥补的损失!虽然,胜利绝不属于反革命的一面,胜利正属于苏联和中国及全世界人民!

今年,当我们纪念高尔基瞿秋白的时候,正是国际帝国主义疯狂的企图毁灭世界、毁灭革命、毁灭人类、毁灭文化的时候,也正是全世界的劳动者和人民的革命力量结合起来,做坚强的斗争的时候。日本法西斯军阀们的政治上的"以华制华""诱降政策",文化上的"奴化政策",都随着指挥刀正向我们作剧烈的进攻,而和日本军阀的"汉奸文化"遥遥相对的,在我国内部,竟也有人大声提倡"洋奴文化",这便是那些亲日派反共顽固派们所玩弄的花样。毫无疑问的,他们的用意,是想"一箭双雕",一面向日寇献媚,一面想蒙蔽住中国人民大众,好趁机下水(投降)。

今年纪念高尔基瞿秋白,我们要学习高尔基瞿秋白的伟大革命精神,学习他们的革命品质,接受他们的斗争武器和斗争艺术,并发扬他们所遗留的宝贵的文化遗产。高尔基瞿秋白所毕生努力的是真正的科学的、大众的、国际主义的新文化；只有澈底发扬这种革命的新文化，才能胜利的打退日本军阀的"汉奸文化"，亲日派反共顽固派的"洋奴文化"！

"谁不举起剑来，谁将死得更可耻！"这是高尔基瞿秋白所终生信奉的坚贞不屈的崇高革命气节，高尔基这嘹亮的战号，将永远响在人类卫士们的心里。

（原载一九四一年六月十七日《新华日报》华北版第一版社论）

慎防敌人的袭击和轰炸

最近数日敌情的变化，告诉我们有引起严重警惕的必要。进攻晋南之敌，在占领中条山和控制黄河渡口以后，已开始北撤，晋冀豫边区周围的敌人，有了大量的增加；点线附近之敌，其活动又复加剧，不时以小股出扰，个别地区且增加了若干新的据点；日寇对于收买汉奸败类和民族叛逆的阴谋正日益加紧，个别没有民族气节的无耻之徒，竟叛变投敌，出卖抗日根据地之情况；敌探汉奸的破坏活动，最近更见猖狂；而最值得注意的，是前几天天气晴朗的时候，敌机在根据地上空来复盘旋，侦察我军和我根据地情形。

上述这些敌人和汉奸的活动，显示出敌人准备进攻晋察豫根据地的征兆。一般估计敌情动向，颇有如下三种可能：

一是进行"扫荡"晋冀豫区。过去两年的经验告诉我们，每逢"七七"前后，敌人即发动对本根据地的"扫荡"。自然我们不能仅仅根据这一点，作机械的推断，肯定敌人一定在"七七"前后进行"扫荡"；但是目前正是夏收时节，敌人确有乘时出动，进行焚烧麦田、抢劫粮食、破坏夏收的夏季"扫荡"的充分可能。近来晋察冀、冀中、冀南、鲁西等处，敌人便在四出抢麦，各地军民都在奋起进行武装保卫麦收的斗争。我们晋冀豫军民，同样不能放松对敌戒备，必须时刻准备迎击敌人的"扫荡"。

二是举行奔袭急袭。敌人对于游击地区和接敌地区，经常举行急袭奔袭，破坏我抗日政权、民众团体，逮捕杀害我抗日工作人员，摧残我民众武装和抗日人民，这已为众所熟知。但最近敌人在侦明我根据地内部情形后，可能组织数支轻便武装，选择我警戒疏忽和工作薄弱的地区，或则是绕行山径小道抄过我前方警戒部队，作远距离的奔袭和突击。在这种奔袭中，后方机关和经济生产机关，将特别成为他们的攻击目标。同时，敌人还将派遣大批便衣队或武装汉奸，潜入我根据地进行骚扰和破坏，以配合他们的奔袭行动。

三是大肆轰炸我乡村和市镇。去冬晋察冀边区，敌人在"扫荡"时和"扫荡"被粉碎以后，曾以大批飞机滥施狂炸，投掷大量爆炸弹和烧夷弹，焚烧摧毁我村落，杀伤我人民，破坏我资财和物力。最近敌机一再盘旋，象征其有对晋冀豫根据地施行同样残暴手段的企图；或许上次的侦察，即系寻找目标，企图举行轰炸的准备步骤。

对于敌人警戒的懈怠，便是对于自己的罪恶，可以使我们遭受不应有的损失。目前敌情的变化，要求我们立刻警觉起来，彻底克服一切太平观念和麻木不仁现象，进行迎接战争的战斗动员，并使自己经常保持动员状态。特别是某些后方机关和生产机关，更应作一切必要的措施和布置，如疏散物资，埋藏不急需用的杂物等等，以防敌人的袭击和轰炸。此外以下几项工作，更是我们须要立时执行的：

第一是加强对敌的侦察警戒。这一工作我们过去曾一再提及，若干地区的站岗放哨工作，确已较前严紧，但最近又有松懈的趋向，实有重复提出的必要。目前的侦察警戒工作，应由各地驻军帮助地方民众武装共同组织，地方驻军应指定专人，专门教育民兵自卫队侦察警戒方法。以站岗放哨来说，今后不仅要一般地检查路条，更重要的是要盘查行人，详细盘问每一个行人的来踪去迹，决不随便放过一个形迹可疑或来去不明的份子，特别是拂晓、黄昏和黑夜，汉奸份子最易潜入，尤须特别注意，遇有成群结队的行人过路，必需一一分别盘问，因为汉奸份子最会掺杂其间，企图乘机混过。而接敌地区的驻军和民兵，必须大大提高经常的侦察活动，监视敌人的行动，防止敌人的偷抄和袭击。

第二是建立通讯情报工作。我根据地内，除个别县份情报网较为健全以外，一般均不很严密，情报不灵，传递缓慢，这是最大的弱点。各地驻军和地方政府，应帮助人民武装将情报网即刻严系起来，保证传送迅速，消息灵敏，以免敌人进攻时有耳目不清之虞，目前通讯情报工作，还应担任空防之责，一遇敌机出动，各地应即利用电话，报告敌机动向。

第三是加强防空，特别是驻军地区最易成为轰炸目标，必须立时加强防空组织和设备。首先便要建立防空哨和设置防空警报。除驻军放出防空哨以外，民间亦应以鸣锣打钟为号，躲避敌机。其次应有一定的防空设备，或则选择一定的隐蔽地区，或则挖掘一定的防控壕，并须先事划分分头疏散和隐藏的界限，不致临时慌乱和拥挤。再次，必须进行防空的教育，各地驻军不仅应在本部队进行此种教育，而且必须负责教育民众防空的方法，告诉民众必要的防空常识，必要时可经过政权集合民众举行讲课，并作实地演习。全体军民均须遵守防空纪律，严禁在敌机来临时，驻步聚望或乱跑乱奔，暴露目标。

我们生活在敌后，敌人的一举一动，都值得予以最大的注意，而最近则应慎防敌人的袭击和轰炸！

（原载一九四一年六月十九日《新华日报》华北版第一版社论）

怎样登记公民

晋冀豫边区全区范围统一的村政民选工作，经过将近半年的准备，并有各群众团体的民主改选作为先导，现在则已开始走向实际执行的阶段。这次村选，大家都视为晋冀豫根据地一九四一年度重大的建设事业之一，政府方面有其预定的确切计划和步骤，预期必能得到充分的成绩。正因如此，我们对于村选的每一具体步骤和工作，必须以十二万分认真的态度来细心考虑和执行，丝毫不能够草率苟且，因为唯有这样，村选的澈底胜利才能得到确切的保证。

村政选举工作的第一个重大步骤和具体项目，便是举办公民登记。这是由民众中发动村选的开端，也是走向民主的第一炮，只有这第一炮打得响，以后各项具体步骤，才会更顺利地展开。登记公民工作，看来十分简单，但如果真要把它认真作好，却还须要我们加以多方面的深入的研究。

首先，我们知道，直到今天，一般民众，甚至个别的区村干部，对于公民这一概念的了解，还是十分模糊的；而在正式执行公民登记时，对于公民资格的确认，又往往会发生许多争执。因此，关于什么叫做公民，什么人才能有公民资格，公民有些什么义务与权利等等，这些简单的问题，还必须在公民登记时向民众进行深刻的教育，以提高人民的公民观念及其对于公民权益的认识。

有人以为只要是人便是公民，或者凡是十八岁以上的人便是公民，于是汉奸败类盗匪罪犯也都成为公民。公民资格的取得既如此容易，人民对公民这一光荣头衔自然也就不很重视。其实，公民资格和公民权利的获得，并不是一件容易的事，这是长期艰苦奋斗的结果，历史上就不知道有多少英雄义士为了争取人民的公民权利而抛掷了自己的头颅，也不知道有多少可歌可泣的故事发生于争取民权的斗争中。今天，在沦陷区，我们同胞在日寇的奴役下，已经完全丧失了公民资格，自己的事情自己不能作主；在大后方，广大人民虽然名义上是国家的公民，而实际上则被剥夺了公民的权利，丝毫没有民主权利，更谈不到过问政治；只有在敌后方，在抗日民主政权之下，人民才不仅在口头上而且在实际上取得了公民资格，能够广泛地运用民权，真正成为国家的主人翁。这是根据地人民的无上光荣和幸福，值得十分珍贵和爱惜的。同时，公民资格不是随便可以无原则的赋予的，叛变抗战，叛变祖国的汉奸败类，破坏根据地建设，扰乱社会秩序的匪徒刑犯，都不是公民，不能给予公民权利，不能受到国家法律的保护。公民对于国家有一定的义务与权利，例如武装保护祖国，纳税守法，民主自由，管理政治，受法律对于自己生命财产的保护等等，在整个村选期间，这些问题必须进行深入的解释。

在另一方面，根据过去各地村选的反映，往往有胡乱取消他人公民资格的情事发生，这也是十分不妥当的。按照政府规定，除汉奸敌探，被褫夺公权的刑事犯，以及神经病患者以外，凡年在十八岁以上的，都有公民资格，都有选举与被选举的权利。任何人都不能侵犯他人这种光荣的资格和神圣的权利，否则自己首先便触犯了政府的刑章。有些人平日品性不良，或者是恃强凌弱，以致激动众怒，这是常有的事，这些人我们应加以教育或给予适当批评和斗争，但不能超越法律剥夺其公民权利。

其次，关于公民登记工作的内容，也有值得讨论之处。把公民登记了解为抄名单、造册子，随便写上几个名字，马虎公布一下，这是十分不正确的。公民登记本身便是件最实际、最具体、最有效的政治动员工作，而我们更应借登记公民的机会，来切实地动员每个公民参加村选，以打下村选动员的初步基础。同时，在公民登记中，还可进行许多其他的工作，如户口调查，经济调查，人民生活调查，以及其他中心工作的动员和配合等。只有把公民登记了解为政治动员，公民登记才会有更丰富的内容，以及更重大的意义。

再次，公民登记工作在进行时必须有充分的准备和一定的步骤。一般可以想得到的，至少有如下几个步骤：（一）宣传动员。在登记以前，首先各群众团体应进行热烈的宣传工作，激发人民对于公民登记的注意，更要利用民革室、夜校、识字牌等进行教育，使人人了解公民登记的意义，取得公民资格的重要；（二）制发登记表册，表册项目要简单具体，使大家容易填写，并应教育人民填写方法；（三）挨家挨户帮助填写登记表或收集登记表，同时也即进行切实的公民调查，保证没有一个公民遗漏登记，或错写误填；（四）在登记完然后，即公布公民名单，接着展开更广泛更热烈的动员工作。

以上仅系公民登记的一二主要问题，而在实际工作之中，一定还会有许多新的问题发现。由此可见，即使是一件最简单的工作，只要认真去做，一定会有许多生动的内容。我们要由公民登记开始来激起一个村选浪潮，创造许多新的工作方式和方法。

（原载一九四一年六月二十五日《新华日报》华北版第一版社论）

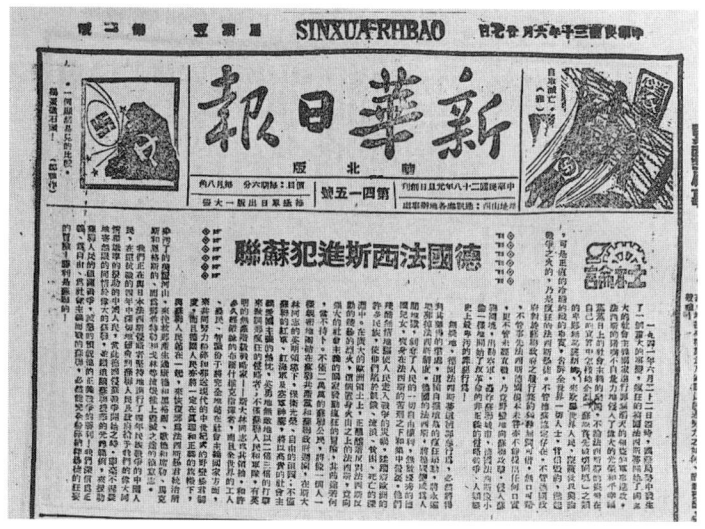

德国法西斯进犯苏联

　　一九四一年六月二十二日四时，国际局势中发生了一个重大的事变，疯狂的德国法西斯蒂开始了向□大社会主义国家进行罪恶滔天的强盗的军事进攻。法西斯的猪嘴不自量力地侵入了伟大的光荣和平幸福蒸蒸日上的社会主义的乐园，不论法西斯蒂的盗□在自己的宣言中怎样地企图，"苏联首先破坏国境"之类的卑鄙无耻谎□□，来欺骗世界人民，蒙蔽世界舆论，可是正直的冷酷的铁的事实，告诉全世界一切人士，背信毁约，燃起战争之火的，乃是疯狂的法西斯暴徒。不管德苏协定存在，不管德国政府对于苏联政府之履行条约□务无词可借，无口可借，不管事先法西斯德国根本未尝亦不能提出任何口实，更不管未经宣战，乃竟野蛮地向苏联攻击，侵入苏联国境，出动空军，轰炸苏联城市，德国法西斯像小偷一样地开始了反革命的非正义的侵略战争、人类历史上最卑污的罪恶行为！

无疑地，德国法西斯蒂这种罪恶行为，必然将得到其应得的惩处，这种自掘坟墓的疯狂举动，将永远埋葬掉法西斯制度。德国的法西斯，将德国变成为人间地狱，剥夺了人民的一切自由权利，无数优秀的德国儿女，丧身在法西斯的苦刑之下和集中营里。他们残酷无情地驱使人民走入战争的灾祸，蹂躏着欧洲的许多民族，使他们陷于饥饿、流浪、贫困、死亡的深渊中。在广大的欧洲领土上，正酝酿着反对法西斯反动的残暴的烈火，这个置身火山之上的法西斯，竟向强大的社会主义的国家发动疯狂的冒险，其前途若何，当不待卜。不仅二万万的苏联公民，将像一个人一样亲密地团结在苏联共产党和苏联政府周围，在斯大林同志的英明领导下，保卫光荣、自由的祖国；不仅苏联的红军、红海军及空军神鹰，将以高贵的社会主义爱国主义的热忱，英勇地无敌地以二倍三倍的打击来教训那疯狂的侵略者；不仅苏联人民和军队，有英明的无产阶级战略家——斯大林同志为其领袖，和许多久经锻炼的布尔什维克指挥者，而且全世界的工人、农民、智识份子将完全地站在社会主义国家方面，来共同努力粉碎和葬送现代的中世纪式的野蛮暴君制度，而且德国人民亦将一定在真理和正义的旗帜下，与苏联人民站在一起，来恢复那为法西斯暴君统治所染污了的美丽河山，来挽救那产生过康德和黑格尔、歌德和席勒、马克思和恩格斯的而为那希特勒和戈林等流氓推上毁灭之途的德意志。

我们正在与日本法西斯侵略者坚持地进行了四年民族战争的中国人民，在这抗战的四年中深切地体会到苏联人民及政府给予我们的伟大同情和雄厚的援助的中国人民，当此德国侵苏战争开始之时，即毫不迟疑地寄无限的同情于伟大的苏联，并愿追随苏联援华的光辉范例，来援助苏联人民的祖国战争，诚恳的预祝他的正义战争的胜利！我们深信为正义、为自由、为社会主义而战的苏联,必然能完全粉碎纳粹暴徒的狂妄的冒险!胜利是苏联的!

(原载一九四一年六月二十七日《新华日报》华北版第一版社论)

对晋冀豫边区临时参议会参议员的希望

经过两月余热烈的民选浪潮,我晋冀豫边区全体人民,完成了一件有历史意义的巨大任务,二百余位临时参议会参议员已由千万人民在雷动的欢欣声中陆续选出。参议员诸先生肩荷着人民的意志和希望,怀着人民的光荣和热情,或跋涉崇山峻岭,或冲过敌人重重封锁,纷纷赶来参加行将于"七七"揭幕之空前盛会。近日"联办"附近,临参会筹委会门首,车水马龙,群贤毕至,颇极一时之盛。

本届临参会虽由间接选举产生,然当选之参议员诸先生则均是社会上有地位有声望人士,平素或热心社会公益,或关怀民众福利,向为广大人民所心向敬慕,此次膺任人民代表之光荣职务,其必深孚人民殷望,固毋待赘言。际此参议员诸先生聚首一堂，全区民主殿堂行将落成之时，爰敢不揣冒昧，代表全区三千万人民，贡陈希望数端于参议员诸先生之前。

临时参议会是全区最高民意机关，而参议员诸先生则是全区的人民代表，代表着万千人民的意志，代表着各阶级人民的利益。因此，参议员诸先生的第一个光荣使命，便是忠实地执行人民代表的职守，把广大人民的一切意见和呼声，清晰地反映和传达到临参会中去。举凡人民的意志，便是参议员的意志；人民的要求，便是参议员的要求。其受人民委托之提案，固应以书面或口头方式提交临参会讨论，即未受若何委托，亦应本着人民意志，各凭一己所见，向临参会掬诚贡献。应该知无不言，言无不尽，点滴指陈，无所遗留。敌后抗日民主根据地，言论充分自由，临参会系民意机关，参议员在会内发言，对外不负任何责任，自更应侃侃而谈，无所顾忌。会议中有各党各派各界各阶层人士，在讨论中意见偶或稍有不同，但其代表人民则一，而经由民主研讨，最后必能求得一致的结论。我们认为，唯有充分发表自己意见，议论云涌，谈笑风生，才能集思广益，使各阶层人民的意向得以充分表达，利益得以合理调整，而临参会会议内容，方能真正充实。这是一。

临时参议会是全区最高权力机关，驾乎全区一切政权机构之上，参议员诸先生既代表全区主人，也即是全区最高的当政者，有指导决定全区一切行政工作之巨责。晋冀豫边区自冀太联办成立以来，迄今已及一载，但因向无民意机关之设立，政府工作尚未向全边区人民作过正式报告，此次临参会首次集会，政府当局自应向参议会详细报告以往工作，提请参议会检查。参议员诸先生职责所在，自应代表人民，严密审查政府之各项报告，彻底检讨政府的一切工作，事无巨细，必须一一过问，遇有疑难之处，即向政府质问，要求政府圆满答复，丝毫不容含糊。如有异议之处，更要坦白指陈，丝毫不予苟且。对于政府交议案件，同样必须缜密研讨，多方考究，可决否决，修改通过，均宜一秉己意，丝毫不必迁就；而对今后全般行政工作，则应反映人民主张。积极贡献意见，经由讨论，制成方案或决议，提交政府，督促执行，这便是说，参议员诸先生，必须充分运用民众所托付之权力，执行参议员监督政府、检查与考核政府工作之神圣职务。这是二。

临时参议会集各党各派各阶层各界代表于一堂，同时实一最大最光辉的团结机关。各参议员先生虽来自不同区域、不同单位，但均具有同一的最高理想，即建设晋冀豫抗日根据地，坚持敌后抗战，最后战胜日寇，驱逐日寇出境，在全国范围内建立独立自由幸福的新中国。这一高尚的理想，将全国上下紧紧地团结起来，而我敌后人民则更团结得像一个人一样。参议员诸先生都是社会先进，自必为团结之模范。我们希望在参议会中首先结成一个全边区人民代表的大团结，并以这种团结精神去影响和推动全边区全华北全中国。这样就必须万事共同协商，相互切磋。不仅在会议中要尽心商榷、研讨，协力解决一切问题，而且在会议外要多多密切联络，交换各种意见，流通各种经验和各地情形。这是三。

时值盛夏，溽暑蒸人，参议会工作既极繁重，而敌寇又在不断蠢动，参议员诸先生为民谋利，不辞辛劳，实令人至感且佩。我们在此敬致慰问之意，并祝参议员诸先生健康！

（原载一九四一年六月二十九日《新华日报》华北版第一版社论）

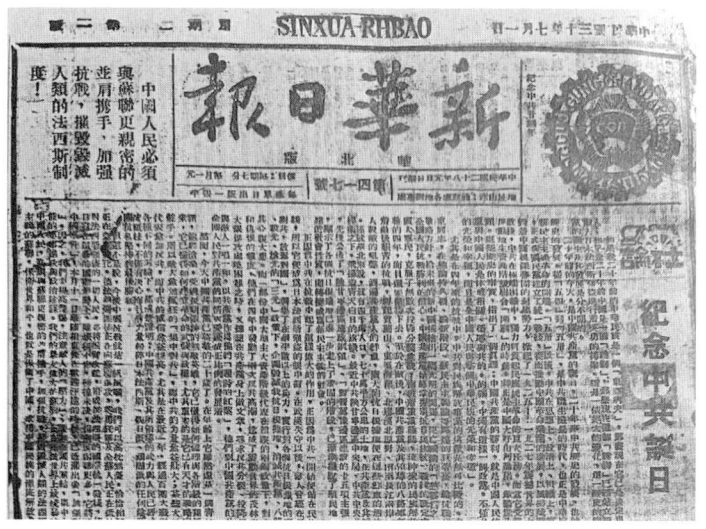

纪念中共诞日

如果说二十年前的中华民族是一个"东亚病夫",那么现在它已是决定东亚命运的一个巨人。如果说二十年前中国是一个"睡狮",那么现在这个睡狮已经站立起来,正在与他的敌人日本法西斯强盗进行着英勇的搏击。这是一个绝大的变化,这一历史的变化,与中国共产党的诞生及其发展是分不开的。

二十年前的今天,是中国共产党的诞日,二十年来中共历史的发展,也就是中华民族革命历史的发展。从"五四"到"五卅",是中共诞生滋长的时代,也正是中华民族反帝反封建的新民主主义革命的开端。"五卅"以后,中共在思想上、政治上、组织上,都有了很大的发展,正式与国民党建立了统一战线，从而推动中国革命飞跃的进展，以风扫残叶的姿势，开始摧毁着中国根深蒂固的封建势力，掀起了一九二五——一九二七年震撼世界的大革命。大革命失败后，中共在极端困难中，独立肩负起民族民主革命的巨大任务，而当它受到帝国主义与国内反动地主资产阶级联合"围剿"的时候，却正是中国大好山河沦陷，敌骑深入，国家垂危的关头。这些历史的事实，指出了一个道理：中国共产党的胜利，就是中国人民的胜利，中国共产党与中国人民是休戚相关、荣辱与共的。的确，中国有这样一个政党，不仅是"中国无产阶级的光荣和幸运，而且是全中国人民与整个中华民族的光荣和幸运"。

  尤其是在四年来的抗战中，中共对民族解放事业的贡献是无可比拟的。中共伟大领袖毛泽东同志，在他论持久战、论新阶段、新民主主义论等辉煌的巨著里，给抗战建国规定了正确的策略方针，给未来的新中国描绘出一幅光明的图画，使亡国论的"愁云为之一扫"，而坚定了全国人民抗战胜利的信心。中国共产党始终掌握着抗日民族统一战线的既定方针，号召与团结广大军民，克服了无数次投降分裂危机，冲破着重重难关，使神圣的民族解放战争坚持了整整的四年，而且还要坚持下去。至于在敌后，中国共产党及其领导的八路军新四军，始终坚持着敌后艰苦的抗战，西起贺兰山、东至海关、北达漠北原野、南至长江两岸，都充满了共产党人杀敌的吼声，洒遍共产党人的鲜血，广大的抗日根据地便在这些鲜血的泗流中创建壮大起来。仅就华北来说，就有四千万人口，七千万平方公里的土地，在共产党及其领导的八路军英勇捍卫之下，飞扬着青天白日的旗帜。最近中共陕甘宁边区的中央局、中共中央北方局及北方分局，先后公布了"陕甘宁边区施政纲领"、"对晋冀豫边区建设的十五项主张"及"双十纲领"，显示了各个抗日根据地已进一步走上了巩固的阶段，已渐渐摆脱了殖民地、半殖民地、半封建的社会性质，而转变成为新民主主义的社会。

  正因为中共在抗战中起了这样伟大的作用，正因为中共一开始便站在民族解放战争的最前线，所以它便成为日本法西斯强盗的眼中钉。在武汉失守以后，敌人曾经在长时期中，"集中对共，放松对国"，调集了在华半数以上的兵力，实行对各国抗日根据地的疯狂"扫荡"，在烧光、杀光、抢光的"三光"政策下，企图毁灭我抗日根据地，消灭共产党、八路军、新四军，除其心腹大患。而一部分中国大地主大资产阶级代表在错误的纲领政策下，对中共始终抱着嫉视和仇恨的态度，他们在四年中发动了两次反共高潮，造成了震动世界的茂林事变。而每当敌人大举进攻处境困难之时，又总想在共产党身上做文章，寻求反共分裂、投降妥协之门，他们会与敌人一唱一和，以共产党作为他们"题诗的红叶"，他们对中国共产党的仇视和残害，是与全国人民对共产党的同情和爱护成正比例的发展着。

然而，今天中国共产党已整整的二十岁了。在年龄上它虽然还是一个青年，但它是久经风霜，饱经沧桑，受过长期锻炼的无敌英雄，它已懂得如何处理与各阶级的关系及团结广大的群众，它已经懂得如何建立革命的武装与政权，尤其重要的是它已有天才的战略家毛泽东同志作其舵手。所以敌人愈加疯狂的"集中对共"，而中共的力量愈益壮大；某些大地主大资产阶级的代表愈加反共，而中共的威信日益提高。尤其是在最近一年，经过百团大战与茂林事变，在这各种不同的考验下，都清楚证明：中国共产党及其所领导的武力与人民已经成为团结抗战的中流砥柱，不仅有决心，而且有力量粉碎日本法西斯、亲日派、顽固派的任何阴谋与进攻，而将中国抗战坚持到最后胜利。

但这不是说，今后中国抗战就是一帆风顺，我们可以高枕无忧。恰恰相反，目前国际形势正在急剧变化，德法西斯匪徒正在向苏联进攻，英勇红军及全苏人民正在抵抗暴政，全世界反对法西斯强盗的一切人民，必将振臂疾起，组成反法西斯的国际统一战线，摧毁法西斯制度。日寇在这新的国际形势下，虽举棋不定，彷徨未决，但南进困难更多，它将集中力量来解决"中国事件"，本月十一日敌陆相东条在欢迎汪逆的时候，已透露出要"加强对重庆之军事压力"。因之,我们要提高警惕,注意敌人的"压力",要加强国共团结,集中力量粉碎敌人可能的军事进攻与政治阴谋。我们的挚友伟大的苏联,正在抵抗世界上最残暴的德法西斯匪徒,中国人民,必须与苏联更亲密的并肩携手,加强抗战,摧毁毁灭人类的法西斯制度,保卫社会主义的苏联,保卫世界和平,也就是保卫了中国,求得中国民族的彻底解放了。

(原载一九四一年七月一日《新华日报》华北版第一版社论)

勉励共产党参议员

在这次晋冀豫边区千百万人民以自己的热情和信任所选举出来的二百余位临时参议会的参议员中,有三分之一是中国共产党的党员。我党有这许多党员同志受到人民的信任,选为自己的代表,证明我党的确已经是广大的群众性的布尔什维克的政党,为千百万人民所爱戴和拥护,这是我党的无上光荣;全边区人民能够随从自己的心意选择这许多我党优秀同志及其他百数十位贤能人士代表自己管理政治,则是边区人民值得夸耀的光荣和幸运。当选为参议员的共产党员同志,一旦荣受人民的委任,披戴人民代表的光辉花冠,自当深体任务之巨,职责之大,益自矢勤励粹,奋勉有加,庶无负人民付托之重,瞩望之殷。值兹诸同志荣任伊始，服务前夕，特提要旨数端，为诸同志勉。

首先，共产党参议员诸同志当深切理解，同志等此次荣获人民青睐，畀以全权代表重大使命，一方面由于诸同志平日在各部门工作艰苦努力，为民尽瘁，久为人民所爱戴与器重，而另一方主要的是由于我党政治路线政治主张之一贯正确，以及执行各种实际政策之显著成就，建树了至高无上的政治地位，为广大人民所竭诚信仰与拥护。因此，共产党员在当选为参议员后，就必须愈益坚决执行党的路线与政策。因为唯有党的政策和路线，才是唯一正确而为千万人民所拥护的。我党目前总的政治路线是抗日民族统一战线，而其对于晋冀豫边区施政的政策，则具体归结于我党中央北方局所发布的十五项建设主张。共产党参议员在临参会中之一切言论行动，必须完全以统一战线为根据，以十五项建设主张为准则。无论讨论任何议案，处理任何问题，均需坚定不移地坚持党的这些主张和政策，丝毫不容抵触、违背或逾越。同时，共产党是全世界最有组织性的政党，每个党员都须绝对服从党的领导，党员在议会中工作，必须接受党的指导和监督，这是列宁党的原则，布尔什维克党的铁的纪律。因此，在临参会开会期间，每个共产党参议员同志，必须与党保持最密切的接触和联系，服从党的指导和指示，执行党的命令和决定。只有如此，才能保证自己不犯任何错误，胜利地完成以共产党员资格充任参议员的重大使命。

其次，我们共产党人是人民利益的最坚决的维护者和体验者，人民之所以选举我们共产党人当参议员，就在于他们由自己的经验认识了我们共产党人这一模范的特性。我党参议员同志，在临参会中工作，必须高度发扬这种优秀的特质，矢志效忠人民，忠诚于人民利益。这就需要深入民众，深刻的考察人民的生活，透彻地了解人民的要求，细密地发现人民中所存在着各色各样的实际问题，热情地倾听人民的呼声，虚心地接受人民的意见，把这些问题，这些呼声，这些意见，这些要求，涓涓滴滴地反映到临参会中去。这就需要在临参会工作的时候，处处为人民着想，时时为人民打算，一切问题的讨论和解决，完全放在人民利益上面来衡量和决定。凡是人民要我们做的，我们要立刻去进行，凡是人民所不欲的，我们便采取否定的态度。人民是我们的母亲，我们必须无微不至的体贴人民，十二万分的关心人民。只有如此，我们方能不辜负人民代表的光荣头衔。

再次，参议员是人民代表，同时也是政权工作人员之一，我们共产党员在一切工作中都站在先锋的模范地位，在执行参议员职务时，自更要积极努力，勤勉尽职，以报效国家和人民，这就首先要求我们每个共产党参议员同志，对参议员职务范围内的工作，有精博的研究和深刻的理解。必须精心研求和考查政府所颁布之各种法令，年来的各项行政设施，以及根据地政治、武装、财政、经济、文化、教育等各种建设的实际情形，掘发其症结，透识其利弊，应与应革，预为规划，然后则悉心聆听政府报告，审查政府各项交议，予以极端郑重之处理，更进而以管见所及，制成方案或提议，与其他参议员同人共作商究，提请会议讨论决定，以为今后政府工作之方向和计划。我们深知我们共产党同志的工作向来是紧张而繁忙的，但在临参会会议期间，各参议员同志则必须集中最大精力，认真进行一切有关参议会的工作，切勿避繁就简，敷衍塞责，或兼顾旁务，贻误职守，这是十分紧要的。

复次，临参会为团结总枢，各党各派各界各阶层均有代表参与，我党同志厕身其间，必须体现团结抗战之主旨，发扬民族友爱，创造团结模范。一切工作之进行，必须与其他同人分工合作，群策群力，一切问题之处理，必须与其他同人相互切磋，共同协商，而一切议案之提出，必须多多征求其他同人之意见，求取联络。参议会为明哲贤能荟集之所，我党同志必须谦躬和逊，追随学习，切勿自称能强，独断专行，影响团结，贻误我党在参议会中群策群力的方针。

临参会开幕在即，诸同志工作□繁，纸短语长，诸多自勉。

（原载一九四一年七月三日《新华日报》华北版第一版社论）

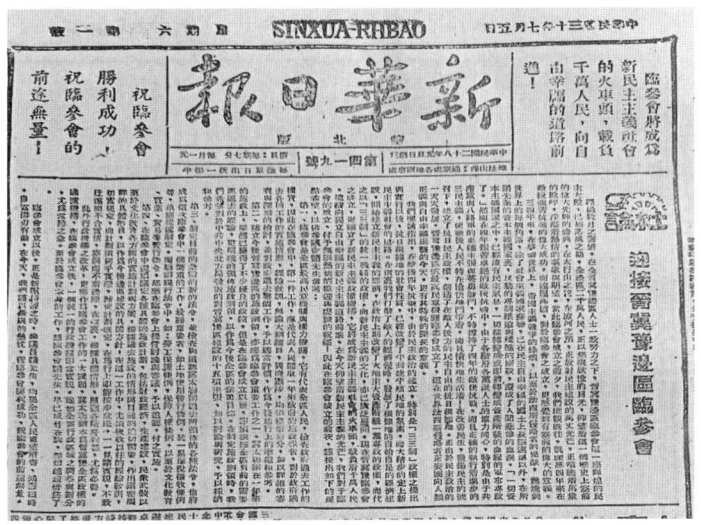

迎接晋冀豫边区临参会

经过数月之筹备，在全晋冀豫边区人士一致努力之下，晋冀豫边区临参会这一座辉煌的民主大殿，已届落成之期，全边区二千万人民，正以无限欣悦的目光，仰望着这一个历史上空前的伟大光辉的盛典，在太行山之麓，在漳河之滨，正放射民主建设的万丈光芒，正喧腾着万众的欢呼，洋溢着热情的讴歌与期望。当此临参会成立之前夕，我们纵观既往，既深感四年来在敌后艰苦抗战的伟大成功，而远瞩高瞻，对于临参会之成立，更感觉到有空前的伟大的意义。

三四年来，在整个世界上，帝国主义战争的烽烟，以至于法西斯侵略者的凶焰，燃烧到世界上的每个角落，除了社会主义国家苏联，已在民主自由幸福的国土上长驱迈进以外，在所谓先进的资本主义国家里，反动的专制压迫与残酷的厮杀，凝成了人间悲惨的血泪，"一切资本主义国家之中，已经没有民主气息，一切都转变成或即将转变成资产阶级的血腥的军事专政了。"然而在四年艰苦卓绝的敌后抗战中，由于各阶层各党派人士的协力同心，特别是由于共产党与八路军的正确主张与英勇战斗，不特撑持了四年的敌后抗战，而且正确的执行着进步的三民主义，使敌后人民不特在愉快地斗争着，而且愉快地生活着！在改善民生，发扬民主的号召下，建立了抗日民主政权，创造了在敌人后方的民主自由的抗日根据地。正由于民主政治的一天天发展，晋冀豫边区的最高民意机关临参会成立了，还在世界法西斯侵略者正妄图向人类正义与自由幸福进袭的今天，更有其特殊的深长的意义。

我们应该指出，在敌后四年抗战中，由于民主政治的建立，特别是"三三制"政权之提出与实行以后，抗日根据地的社会性质，已经改变了半封建半殖民地的氛围，而大踏步的走上新民主主义社会的道路。在这里我们打击了敌人的经济侵略，发展了根据地的自给自足的经济建设，开始建立新民主主义的经济，在政治上则改变了大地主大资产阶级一党专政的政权，而代之以"三三制"的统一战线的政权；而新民主主义的文化，亦已广泛展开。现在晋冀豫临参会之成立，更确立了新民主主义政权机构，它将成为新民主主义社会的火车头，载负着千万人民，继续向独立自由幸福的新民主主义道路前进。在今天仰望着新民主主义的光芒，我们对于临参会的成立，付予无限热切的欢迎与虔诚的祝福。因此在临参会成立的前夜，谨提出如下的几点希望，以供参议会诸先生参考：

第一，临参会是全区最高民意机关与权力机关，它有代表全区人民，检查政府过去工作的权责，因此在临参会中，第一件工作，应是代表人民听取一年来政府的施政报告，对于政府过去各种工作的实施情形，经验教训，无论大纲细目，与废黜陟，均须缕析条分，加以详细的审查与深刻的检讨，并对政府过去整个工作，予以适当评价，作为今后施行上的准绳和参考。

第二，确立今后晋冀豫边区的施政纲领，亦应为临参会重要工作之一。冀太联办在一年来的施政上，虽然已获得了不少优良的政绩，但是在临参会成立以后，即须根据全区目前的需要与过去的经验，更明确的颁布施政纲领，以作为今后全区的奋斗目标。在制定施政纲领时，我们希望对于中央中央北方局发表的对晋冀豫区建设的十五项主张，加以讨论与研究，予以采纳和参考。

第三，制定目前的急需的新的法令，并检查与追认冀太联办过去所颁布的各种法令，也将成为这次临参会中一个繁重的工作。最关重要者，如土地使用暂行条例，统一累进税征收条例等，亟应从速制定。而联办现行法令中，如：劳工保护条例，保障人权条例，以至于文化教育、实业、贸易等暂行协令，都应在临参会上提付讨论与审议，予以追认，付之实施。

第四，在临参会中还须议定各种具体的施政计划，包括财政经济，生产建设，民众武装以至于文化教育各方面的实施计划与方案，根据过去施政的情形与目前的迫切需要，作出缜密周详的具体纲目，以作为今后边区建设的具体方针，在这一工作中，尤须吸收以往的经验教训，切实规定，而计划须切乎实际，务使计划既定，在施行上即能按步就班，一一见诸实现，不致迂远而不合实情，空洞而不着边际，在这里，根据具体情形，照顾各阶层利益，尤为必要。

此外行政机构之改革，更应作为临参会工作的一大课题，冀太联办本为晋冀豫全区政权的过渡机构，在临参会成立后，一个统一的行政机关即当实现。他如全区行政区域之调整与划分，尤为当务之急。至于临参会本身的工作，想临参会诸先生，早已成竹在胸，无烦越俎借箸了。

临参会成立以后，正是新猷待展之时，参议员诸先生，均属全区人民重望所寄，鸿筹硕略，自当游刃有余，在今天，我们谨以无限的热忱，祝临参会胜利成功，祝临参会的前途无量。

（原载一九四一年七月五日《新华日报》华北版第一版社论）

伟大抗战的四周年

中华民族神圣的民族解放战争，已经进行了整整四年。而且在战争烽火的锻炼中，中国人民愈战愈强，日寇的泥足愈陷愈深，形成今天成败利钝已了然若揭的局面。这是日寇与我们某些亡国论者及速胜论者预料所不及的。

四年来，是一个无比光荣奋斗的过程。四万万五千万人民在同一的目标下，结成了一条血肉的长城——抗日民族统一战线。它不仅使日寇的铁蹄，在一定的地点停止下来，而且使一些腐臭的渣滓——亲日内奸，无法在这新的"长城"里面立足，有的被驱逐出抗战的阵营，有的原形毕露，已为广大人民所唾弃，而敌后广大地区，则在共产党与一切先进人士领导与坚持之下，不仅粉碎了敌人无数次的"扫荡"，而且建立起抗日民主政权，使这些地区，摆脱了半殖民地半封建社会的性质，而走上新民主主义社会的大道。一句话：古老的中国已经苏生了。因之我们听到敌人"坚持持久的综力战""帝国的境遇已进行到困难中"的惨叫；我们也听到某些反共顽固份子，自叹"衰老"的哀鸣。这些都是全国军民艰苦奋斗的伟大成果，这是我们最后战胜日寇的保证，我们已更加接近最后胜利的曙光，任何悲观失望，感到没有出路的心理，都是鼠目寸光在那里作祟，没有丝毫根据的。

四年来，又是一个无比困难与艰险的过程，敌人的铁蹄已踏遍了中州原野。敌人的政治进攻，也在一部份大地主大资产阶级响应与配合之下收到了不应有的成绩，如十二月政变与茂林事变两次反共高潮，使团结抗战遭遇到严重的危机与巨大的损失。敌人在经济文化各方面的进攻，也由于当局错误的政策给了敌人以有意无意的协助，造成了经济上的拮据与文化方面的混乱现象。这些困难与危机，虽经中国共产党及全国人民一致努力，逐渐克服下去，但敌人为了挽救其崩溃的命运，新的更毒辣的进攻，是会踵接而来。争取最后胜利，还须要一个艰苦奋斗的过程，任何轻敌速胜，对长期抗战估计不够的心理，今天仍然是无利有害的。

值兹抗战进入第五年的今天，国际形势，已进入了一个新的时期，我们特提出两个总的任务，作为我们今后奋斗的方针：

第一，在新的国际形势下，美国可以从大西洋脱身，更多注意太平洋问题，因之日寇南进的顾虑就更多了。同时苏联远东国防，并不受西方战争的影响，张鼓峰事件，又是一个深刻的教训，敌人假若不是过于健忘，那么它的北进也不能没有忌惮。然而我们必须指出，即使日寇妄图助威希特勒，发动对苏联的冒险进攻，但集中力量来解决"中国事件"的方针，是不会变的。因之我们要提高警惕，加强团结，加强国共合作，坚持抗战到底，准备给敌人新的军事政治进攻以双倍的打击。

第二，遭受法西斯匪徒疯狂进攻的苏联，是社会主义的祖国，世界和平的堡垒，人类思想和希望的灯塔。因之，苏联的危难，亦即全世界一切民主国家，一切被压迫民族与先进人类的危难，站在正义的立场上，我们应当援助苏联；同时，苏联是中华民族最真诚的挚友，是援助我们抗战最可靠的同盟者，站在人情友谊上，站在"来而不往非礼也"的古训上，我们也应当援助苏联。所以在这新的国际形势下，任何反苏的成见都应彻底消除。邱吉尔是英国保守党的"死硬派"，是二十五年来"反共最激烈之一人"，尚且捐弃成见与苏联并肩作战，何况与苏联唇齿相依休戚与共的我国，是更应积极援助苏联的。我们应当与苏联并肩携手，共同消灭东西法西斯匪徒，保卫苏联，保卫中华民族！

其实上述的两个任务，也就是一个任务的两面。因为援助苏联，打击了西方法西斯德国，也就是孤立了日寇，增加敌人的困难与其崩溃的速度。反之，打击了日寇，牵制住日寇，也就减少了苏联的威胁，孤立了法西斯德国，也就是对苏联的具体援助。

我们要负起这两大光荣巨大的任务，来迎接抗战的第五年，迎接世界政治的新时期。

（原载一九四一年七月七日《新华日报》华北版第一版社论）

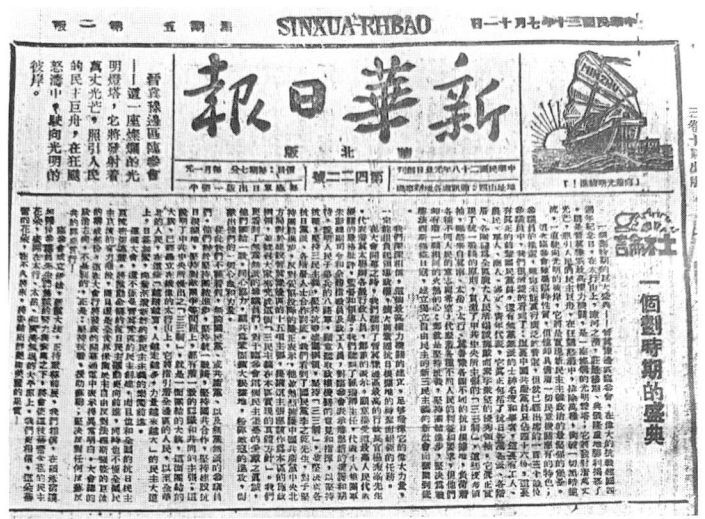

一个划时期的盛典

一个划时期的巨大盛典——晋冀豫边区临参会，在伟大的抗战建国四周年纪念日，在太行山上，漳河之滨，庄严穆肃、典仪隆重地胜利揭幕了。这是晋冀豫区最高权力机关，是一座灿烂的光明灯塔；它将发射着万丈光芒，照引人民的民主巨舟，在狂飙怒涛中，排除万难，冲破一切黑暗逆流，一直驶向光明的彼岸，它将是实现新民主主义政治的最坚强的堡垒。

这次临参会虽属临时性质，但他却具备着一切民意机关应有的特色；参议员的推选，虽尚未能实行广泛的普选，但就已经出席的一百三十余位参议员中，我们很清楚的看到了：这里中国共产党员只占四十六位，这里有真正的前辈国民党员，还有无党无派的士绅名流和学者，这里有工人、农民、军人、商人、妇女、青年代表，它真正包括了抗日各党各派、各阶层、各团体为全区广大人民所竭诚拥戴而素孚众望的优秀领袖。它真正实现了统一战线的原则，贯彻了中共中央所主张的"三三制"。这些优秀领袖，虽然来自冀南、太岳、太行、冀鲁豫各个不同的抗日根据地，负荷着各种不同人民的意志与希望，代表着各种不同人民的利益和要求，但他们却有着一颗相同的火热的心：那就是坚持抗战，坚持团结进步，坚决为战胜法西斯强盗日寇，建立独立自由民主的新三民主义的新社会而奋斗到底。

我们深深相信，这个最高权力机关的建立，足够发挥它的伟大力量，一定能担负起领导政权，扩大与巩固抗日根据地的神圣而艰巨的任务。

在大会开幕之时，我们听到了晋冀豫边区最高的行政长官杨秀峰先生，代表着冀太联办各级行政人员，郑重的表示，愿意接受这最高人民代表机关的严格批评、监督和领导；我们听到了罗瑞卿主任，代表十八集团军朱彭总副司令和全体指战员及政工人员，对临参会表示着热情的拥护和期待，说明人民子弟兵的八路军，愿意听取政权机关的意见和指挥，以坚持抗战，坚持三民主义，坚持抗战建国纲领，坚持"三三制"，并坚决与各抗日党派、各阶层人士合作到底。我们看到了国民党李之乾先生，对于坚持团结进步，反对妥协投降的严正表示，他并热烈拥护中国共产党中央北方局对于建设晋冀豫边区的十五项主张，提议这主张应该作为本区的施政纲领，并号召大家来完成这个"三民主义在本区实现的具体方针"。我们更看到了无党无派的参议员们，对于临参会这个民主堡垒的爱戴之真诚，他们团结一致，同心协力，愿共为巩固扩大根据地，粉碎敌寇的进攻，而献出他们的一切心血和力量。

从此我们不仅看到，无论国民党或共产党，以及无党无派的参议员们，他们对于坚持团结进步，坚持统一战线，坚持国共合作，坚持建设抗日根据地，坚持对敌斗争等问题上，都有着一致的认识和共同的主张。这说明了中共中央所提出之"三三制",就是一面团结的大旗,这面团结的大旗,已经矗立在雄伟的太行山上,它将指引着全边区的人民,以至全华北的人民,在这条"越踏越实,人越走越多,力量越来越大"的民主大道上,日益加紧,向着活泼新鲜的新民主主义的乐园前进。

这个大会,还不仅是晋冀豫区的民主创建,而且也和全国的抗日民主巨流密切连系,将推动全国的抗日民主运动更向前进,同时也不仅全国民主巨流的有力部份,而且还是全世界保卫民主自由反对法西斯强盗的巨流的构成部份,这在大会行将发表的开幕通电中表示得异常明白。大会总的政治方向,不是别的,正是:坚持抗战、援助苏联;坚决反对任何反苏反共的罪恶言行!

临参会成立伊始,新□大法,正待启轫前展,我们相信,在硕彦宿谟如诸位参议员先生们热诚的努力与奋斗之下,将会使这枝蓓蕾含苞的民主花朵,盛开在太行、太岳和广漠无垠的大平原上。我们更相信,这朵蓓蕾的花朵,在不久将来,将要结出鲜艳而美丽的果实!

(原载一九四一年七月十一日《新华日报》华北版第一版社论)

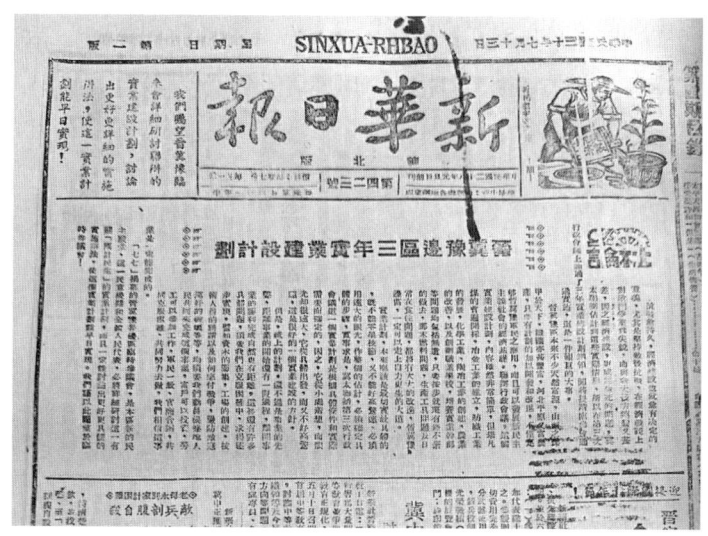

晋冀豫边区三年实业建设计划

抗战愈持久，经济建设也就愈有决定的意义，尤其是坚持敌后抗战，在经济战线上对敌斗争至为尖锐，而与我大后方连系又甚差，因之经济建设，更成为生死的问题，冀太联办估计到这些实际情形，所以在第三次行政会议上通过了三年实业建设计划纲领，闻将提请临参议会通过实施，这是一件艰巨的大事。

晋冀豫区本来不少天然富源，山西之煤甲于天下，铁矿亦甚丰富，河北平原又富农产，只要有计划的加以开发和改进，不仅足够晋冀豫军民之应用，而且可以发展新民主主义社会的经济基础。联办行政会议，这个实业建设计划，内容虽然非常简单，但举凡煤的普遍开采，冶金工业的建立，纺织工业的发展，化学工业、陶冶工业的创建，农业的改善，以及创办职业学校，培养实业干部等问题均包括无疑，只要按步就班有条不紊的做去，那末燃料问题、生产工具问题及日常衣食住问题，都将有大大的改进，晋冀豫边区，一定可以走上自力更生的大道。

实业计划，本来应该是最切实最具体的，既不能零星枝节，又不能好高骛远，必须用远大的眼光，作整个的估计，必须确定具体的步骤，实事求是，冀太联办第三次行政会议这一实业计划是根据具体条件和实际需要而确定的，因之，它从小处着想，而眼光却很远大，它从具体出发，而又不好高骛远，这是很好的一个实业建设的方针。

但是，纸上的计划，还不过是事业的先声，距离事业的开始还有一段过程，离开事业的胜利完成自然更有距离，这里还有许多具体问题，须要我们在克服困难中，求得逐步实现，譬如资本的筹集、工厂的创建、技术人员的聘请以及如何应付战争、严防敌寇汉奸的破坏等等，均须要我们动员根据地人民共同来完成这个事业，富户可以投资，劳工可以参加工作，军民一致，官商合办，共同克服困难，共同努力去做，我们相信这事业是一定能完成的。

"七七"揭幕的晋冀豫鲁边区临时参议会，是本区新的民主殿堂，这一民意机关和全体人民代表，必将详细研讨这一有关"国计民生"的实业计划，而且一定能讨论出更好更具体的实施办法，使这个实业计划能早日实现。我们谨以此瞩望于临时参议会！

（原载一九四一年七月十三日《新华日报》华北版第一版社论）

发行建设公债

　　为了加强抗日根据地的实业建设，冀太联办第三次行政会议上，曾拟定晋冀豫区三年实业建设计划，将提请临参会讨论通过，付之实行。关于根据地实业建设问题，本报前已为文论列，其意义之重要，已无待言。然而实业的兴办，非财不行，因此资金募集问题，便成为实现三年实业建设计划的首要步骤。联办三次行政会议上，曾同时通过提请临参会发行建设公债六百万元，并拟定公债条例草案，提供讨论，预料此次临参会中，发行边区建设公债问题，将成为重要议程之一，并将会作出细密周详之计划。为了边区实业计划之胜利完成，我们对于这一空前的伟举，谨表示无限热烈的拥护，同时号召全区广大人民，为迎接这一伟举的到来而共同努力！

在这里，我们对于边区公债之发行，应有深刻的认识。在世界各国中，发行公债，原不乏先例，但我们应郑重指出，在一般资本主义国家中，少数统治者掌握了一切，因之公债之发行，债权者对于债务者没有强制的力量，而公债之用途，非以弥缝其侵略军费之不足，便是填补政费之漏支，少数统治者阶级为满足其私人欲望，遂不惜竭泽而渔，从人民身上榨取脂膏，加重人民的担负，这与今天我们抗日民主根据地中的一切措施，有其本质上的差异。边区建设公债之募集，既由人民自己选出来的民主政权去执行，而其用途，则更明确规定为整个边区的实业建设资金，举凡水利建设，人民工农生产事业，以及重要公营工业及商业等，都与广大人民的切身利益有不可分离之关系。募集公债，也就是人民自己本身的事情。在经济建设的发展中，人民生活将日益改善，因此边区建设公债之发行，不特没有加重人民的负担，而相反的是与人民利益相一致的。

为了发展新民主主义经济，公营生产事业，亟待举办，但政府经费有限，必须征集广大的资金，作为一切实业建设的经费，因此公债之募集，便成为一个最好办法，我全区应有深刻的认识，而热烈拥护，慷慨解囊。此外在长期抗战中，本有钱出钱有力出力之旨，公债之募集，亦属必要之举。要粉碎敌人的经济封锁与掠夺，与敌人展开经济战，建立起根据地自给自足的经济，以支持长期抗战，则财政经济上必须有整个长远的计划，公债之发行，正是实现此种远大计划之必要途径。如果没有认识到公债发行与抗战建国之密切关系，则无从发挥经济建设与对敌斗争之伟大意义。

要使这一工作能胜利的完成，我们必须在事前有周密的筹划，在这里，我们认为必须做到下列两点：

一、广泛深入的宣传工作。由于一般对公债发行的认识不够，将会把公债之募集，视同捐税负担，因此在公债发行之先，必须进行广泛而深入的宣传工作，使农村中的广大民众，了解公债的意义和办法，在全区掀起认购公债的热潮和运动。

二、募集之准备。一般公债之募集，多为间接募集法，即由政府委托银行或其他经手人进行募集，敌后交通不便，由政府直接募集之法既不可行，因此必须委托银行及各机关团体商会等进行劝销，事前的分配与组织，应有适当之筹划，按各地区情形之不同，而定销售之多寡。

上述两点中，宣传工作，尤为重要，未雨绸缪，在公债发行的前夜，我们应该动员一切力量，为迎接这一工作而□□。

（原载一九四一年七月十七日《新华日报》华北版第一版社论）

爱护八路军

　　世界上没有比下面这一种人更应该受到人民的尊敬和爱戴的了，这就是手持武器为保卫祖国、保卫独立、保卫自由、保卫文化、保卫公理和正义、科学和光明而英勇奋斗、流血效命的战士。在苏联，有无敌的红军，他们正站在光明的国土上，以无比的英勇的姿态，成万成万的歼灭法西斯野兽，惩处疯狂的侵略者；在中国，有坚毅果敢的抗日军，他们已以自己的觉醒的力量，和强大的敌人奋战了四年，予蹂躏祖国的日本法西斯强盗以严重的打击；而在我们敌后华北，在祖国的最前线，则有与我们敌后人民共生死、同患难的八路军，以最窳败的武器，在最艰苦的环境中，与敌人肉搏厮斗了四年，坚持着敌后抗战的局面，保卫了华北数千万人民的生命财产之不被侵犯。

对于八路军，我们敌后人民是熟悉不过的，他是由我们敌后人民中生长壮大的，是我们敌后人民的子弟，是劳苦人民的儿子，是由中华民族的最优秀的青年所组成的。八路军是人民的前卫，是民族的精英，是自由和正义的队伍，是光明和胜利的旗帜。八路军是国军的一部份，是全国最坚强的抗日的队伍，但它是在中国最先进的政党——中国共产党领导下的。正因如此，它是一支铁的队伍。它的内部是平等的，有民主的生活，官兵一致，上下一体；但同时，它有最严格的、自觉的纪律，维护群众利益。它是战斗的劲旅，攻无不克，战无不胜，但它本身却又是一所模范的大学堂，人人受着最良好的革命的教育，过着高度的文化娱乐的生活。八路军战士的生活是最艰苦，然而是最愉快的，一个个身体强健，精神奋发，在任何困难面前决不会低头。

在纪念抗战四周年的时候，八路军的各师，各个战斗单位，都总结了他们的光辉的战绩。在这些总结中，我们可以看到，在四年抗战的过程中，八路军是消灭了多少敌人，夺得了多少武器啊！根据第十八集团军总司令部和总政治部所公布的统计，在四年的时间中，他们就曾与敌人作战了一万五千七百七十七次，就是说，平均每天要打十次以上的仗；在他们手下死的伤的敌人有十七万九千七百另二人，伪军有六万另四百八十六人，而且活捉了一千四百七十四个日本官兵，四万另三百另八个伪官兵；至于武器，弹药，军用品的缴获，则简直是无法计算的。在去年一年八路军曾经发动了两次大规模的有名的战役，一次是轰动全世界的"百团大战"，八路军以一百个团的兵力，向敌人有力出击；一次便是不久以前为策应和救援晋南友军而发动的全线总攻。八路军的足迹踏遍全华北，那里有敌人，那里便有八路军；八路军的令誉驰闻全球，世界各国都知道中国有一支最坚强最伟大的抗日队伍——八路军。全国人民和国际正义人士都敬仰八路军，拥护八路军，而且想各种办法来支援在敌人后方的八路军，作为一个八路军的战斗员是最光荣不过的。

八路军不仅消灭无数敌人，保卫了人民利益，而且更建立了上十块抗日根据地，在这些抗日根据地上，创造了新民主主义社会，带给千万人民以新的自由幸福的生活。大家都已经知道，在敌后，今天我们已经改变了半殖民地半封建社会性质，摆脱了黑暗、愚昧的半奴隶的生活状态。我们享受了民主权利，能够随自己的意志选举自己的官吏；我们已经不像以前那样受到过重的剥削和压迫，租息减轻了，劳动时间减少了，工资增加了，而各阶层的关系得到了调整；我们有受教育的机会，接受文化和娱乐的条件和可能。我们今天是新民主主义社会下的公民，是自由祖国的国民，这是我们最值得荣耀和庆幸的。八路军是光明的火炬，他照耀了我们的头、脸和手足，引导我们前进，给予我们幸福和欢笑。有了八路军，便会有新的社会，新的人民；没有八路军，我们的生活，我们的一切，简直是不可想像的。

这样，很显然的，我们应该如何地尊敬八路军，爱护八路军！十八集团军政治部主任罗瑞卿同志在晋冀鲁豫临参会代表八路军向最高民意机关提出要求，要求政府号召人民爱戴军队、壮大军队、监督自己的军队。他说："我们和日本的斗争，是长期的武装斗争，没有坚强的忠实于人民的军队，就不能坚持到底。过去全区人民已经贡献了很多力量，来爱护和壮大军队，但以后斗争更要残酷，我们应进一步来爱护和监督自己的军队。"这是完全正确的。八路军是人民的子弟兵，我们要爱护自己的子弟，壮大自己的军队，哺育自己的子弟，监督自己的子弟，这是我们的责任，也是我们的义务。

我们要怎样来爱护八路军呢？这就首先要尊敬八路军，要时刻想到八路军是为我们人民而流汗流血的；就须要关切八路军的生活，帮助解除日常的一切困难；就须要动员千万勇敢的战士参加八路军，壮大八路军；就须要优待八路军的家属，使八路军能专心一致在前线作战；就须要监督八路军，帮助维护八路军的纪律；就须要配合八路军作战，帮助担负后方勤务工作。让我们在这里高呼：

"敬礼啊！八路军！"

（原载一九四一年七月十九日《新华日报》华北版第一版社论）

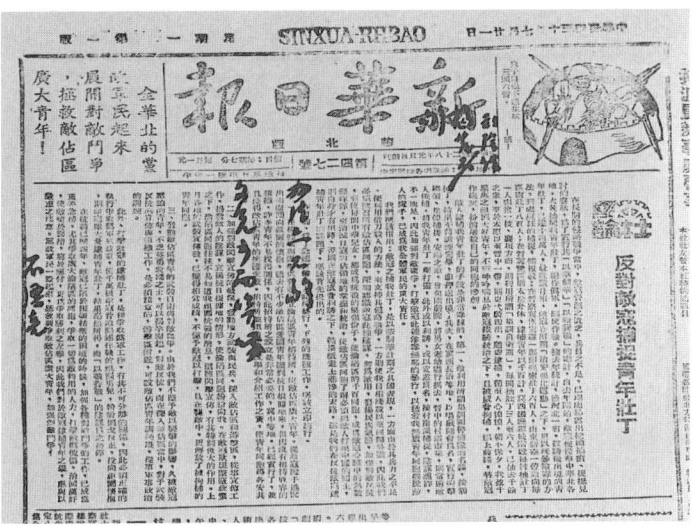

反对敌寇捕捉青年壮丁

在长期的侵略战争当中，敌寇资源之匮乏，兵员之不足，已处处暴露出挖肉补疮、捉襟见肘的窘状，为了实行其"以华制华""以战养战"的毒计，自去年开始，敌寇便从华中华北各地，大量抽捕我青年壮丁，编作伪军，驱使作战。据去年统计，仅河北一省，被诱征出境的青年壮丁，已达十四万人，最近数月来，敌寇在所谓"治安强化运动"之下，更以残暴险毒的方法，到处疯狂的捕捉。据报载：在晋察冀仅完县一县即强索壮丁六百人，山东新泰一带敌向每区索壮丁八百人。在晋冀豫区则太岳介休，逮捕青年以千百计，冀西磁县县城附近每村抽壮丁一人索枪一枝。襄垣方面，则利用所谓"集训自卫团"，每间抽壮丁三人至六人，已抽去千余之众，至于太原以至晋中一带，则更弋骑四出，随处逮捕，循至人心惶惶，朝不保夕，我盈千累万之祖国大好青年，不仅呻吟喘息于敌寇铁骑统治之下，且被威胁拘捕，骗上前线，替敌寇作炮灰，扮演屠杀自己的同胞的惨剧。

敌人逮捕我青年壮丁的手段是非常毒辣的，第一，敌利用所谓集训团警备队的名义，按额抽丁，结果不待训练完毕，即押送出境；其次，在冀西长治等地，以唱戏开会为名，实行突击绑架，集体捕捉，安阳之敌，曾包围戏院，将男女老幼尽行抓去，晋中的村镇市集，则常遭敌人掩捕，将我青年壮丁一网打尽，此外或以利诱，或以支差为名，按村指派捕捉，阴谋诡诈，不一而足，因此加强对敌斗争，打击敌寇此种阴毒无耻的暴行，以拯救我无数青年同胞摆脱敌人的魔手，已成为我全体军民的重大责任。

我们应该指出：敌寇之捕我壮丁，是"以华制华"计划之具体表现，一方面由于其兵力之不足，便利用借刀杀人的方法，来支持其侵略战争，一方则使我自相残杀以至同归于尽，因此我们必须号召所有敌占区同胞，深刻认识敌寇此种阴谋，勿为敌用，发扬民族气节，加强对敌反抗，应使每个中华儿女，都成为抗战的坚强份子，使沦陷区的千百同胞，成为敌寇心脏中的无数颗炸弹，来消灭日寇对占领地的掌握和统治，使敌占区同胞了解必须把敌人打出中国的国土，则自身才有出路，否则在敌寇威胁利诱之下，结果只走上悲惨的末路，这是我们在反抗敌寇逮捕青年壮丁的课题下，应该首先提出的。

在目前，为了急速打击敌人此种暴行，下列的几种工作，应该立即施行。

一、在根据地与游击区普遍设立沦陷区青年招待所，使敌占区广大青年，从敌寇魔手逃脱出来，而回向祖国的怀抱。过去有不少敌占区爱国青年愿到抗日根据地来，但因没有招待收容的组织，许多青年不易找得关系，因此招待所之设立是非常必要的。冀中等地，已经实行了，并且获得敌占区青年的拥护爱戴。招待所并须□□就学和介绍工作之责，使青年同胞得各安其所。

二、加强对敌闪击宣传的战斗。发动地方武装与民兵，深入敌占区和游击区，从事宣传工作，揭发敌人的阴谋，宣扬抗日根据地的情形，使沦陷区同胞纷纷向我。在敌寇欺骗蒙蔽政策之下，沦陷区同胞往往不易知道我祖国抗战的消息，这种闪击宣传，有其特别伟大的作用。上月各地的武装宣传战，已获得相当成绩，不仅予敌寇以打击，且在袭敌中，更解放了被拘捕的青年同胞。

三、发动敌占区青年的武装自卫与对敌斗争。由于我们不断予敌以袭击的影响，久被敌寇压迫的青年，不乏英勇爱国之士，可以揭竿而起，对敌反抗，而在深入敌占区当中，对于武装反抗的宣传与组织工作，是必须注意的。游击区附近，可设敌占区青年训练班，从事军事政治的训练。

此外，打击敌寇的逮捕壮丁，是和争取伪军工作，有其不可分离的关系，因此必须正确的执行争取伪军的政策，使千万被敌寇胁迫驱逐作战的祖国男儿，纷纷倒戈反正，投向祖国怀抱，则敌寇虽大量逮捕青年壮丁，结果毫无所得，而"以战养战"的阴谋为之粉碎。

在抗战已历四年，敌寇已陷于困顿拮据的困境的时候，加强各种对敌斗争的工作，已成为重要急务，尤其争取广大沦陷区的同胞，争取一切为敌利用的人力，打击敌伪傀儡，消灭汉奸，使敌拙于筹措，穷于应付，更为争取胜利之左券，因此我们对于敌寇逮捕青年之举，应与以严重之注意。党政军民一致起来，拯救与争取敌占区广大青年，加强对敌斗争！

（原载一九四一年七月二十一日《新华日报》华北版第一版社论）

拥护成立晋冀鲁豫边区政府

晋冀鲁豫临时参议会，于第四次大会，一致通过成立晋冀鲁豫边区政府，消息传出，万民腾欢。盖成立统一的边区政府，领导全区行政，固久已为全区军民的热切愿望。远在民二十七年九路围攻粉碎以后的当时，鉴于晋察冀边区因有边区政府的统一领导，力量集中，步调齐一，因而蒸蒸日上，发展迅速，若干先进人士，即颇感有援引晋察冀先例，向之看齐的必要。待至去秋，经各方奔走协商，乃有冀太联办之设立，初步统一全区行政，密切平原山地之联系。一年以来，各种建设既粗具规模，对敌战争日趋深入，客观环境已有此要求，而广大军民之主观愿望更益热切。循至临参会召开前夕，则更报章杂志一片呼声，机关团体函电纷飞，一致要求成立边区政府。各地各界参议员选举过程中，几无不有此一案。故此次方案之通过，可谓顺应舆情，切合需要之伟举。我们除对参议员诸先生之能充分代表民意表示衷心的钦佩与敬意外，谨略陈数端，以示拥护成立晋冀鲁豫辖区政府之诚。

首先值得说明的，晋冀鲁豫边区是一个整体的战略单位，其地位十分重要。在四年的对敌斗争与内部的辛勤建设过程中，□日益显见这一战略单位之不容分割。敌寇汉奸知之固稔，故千方百计□□□锯裂，使我不能打成一片，以达其各个击破的目的。连续不断的反复"扫荡"，一演再演□所谓"治安强化运动"，以及经济贸易之封锁，在在□含有此种阴谋在内，最近在平汉线两侧修筑深沟高垒，绵亘数百里，更为此种罪恶阴谋之显著□□，实应引起我全体军民的深刻警惕。而若干顽固份子，则犹不以民族利益为重，对此客观实际情况□视□□□，日谋破□□□□□□□完整，其行为恰恰有利于敌而不利于我。□□全区□□□代表的□□□□，堂堂正正通过决议，正式成立边区政府，统一全区行政机关，政府阵容，一方成既使投降顽固份子，□□本区的危害企图失去藉口，另方面更□□□□的人□□□□□□□□□□□□□□□□□，已足使寇奸寒胆，敌战区同□□□神驰，而全区□然一体，党政军民力量集中，步调划一，计划分工，□□□□，对敌展开武装、政治、经济、□□等各条战线上的坚持□□□□□□□各个□□的阴谋□□□□经常立于主动的胜利的地位。

其次，今日边区已是新民主主义社会，内部新民主主义的各项建设正在进行之中。边区政府的成立，在各种建设事业上，等于树立了一个坚强的领导中心，团结全区千八百万人民，结集根据地一切财力物力，在一个政令之下，按步施行建设计划，一日千里向前迈进。以言政治，则可在一百数十县中，同时由村选开始，逐渐完成各级政权的民选。以言经济，则可按各个地域土地物产的不同，分门别类，分散建设。如山地多广，宜于重工业的开发，平原产棉，利于轻工业之发展，以此之有，易彼所无，流通金融，繁荣市场，有计划的做到经济上的自足自给。以言文化，则可流通书报，交换人才……循此迈进，必可事半功倍，各种新民主主义的建设将会突飞猛晋，前途无量，胜利可期。此外如工作上的分工合作，经济上的交互流通，其意义亦不容忽视。晋冀豫、冀南、冀鲁豫、鲁西等根据地，创立既有先后，环境也各互异，而其新民主主义建设的程度遂更大有差别，呈示一种不平衡状态。在边区政府统一领导，分头建设之下，当可使落后者向先进者迎头赶上，不平衡状态渐趋消灭，这同样是不难预期的。

再次，就政府本身的建设来说，边区政府的成立，将会使有很大的推进与改善。杨秀峰先生在代表冀太联办向临参会所作的政府工作的报告中曾经指出：联办在形式上是一个联合协商的机构，但为了完成其所负担的任务□适应各区工作上的要求，却又不能不成为一实质上的权力机关，同时过去因为边区最高民意机关没有建立，所以它又担负着根据地一部份立法任务。不难想像到，在此种情况之下，政府工作在许多方面而定有难言的困难。今后边区政府成立，名既止而言亦顺，形式与内容一致，工作效力自将充分发挥。与通过成立边区政府案同时，临参会复通过划一行政系统案，正式确定三级制政权，确立各级政府的系统，如此机关既然健全，轮齿亦可合一。边区政府运筹帷幄，计划调度，指导工作，健全机构，树立制度，调节人员，加强领导，一切都将顺利展开，走向胜利的彼岸。

晋冀鲁豫辖区政府将要成立了，人民多时的愿望满足了，这是何等值得庆祝的大事！我们一定要拥护边区政府，一定要团结在边区政府的灿烂的大旗之下，向着胜利的道路前进。

（原载一九四一年七月二十五日《新华日报》华北版第一版社论）

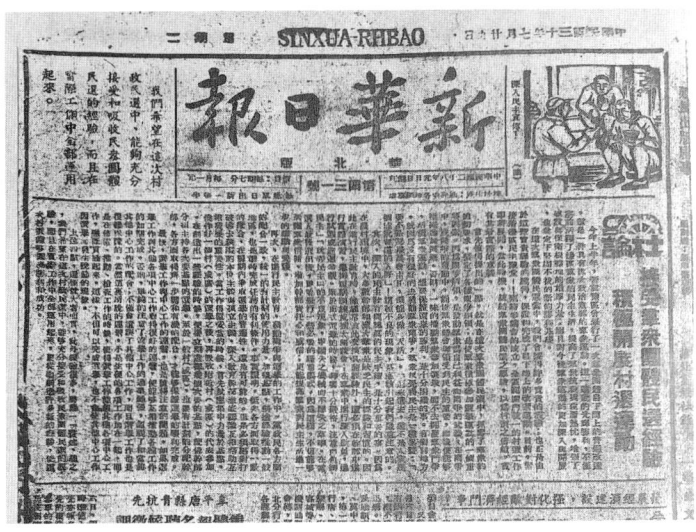

接受群众团体民选经验积极开展村选运动

今年上半年晋冀豫区举行了一次群众团体自下而上的普遍改选，这是一件具有伟大政治意义的群众运动。这一运动的光辉胜利，不仅空前活跃了边区群众的民主生活，提高了群众抗战与生产热忱，增强了建设与保卫根据地的雄厚力量。而且对今后群众运动的更加深入与开展，也奠定下坚固不拔的新的胜利基础。

在这次群众团体评选当中，我们曾获得许多宝贵的经验，也正是由于这些宝贵经验的获得，保证和完成了自下而上的改选运动。目前，紧接着边区民主殿堂——临时参议会的成立，全区范围内统一的村选工作即将展开，当此时机，总结群众团体民选之经验，以为村选之借鉴，实有其最实际的意义。

首先值得提出的一点，就是在这次群众团体民选中，抓紧了群众的迫切要求，制定了各种斗争纲领，是使群众积极参加选举运动的一个重要因素。因为斗争纲领，是发动群众为自己利益而战争的武器。在战争中，或斗争的发动中，能使群众体会与领受到民主的重要，而后便能继续参加选举，否则一味的推动群众参加选举，而不去开展群众斗争，活跃群众运动，想要保证选举的胜利，是十分困难的事。有个别地方，就因为没有很好的去发动群众斗争，群众反觉得民主是一种累赘："要不是选举协会主任，还能多做一天活"。"选来选去，还不是人家几个能说会道的人呀"！这种不良的现象，是应该引起我们严重注意的。

其次，深入的民主教育与认真的民主手续，是十分重要的事。因为在农村环境中，大多数干部和群众是缺乏民主的经验和习惯的。因此在进行民主教育时，除经常彼此交换具体经验外，还必须在干部中进行实际演习，举办短期训练或扩大座谈会，在群众中进行深入动员，进行试验或巡回参观。至于正式选举的时候，却要十分严格，注意"包办民主""玩弄民主"的不良现象，宁愿失之机械而不应失之草率。在当选人最后选出后，还要举行一些必要的隆重仪式，因为这样，不但能够活跃群众情绪，增加干部责任心和威信；更能提高群众对民主生活进一步的认识与爱护。

再次，在进行民主教育，发动战争与选举的工作中，党政民各方面的配合一致，统一的有计划的使用力量，加强基点，创造经验推动一般地区，也是准时完成任务的有利条件。事实证明，只要各方面取得一致的配合，在短期内争取选举的普遍性，还是有可能的。但是必须绝对打破过去狭隘的本位主义与孤立主义，深入教育干部彻底认识互相帮助互相发展的重要性。当工作布置妥当的时候，首先就应集中力量于基点，俟作好一个村（或区）的选举之后，再吸收附近村（或区）的代表参加。再创造出一些经验的时候，便要立刻选举几个次要的基点，配合干部分组主持各次要基点的选举。

至于一般村（或区）也要有计划的分配干部，各方面取得齐一步调和有机的配合，才能够保证选举的顺利完成。

最后，选举工作与中心工作的联系，也是值得注意的问题。如果选举工作与其他各项工作取得很好的联系，便能够互相推动各种工作的如期完成。否则单纯地注意了选举工作的过事铺张，忽略了和当前其他中心工作的配合，不仅会遗误了其他中心工作，而且选举工作也是很难保证的，当然这里所说的联系，不是生硬的各项工作加在一起，而是在布置、推动、检查工作的时候，使得选举工作能与其他各项中心工作，融会贯通起来。这样，不但可以完成选举，也不会使其他中心工作因选举而发生脱节的现象。

上述四点，还仅就大者而言，此外经验很多，势难一一赘述。总之，我们希望在这次村政民选中，能够充分接受和吸收民众团体民选的经验，而且在实际工作中全部运用起来，更从而创造许多新的经验，使这次村选能够圆满胜利和成功。

（原载一九四一年七月二十九日《新华日报》华北版第一版社论）

村选的动员问题

　　动员工作的深入普遍与否,是村选成败的关键。在各个根据地的村选运动中,一再证明了这点。今春陕甘宁边区村选运动中,第一选区选民占全体人口百分之六十,第四选区选民则占全体人口百分之八十以上,就是因了动员程度之不同有以致之。值此横跨数省之晋冀鲁豫边区村选运动行将展开之际,关于村选的动员工作,我们提出如下的意见,以供各地参考:

　　第一,与晋冀鲁豫边区临参会的成立连系起来,去进行深入的动员。多讲一些临参会的经过及有意义的故事给人民听。使他们了解:选举了好的参议员,就能够通过好的决议,制定好的法规,为全边区人民谋福利;同样,要选举了好的村长，也就能为本村人民解除痛苦，为本村人民谋福利。这样来教育人民重视选举，提高他们对选举的兴趣与认识。

第二，各民众团体，应当切实的负起责来。晋东南妇总一位负责人宣称：她们将保证百分之八十妇女参加村选。这是好的，我们希望工、农、青、以及其他各民众团体，亦能提出一个具体数字，进行□□，各救通过自己的干部和会员，通过他们的亲戚朋友，去家喻户晓，不厌重复的进行深入的解释教育，宣传动员。这是测验各民众团体工作是否深入的一个尺度。也是各民众团体目前的一个中心任务。

第三，各学校所在地，应成为一个动员的中心。陕甘宁边区这次村选运动中，每一个学校的周围，选举的收获较好，我们应当仿效这种模范的例子。但这里要注意，青年学生容易只注意到形式，必须使他们一点一滴，精密细致的去进行深入的教育动员，否则是无济于事的。此外，各机关驻在地及各部队驻在地，亦应尽可能协助附近村庄的村选动员工作，特别是部队的政治机关，更应多负责任，必须估计，这种作用是很大的。

第四，宣传动员的方式，应当是机动的，多样的，从公开的群众大会、游艺会、化装演讲、高跷、秧歌、小调、故事，以至到干部会、讨论会、妇女座谈会、士绅座谈会、家庭访问、个别谈话、随着不同的环境而灵活的运用。这里，干部的动员是首要的，只有干部活跃起来，认真的动起来，一切工作才有办法；如果连干部都敷衍塞责，那么一切都会成为空谈。至于农忙的问题，也应当很好的注意到，两者应求得很好的配合。

最后，也是最重要的是宣传动员的内容问题。宣传动员的内容，应当是统一的而又是各别的。就是说在总的方面，应有一个统一的中心。比如三三制的问题，村政机构的问题，公民的权利与义务问题，以及根据选举法等详细的加以解释。不要你讲东，他讲西，说的既杂乱无章，听者就更茫无头绪。其次要根据各个不同的对象，连系到他们切身的利益。"连系群众利益"，是多么平淡的老生常谈，但要知道，正因为他意义的重大，才会成为"老生常谈",过去许多地方选举闹不好,正是因为没有将这个"老生常谈"变为活的现实的缘故。所以这里我们特别强调的提出来。每一个人都有他自己的问题,每一个人都有他切身的要求,假若我们能抓住这些问题与要求,与选举连系起来进行动员,使群众真能了解——而且将来事实也要证明,只要选举了好的村政人员,他的问题都会解决,他的痛苦都会解除。要做到这些,还有什么人动员不起来呢?还有什么人会对村选漠不关心呢?

人民是需要民主的,而且在逐步的实践中已渐渐知道如何运用民主了。只要有很好动员教育,晋冀鲁豫的村选,是会胜利完成的。

(原载一九四一年八月三日《新华日报》华北版第一版社论)

巩固春耕成果

据冀太联办实业处的春耕总结报告，晋冀豫区本年度的春耕工作计划，已胜利完成，若干地区且均超过计划以上，这是值得我们万分兴奋的。

今年的春耕成绩，表现在什么地方呢？表现在春耕技术准备工作上，政府与人民曾尽了相当的努力，例如肥料之积集，农具牲畜的补充，种子的调剂，劳力的互助以及水利之兴办等，在春耕准备工作中，起了很大的作用，并获得了伟大的成果。当中尤其是肥料积集，曾掀起热烈的浪潮，许多不注意不重视肥料的县份，也大量的施肥，漳西武乡今年施肥较去年增加百分之八，平均每亩增加三百五十斤，襄垣平均每亩增加二百斤，冀西出于很早就注意集肥，因此获得了最好的成绩，赞皇一县即施肥六十九万余担。农具的补充，各县已获得相当大的数字，而且生产热忱之提高，新的农具不断发明和制造，克服了许多困难。武装保卫春耕工作，在今年的春耕中也具有伟大作用和意义，各地正规部队、民兵地方武装之不断袭击敌伪，举行了"清洁卫生运动""百人大战"，在一面战斗，一面生产的情形下，使春耕工作得以胜利完成，这也是今年春耕工作中，不可磨灭的成绩之一。

在具体的收获上，仅就太行区而论，便消灭了熟荒四万千余亩，开荒地三百三十余顷，超过了全区计划一倍半之多，全区共扩大了耕地面积八百九十余顷，变旱地为水田的成绩尚不在内。在这样的辉煌的成绩之下，不难估计到，如果没有意外的原因，今年各地产粮增加百分之十至百分之十五的计划将得到有力的保证了。

今年的春耕工作为什么能得到如此巨大的成绩呢，这不能不归功于政府政策法令之正确执行，全区军政民各界之协同努力，人民生产情绪之高涨，使全区各地，汹涌起春耕的热潮，至于领导工作和组织工作，不可否认的在某些地方，还是做得不够的，这表现在整个工作没有发挥它的统一计划的效能，许多县份还未能完成计划，在这里，下面的几点经验教训，是值得我们加以注意的：

第一，春耕的准备工作，应该是长期的经常工作，而不是一种突击工作，因此必须未雨绸缪，早为之备，否则临时突击，将失之于忙乱，并和其他工作纠缠冲突，不能按步就班成为一个中心工作去进行。冀西的准备工作，去年十一月就已开始了，因此能得到较好的成绩，这是值得取法的。

第二，工作的具体布置，与不断的检查推动，在春耕工作中尤其重要，在今年的春耕工作中，还有部分的自流现象，由于群众生产情绪之提高，而忽视了领导与推动，将会使工作一任自然发展，或者停滞不前，或忽冷忽热，例如今年的春耕竞赛工作，除个别地区外，还未能获得应有的成绩，技术的准备工作，有些地方仍存在着自发自流的现象。

第三，春耕的宣传工作固然重要，但组织工作显然是非常重要的，例如调剂工作（包括种子、农具与劳力之调剂）是要靠精密的组织工作去完成的，只靠片面的宣传，而没有精密的组织，则工作将停留在空洞的口号上，坐言起行，贵乎实践。接受了今年的经验，则明年的春耕工作，便应该努力于加强组织工作上。

此外，应该特别注意的，在今年春耕工作中，劳动力的组织，如代耕队、互助小组等，还没有发挥其伟大的作用，但已经成为我们应注意的一个新问题，今后应该如何发挥它应有的作用，是值得我们去计划实行的。

今年的春耕，已经基本上胜利完成了，目前即在乎巩固与扩大它的成果，使根据地的农业生产得到确实的空前的丰收：

第一，要巩固春耕的成果，应加强各系统组织的工作，特别是政府实业部门的系统工作，如实业处实业科，应该加紧进行在农事上的领导检查与指导，要将农业生产作为经常的重要工作之一，因为农业生产是根据地经济建设的重要任务，春耕过去了，夏种秋收，有待于我们的努力者，正自不少。

第二，继续坚持和扩大劳动力的合作组织，例如抗属代耕队、锄草拔苗的互助，在巩固春耕成绩，保证秋收上，有其特殊的重要意义。

第三，加紧夏种；一年之计在春，开荒播种固然重要，但拔苗除草，更是农民巩固成果的农忙时节，因之对于夏忙时加以锄草拔苗工作之指导与互助，政府机关与农民以可能的便利（如支差减少）是必要的，我们提倡各地发起多除一次草运动，以芟尽稂莠，培植嘉禾。

第四，山地夏令发雨水暴雨冰雹之灾，足以损害禾稼，因以巩固渠道河坝以防山洪淫潦之冲毁，发动民众从事修补渠坝，以及防火防虫等工作，尤其重要。

今年的春耕已胜利完成了，但许多县份还未完成，因此，在下半年还应该急起直追，以求普遍的完成，失之东隅收之桑榆，犹未为晚。

我们企待着一个穗实盈野谷粒满场的伟大丰收。

（原载一九四一年八月五日《新华日报》华北版第一版社论）

希特勒闪击战的破灭

苏德大战迄今月半，法西斯德军第二次大规模攻势，又告挫败，希特勒夸耀的闪击战，是可耻的破灭了！

所谓闪击战，即是一当战争开始，便在现代大量优越的飞机、坦克和空中降落的军事技术基础之上，集中压倒对方的优势兵力兵器，对对方全纵深阵地，施行同时间的立体奇袭，以突然和猛烈的姿态，进行主力决战。苏德大战前的帝国主义战争中，法西斯德国曾运用这一战略概念，奴役了许多国家：拥有百万现代大军的波兰，在四个星期前，便遭到了覆灭；在北欧战役中，法西斯德军三个星期便奠定了胜利的战局；在荷比战役中，五天之内摧毁了荷兰的军队，占领了整个荷兰和比利时的一半领土。于是所谓闪击战，确会炫耀一时，为举世所瞩目；希特勒亦以此沾沾自喜，有睥睨一世之概！

但是，战争形式的不能重演，也正如一切历史的不能重演一样。在苏德战争中，闪击战的形式，已不能成为战争的决定形式。战争形式是随着交战国双方军事技术，和生产力的变动和发展，军队的政治质量和攻击精神所决定的。今天希特勒所遇到的敌人，已经完全不同于过去的敌人了。强大的苏联红军，不仅在取之不尽的后备军上，远远的超过法西斯德军，而且政治质量的纯良，优越的技术装备，都使希特勒望尘莫及，无暇可击。红军在战争开始的头两个星期中，给予德军百万以上的杀伤，德军前进的里程，由每天二十三公里，降至每天平均八公里，即是证明。同时，苏联是社会主义国家，全国人民在布尔塞维克党领导之下，团结得像一个人一样。苏联没有吉斯林、汉伦、赖伐尔辈民族败类，作为希特勒的内应。红军和苏维埃政府据有广大的群众基础，任何奸细和第五纵队份子均无法混入，使得红军能保持高度的秘密，而德军则每一行动都暴露在苏维埃人民面前。组织起来了的苏维埃人民，是红军有力的助手和耳目。降落在阵地后方的法西斯伞兵，均为集体农庄庄员和农妇所捕获。少先营的儿童，亦能以机敏的智慧歼灭敌人。此外，作为闪击战先决条件之一的，是前线部队迅速获得不断的供给与补充。而在苏德战争中，神勇的红色空军，始终以压倒的优势，不断轰炸德军前线的机械化部队、后方交通干线、军火库和罗马尼亚的油田，使得德军的补给感到异常困难；前线德军坦克部队的活动，也不得不以高射炮保护作战。而德军后方苏维埃人民游击战的展开，德国士兵战斗情绪的空前衰落，以及德国国内人民的厌战，被占领国家人民的奋起反抗法西斯，处处不利于德军闪击战的施展，这就决定了希特勒的闪击战，在苏德战争中必然破灭。

苏德大战之初，由于法西斯德军背信弃义，首先撕毁苏德条约，悍然侵入苏联国土，在军事上获得某些进展，是很自然的。但苏德战争决定胜利属谁的关键，不在战争开始，希特勒主观愿望决战的时候；而是在德军攻击精神衰退，困难骤增的时机。并且，闪击战有冲力，没有韧性，故时间的争取是红军的战略原则之一。事实证明，红军不仅在空间获得了胜利，予德军以巨大的杀伤，且主要的在时间上击败了德军，赢得战争的继续发展与持久。希特勒扬言六个星期结束战争，已经证明其为狂妄呓语。

希特勒这一闪击战的破灭，对战争的前途，和整个世界局势，都将发生严重的影响。

由于德军攻势的一再挫败，大量有生力量消耗与胜利无望，首先影响到德军士气的衰落，和攻击精神的锐减，近来德军投降红军者日多，红军夺回之阵地，往往发现喝得烂醉之德兵，酣卧战壕中。而斯摩棱斯克一线，四天内，德军被歼灭达六师之众。在德国统治者内部，希特勒攻苏前夕，原已发生严重裂痕，近又传来前线将领中，如贺夏菲尔、季特尔、布罗齐兹赫诸人，被希特勒以"叛徒"之罪名撤免与拘禁。可以断言：随前线军事的失利，德国统治内部分裂必更剧烈。德国人民反战情绪，亦必因前线闪击战挫败而与日俱增。希特勒不敢向人民发表战报，就是怕煽起人民反抗的火焰。

德国兵源的缺乏，已为世所周知。由于伤亡的重大，德军兵员已感捉襟见肘，希特勒精锐卫队亦已开赴前线作战。而闪击战在时间上是脆弱的，战争旷日持久，法西斯德军人力与物力的补充，更将陷入危险境地。

在另一方面，以苏英军事同盟为基础的世界反法西斯阵线，因苏德战局的稳定，必更加巩固与扩大。近日来莫斯科、伦敦和华盛顿，苏英美的晤谈频繁，及太平洋上的共同制日，已显示反法西斯阵线发展的新方向。在希特勒奴役下的欧洲许多国家人民，由于希特勒闪击战的破灭，更激起了他们的斗争勇气，把他们从希特勒奴役下得到解放的希望，完全寄托在红军和世界反法西斯阵线上面。

法西斯德军在西方闪击企图的挫败，希特勒必进一步促使日寇在东方发动侵苏战争，进攻西伯利亚以为策应，但狡猾的日寇，却因此而愈益观望不前起来。红军的威力，日寇是曾亲身领受过的。西伯利亚红军，还是精神饱满的守卫着国土，并不因西方战争而受到影响。这就迫使日寇只能虚张声势，调集一部份兵力于满蒙边境，仍继续其观望政策，以待幻想中的有利时机到来。

希特勒闪击战的破灭，更明显的指出胜利是属于苏联的，是世界和平人民的。作为世界反法西斯阵线重要环节的中国，在此有利战争形势下，自应更加团结，坚持抗日的民族统一战线，消除何应钦辈亲日媚德的法西斯走卒，在世界反法西斯总的任务下，尽我们应尽的责任——歼灭日本法西斯！

（原载一九四一年八月七日《新华日报》华北版第一版社论）

加紧瓦解和争取敌伪军

最近敌近卫内阁改组，大事调动兵力，准备发动新的冒险战争，敌军内部情绪特别动摇，厌战自杀情事，层出不穷；而伪军方面则更出现不稳。盖伪军大半都是我国的善良同胞，他们曾亲眼见过日寇残暴地摧毁了自己的家乡，屠杀了自己的骨肉；迫使自己尝受着无家可归、流离失所的痛苦，虽然不幸的被敌寇强迫威胁充当伪军，制造屠杀自己手足兄弟的惨剧；但他们是愤怒的，仇忾的。他们不仅自己过着食不饱腹、衣不遮体的凄惨生活，终日忍受着敌寇任性的凌辱和虐害，且同样的亲眼看到了敌寇百孔千疮，愈战愈弱，和祖国在抗战的烽火中愈战愈强的鲜明对照的画图，使他们对伪军生涯，发生绝大的怀疑和动摇，以至逐渐地觉悟起来，纷纷归向祖国抗战的阵线上。目前华北华中各地伪军杀敌反正的佳音，频频传来，便是这一种良好的朕兆。总之，目前国际国内的客观形势，给我们造成了一个很好的瓦解和争取敌伪军的机会，我们应当抓紧这一良机，加紧瓦解和争取敌伪军的工作。

在争取和瓦解敌伪军工作方面，我们过去曾经积累了许多宝贵的经验，特别自从最近一次我党中央及八路军总政治部大声疾呼，号召争取和瓦解敌伪军以来，工作上既有相当成绩，经验亦有更多收获。今天把这些"老生常谈"的经验，重复提出，以为借镜，加强这一战线上的工作，这是十分需要的。首先，瓦解和争取敌伪军工作，应当是党政军民大家共同努力的工作，特别是应该把它当敌战区工作的最重要的一部份。同时，在对干部及军民的教育方面，不仅要说明瓦解和争取敌伪军，是争取抗战最后胜利条件之一，并且要使广大军民认识，我们的敌人，是日本法西斯统治阶级，绝不是日本士兵，和被强征出来而过非人生活的自己同胞。必须使瓦解和争取敌伪军工作，真正成为广大群众的经常工作，每个民众——特别是敌占区和游击区的民众，在和敌伪军接触中，随时随地注意影响敌伪军，争取敌伪军，才能保证这一工作的迅速开展，得到更多的成绩。

同时，在瓦解和争取敌伪军工作方面，方式方法的研究和注意固属重要，但主要的还是应该正确的执行这一工作的政策。过去解放报曾经说过："对于敌军伪军的俘虏，采取释放政策，不加以侮辱，对于其中多数带有抗日性的份子，则争取其为抗战服务"，这是万分正确的。我们应该严守这一政策，任何急燥、要求过高的"左"倾现象，和胆怯、长□不前的右倾现象，都是对工作有百害而无一利的。

再次，瓦解和争取敌伪工作，也和其它工作一样的：想要工作做得好，必须加强宣传工作。宣传工作是组织工作的前奏，如果没有深入的宣传工作，想要组织敌伪军反正投诚，那简直是不可能的。我们应当大量普遍的散发瓦解和争取敌伪军的传单、小册子，要在火线上高喊争取敌伪军反正投诚的口号，以动摇敌伪军的战斗意志。在宣传工作上，今日特别要注意宣传鼓励的内容、口号以及方式方法的研究，应该随时抓紧现实，了解敌伪内部的生活情形及其情绪，针对他们的情绪和要求，提出每一时期的宣传鼓励口号，并以各种灵活的方式方法出之。

瓦解和争取敌伪军工作，过去任何一个时期都没有现在紧要和顺利，而且以后还会更紧要更顺利起来。希望各方面一致努力，加强开展这一工作。须知日本法西斯强盗，单凭着光杆的军阀财阀，是没法进行侵略战争的。我们在瓦解和争取伪军工作中每一个胜利，那怕是很小的胜利，都是我们在扩大自己的抗战力量，直接援助着苏联的反德战争，也都是日本帝国主义和国际法西斯匪徒的一个严重失败。

（原载一九四一年八月九日《新华日报》华北版第一版社论）

发扬民族气节

从来背叛国家民族、屈身变节、觍颜事仇的丑行,都是与伟大中华民族凛冽的气节毫不相容的。这些丑类,在中华民族优秀儿女眼中,不特完全丧失了革命品质,即连做人的起码条件也是不够的。在中国历史上,秦桧、贾似道之流,固已为千秋万代所唾弃,即洪承畴、钱谦益之辈,变节委身,也逃不了正义的谴责。在今天神圣伟大的民族抗战中,如汪逆之类,固已公开投降,扮演了认贼作父的丑剧,而隐藏在抗日阵营之内,与敌人私通款曲,破坏抗战、破坏团结、甘作法西斯内应的走卒,如亲日派何应钦之流,也都逃不了人民的公愤与历史的裁判,他们将与秦桧、吴三桂一起,放在历史上最可耻的角落里。中华民族的优秀儿女们，应该秉承我民族的光辉传统，发扬我民族的忠贞气节，在长期抗战中，与敌寇汉奸，与黑暗丑恶作英勇的战斗！真理和正义是永远光明，永远胜利的！只有肮脏腐败的民族渣滓，才会被正义的洪流抛送到东洋大海！

敌寇为要达到其"以华制华"的毒计，它用尽一切方法，企图压迫我整个民族，向它屈膝投降，以供其奴役统治，因而软打硬打，威迫利诱，诡计百出。在它占领地区里，一方面凶狂烧杀，一方面怀柔奴化，一次"治安强化"失败了，又来一个"第二次"。最近在华北各地大捕我抗日青年，屠杀我抗日工作者，希图以恐怖手段，使民众变节屈服，近来更用卑鄙的伎俩，多方引诱抗日根据地的民众，回到沦陷区当顺民，但在富有崇高气节的伟大中华民族面前，敌人这种无耻企图并未成功：谢好礼先生之忠贞不贰，陈宗平、浦维逊、陈伯坚、莫治钧诸同志之壮烈牺牲，及敌占区同胞络绎不绝的回到根据地来，都表示出我中华民族的优秀儿女，是永远不会向丑恶的日寇低头的，这是给敌寇怀柔阴谋、恐怖政策的最好回答，这是中华民族永远不会灭亡的明证。然而，敌人这种毒辣的手段，是值得我们警惕的。为了打击敌寇此种阴谋，为了坚持我们神圣的抗战到最后胜利，我们应该揭穿敌人此种穷途末路的诡计，人人坚强刚毅，不屈不挠，更高度的发扬民族气节。古今来，中国不知有多少忠臣义士，虽在敌人刀锯鼎镬之前，犹正气凛然，坚强不屈，为了国家民族的利益，他们不怕茹苦含辛，赴汤蹈火，丝毫不被敌人的威胁利诱而稍事动摇。我们看到苏武留胡十九年，吞毡饮雪，誓不降胡的故事；我们看到颜杲卿破口骂贼，致被断舌而死的烈绩；文信国虽然被元所执，而正气昭然，从容就义。我们应当学习这些祖先的凛然的气概，不要做他们不肖的子孙，我们踏着他们的血迹，来挽救他们用头颅鲜血保持下来的中华民族。

其次，还应该特别郑重指出的，我们所谓民族气节，不是主张单纯的拼命，不是一死了事，也不是沽名钓誉，以死为荣，而应该表现在敌忾同仇、忠贞报国上面。抗战是长期的，同时又是艰苦的，它正需要大量干部，来完成这空前的伟业，因之，我们要爱护干部，珍惜生命，不作任何无谓的冒险与牺牲，死有重于泰山，有轻于鸿毛，我们要取法前者而避免后者。

抗战已逾四年，胜利的曙光已在前面，只要我们能高度的发扬民族气节，不屈不挠，再接再厉，坚决的奋斗下去，粉碎敌人的一切阴谋毒计，胜利一定是我们的，让汪精卫、何应钦之流的缺乏中国为人之道的民族败类，去受历史的裁判吧！

（原载一九四一年八月十一日《新华日报》华北版第一版社论）

日寇加紧南侵

几天来日寇正积极南进，步炮兵机械化部队，既源源开入越南，海军也在西贡金兰湾登陆，整个越南已为日本法西斯所攫得；而贪得无厌的日寇，传又结集重兵于越南西部泰国边境，魔手正伸向泰国，要求割让军事重地；显然的，西南太平洋形势，已紧张万分！

这次日寇加紧南进，就国际局势来说，与过去某些策动，有根本不同之处。苏德战局，渐趋稳定，德法西斯第二次大规模之攻势，已告挫败。在苏联红军英勇奋战中，德军死亡已达一百五十万之惊人数字。苏德力量的对比，正在起着新的变化，法西斯德国的力量，大大削弱；而苏联的力量，却日益增强。日本法西斯强盗看到这种形势，自然知道，如果这时候冒险北进，那简直是一种毫无把握的赌博，必然会遭到红军的拼命打击，同时也将失去它在三国同盟中半独立性的主动地位，势将完全变为希特勒的奴隶，随法西斯德国的溃灭而加速其死亡，这是日寇所不愿干的。因之，日寇的北进，眼前还有待于"时机"。至于南进策动，在整个法西斯匪帮的战略上来说，既可牵制英美集中对德，稍舒希特勒腹背受敌之苦，当然也不致为希特勒所反对，又何况南进对于日寇本身，却大大有利！

苏德战争爆发以来，太平洋形势引起了变化，英美都把一部份注意力转移到了这里，英国在马来亚不断增防，美国在菲律宾敷设水雷，以及最近美国夏威夷舰队西驶，加强远东军的指挥，在在都是对于日寇的一种威胁。而且时间愈是延长，英美在太平洋上的准备，也将愈益充分，日寇将来再要南进，也就愈加困难。为了争取紧迫的时间，日寇必须趁目前英美在太平洋的防务，尚未完全巩固，联合行动尚未完全形成的时候，以先发制人的手段，首先在西南太平洋上打下几个据点，立定足跟，争取西太平洋上有利的战略地位，以便作更进一步的打算，这是第一。

第二，加紧南侵，在经济意义上对于日寇也很重要。四年侵华战争，已使日寇物资消耗殆尽，日寇尚且幻想着发动北进等等新的冒险行动。物资的获得与补充，自属异常迫切，而南洋物质资源的丰富，冠绝亚洲。荷印是亚洲有名的石油库，它的出产量居世界第五位，占世界总量百分之二十。越南和马来亚的橡皮，年产量超过六十万吨。荷印的锡，居世界第三位，产量相等于日本十一倍，而马来亚产锡尤为丰富，居世界之首。那一带土地又异常肥沃，米产最富，荷印一地，米的出产量占世界第四位；越南交趾支那和东京两区，更是著名的两个米仓，越南全域，每年米的输出达一千七百万吨。其他重要物资如煤、金、金钢石、咖啡、糖、金鸡纳霜等，也很丰富。在这些物资中，日寇以石油、橡皮和米，需要特别□急，而这些东西，唯有加紧南侵才能得到满足。同时，荷印、婆罗洲、越南、马来亚之面积，广袤一百二十万平方公里，人口达一万万以上，当然是绝好的商品市场和廉价劳动力的供给地。这样富饶的物质资源和广大的土地，对于贫困日甚的日寇，如何不亟图掠夺！

从"解决中国事件"说来，日寇也必须南进。它夺取越南，便可沿滇越铁路进攻我西南昆明等地，同时又可以越南的海空根据地，来威胁和侧击我国际交通线滇缅公路。因之南进正是日寇西进的步骤之一，正是一个行动的两面！（所以中国军民也必须万分警惕！）

根据这些理由，日寇之必然加紧南侵，恐怕已成定局，然而随着日寇南侵的加剧，英美与日寇在太平洋上的矛盾，势必更益尖锐。日来英美两国正集中注意于泰国，伦敦方面正在认真地准备着对抗日寇的战争，华盛顿人士，呈现着紧张的情绪，舆论呼号，认为"空言之时期已经过去，必须取坚持之行动，准备对日作最后之清算"，这便是太平洋上风云紧急的例证。但是，虽说如此，我们却不能不注意于美国的态度，正因为在南洋的利害关系上，英美之间还有着矛盾，正因为美国海军准备尚未完成，正因为美国内部的亲德派、孤立派和反苏份子极力活动，正因为美国当局依然幻想着用经济压力去软化日寇，所以美国还在进行着"姑息政策"，这种政策，给英国以消极的影响，给日寇以大大有利的条件，结果必然使美国自身遭受大大不利。

我们劝告华盛顿人士，对日寇姑息，无异扳起石头打自己的脚，为了打击日寇南侵，为了打倒法西斯强盗，唯一的道路，就是结成美英中苏的坚强同盟，就以这个同盟去粉碎法西斯强盗的一切野心！

（原载一九四一年八月十三日《新华日报》华北版第一版社论）

论中苏利害的一致性

当苏德战争的消息像恶梦般的传来以后，对法西斯这种狂暴的行动，全中国人民的心中，顿时点起了无名的怒火；而对抵抗侵略的社会主义苏联，都一致表示了深切的关怀与无上的同情。接着苏联红军的捷报，雪片飞来，我全国民众又像听到平型关、台儿庄胜利的消息一样，感到莫名的兴奋与鼓舞。这里说明了一个真理，说明了全国人民已深刻了解到：苏联的危难，就是中华民族的危难；苏联的胜利，就是中华民族的胜利，中苏的利害完全是一致的。

然而的确还有一些民族败类，却抱着完全相反的见解：他们对公开承认汪逆的德意法西斯，表示感激零涕，约地相会；对苏联的遭受侵略，却抱着幸灾乐祸、隔岸观火的态度。虽然红军一再胜利的捷报，加重了他们心头暗影，然而他们仍恬不知耻的在那里制造歪曲论调，混乱听闻，企图证明：牛犊可以和虎豹相处，中国应当与法西斯合流。诚然，这种白日梦呓，不值读者一笑，但他们出卖民族国家的豺狼心肠，却不容我们忽视。我们应当指出：不仅这种显然的毒素，必须肃清，即任何对苏德战争的漠视，对中苏利害关系认识的模糊，都是有害的。

首先，中国抗日战争，是争取民族解放的革命战争，它是世界革命的一部份。而目前世界政治形势，已被苏德战争划分成两个营垒：一边是要镇压世界一切革命运动，进而奴役整个人类的法西斯的同盟；一边是维护世界和平，援助中国抗战的反法西斯的力量，苏联便是这个力量的中心。前者的胜利，便是意味着：世界革命的失败，中国抗战的失败，使整个人类退到中世纪黑暗野蛮的时代；后者的胜利，便是象征着：法西斯的溃灭，苏联及一切民主国家的胜利，中国的摆脱帝国主义的束缚，世界和平的建立。这还不够说明，中苏的利益是像血肉一样紧紧连结在一起吗？

其次，德法西斯已率同其帮凶们，公开承认南京伪组织，汪逆精卫正在庆祝已获得八国承认的"空前胜利"，希特勒已进一步直接危害到我神圣抗战事业。因之，苏联红军多消灭德国一分实力，也就压低了敌伪一分凶焰，也就是对中国抗战多一分援助；同样，日寇今天尽管加紧南进，但它是没有放弃进攻苏联的企图，因之，中国军民多消灭敌寇一分实力，也就多减轻苏联一分威胁，也就是对苏联多一分援助。这样，敌人既是一个，战争亦打成一片，中苏利害，还有什么地方没有吻合在一起呢？

再次，从地理上说，中苏接壤。西起新疆，东迄吉林，与苏联边境，犬牙交错，这就使两国命运更加结合在一起。这里假定，何应钦之流的梦幻实现了，他们在新疆与德法西斯"再见"了，就是说德国战胜了苏联，那么中国将处于法西斯三国包围之中，除帕米尔高原及喜马拉雅山之外，到处都是敌人进攻的道路，那时中华民族从不被法西斯走卒所出卖，亦将处于如何危难的地位？这难道还不够说明，苏联的危难，就是中华民族的危难吗？

最后，从历史上说，远的不谈，仅就四年抗战以来，不要说苏联对中国的物质援助，不要说远东红军经常钳制住大量的敌人，仅苏联这样一个伟大和平力量的存在，它对中国人民的鼓励，对日本军阀的镇慑，对全世界和平力量的团结与组织，其影响之大，都是不可以道里计的。这里我们还可以估计，在未来苏联打倒德国法西斯拯救了德国及欧洲人民之后，国际上将要发生多大的变化？那时苏联在国际上的地位，将要变得多重多大？那时苏联对全世界弱小民族的革命，对中国抗战建国的影响与帮助，将要有多重多大？这难道还不够说明，苏联的胜利，就是中华民族的胜利吗？

总之，目前中苏两国，已是唇齿相依，患难相顾，生死与共了。谁要看不清这一点，不是别有用心，就是鼠目寸光的政治上的近视。

因之，我们今天要加强中苏合作，要援助苏联，要坚决反对任何反苏反共的阴谋活动，要肃清抗日阵营内的反苏反共份子，这不仅仅是因为苏联援助过我们，今天应当"报之以李"，不仅仅是站在正义的立场上，而正是因为中苏两国的利害是一致的，援助苏联，就是援助中国自己！

（原载一九四一年八月十五日《新华日报》华北版第一版社论）

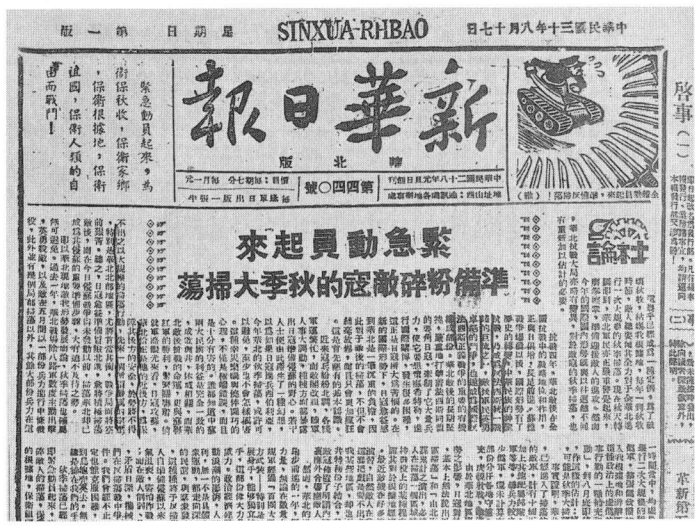

紧急动员起来准备粉碎敌寇的秋季大"扫荡"

这几乎成为一种定例，为了破坏秋收，枯竭我根据地，每年一到秋收时节，敌人总要倾其全力对于全华进行一次大规模的秋季"扫荡"，现在秋天转瞬即到，华北军民亦正严重警觉起来，摩拳擦掌，准备迎接敌人的进攻。然而今年的国际国内形势既与以往迥然不同，华北抗战大局亦略有变异，对于敌寇的秋季"扫荡"，也有重新加以估计的必要。

抗战四年，华北敌后在全国抗战中的战略地位和作用，正与日俱增，长足前进，苏德战争爆发以后，国际形势有了历史的转变，中华民族的神圣抗战，乃成为反法西斯统一战线的巨流之一，敌后军民英勇卓绝的斗争，也遂成为国际反法西斯正义战争的重要的有机构成部份。华北敌后的长期坚持，严重地打击着法西斯同盟的要角日寇，牵制了它大量兵力，使它要想策应希特勒进行国际赌博，发生很多困难，这正是日寇所大为苦恼的。在新的国际形势下，日寇愈益感到华北是一笔沉重的负担。因此，对于敌后的"扫荡"，不但不会丝毫放松，而且只会更加疯狂，这是首先应有的基本认识。

近来寇兵纷纷北调，各线军运繁忙，而敌阁改组，陆军人事大调动，种种方面都暴露出日寇准备侵苏的野心。若干人士便由此产生了一种幻想，以为如果日寇进兵西伯利亚，今年华北的秋季"扫荡"，或许可以避免，至少也不会怎样厉害。这种幸灾乐祸与侥幸图巧的心理，不仅是极端错误，而且是十分有害的。谁都知道中苏两大民族的利益是完全一致的，成败与共，休戚相关，而华北敌后抗战的命运，更与苏联红军的胜利，紧紧关联着。倘就军略眼光来看，日寇攻苏，华北恰正是他的近后方，为保障其后方的安全，于势将不得不出之以大规模的"扫荡"行动，先来一个所谓严厉的镇压，特别是华北北部地区，尤将首当其冲，战争局面将空前艰苦。总之，日寇愈益准备冒险北进，愈将积极"扫荡"敌后，而在今日侵苏战争尚未发动以前，"扫荡"华北却已成为其侵苏的重要准备步骤，大有迫不及待之势。

即以华北现□敌我形势发展而论，秋季"扫荡"也确属无可避免。过去一年，华北战场除八路军数度主动出击，英勇杀敌，以及敌在五月间以一部份兵力进行中条战役，此外并有几个局部"扫荡"以外，其余大部份兵力在这一时间当中，均处于休整状态。其间华北敌伪曾连续举行二次大规模的所谓"治安强化运动"，积极组训伪军，扩张伪政权的基础，并动员大批特务份子，打入我根据地和游击区，进行破坏活动。应该认识到，这种政治上的虚伪的运动，不论其收效如何，总是军事行动的一种补充和准备。现在第二期"治安强化运动"，到八月底即将宣告结束，我们不能不提高警惕，作这样的估计：第二期"治安强化运动"结束之日，可能是秋季大"扫荡"

开始之时。

事实证明，华北敌军最近一个时期的配置和行动，已经进入了"扫荡"的待机姿势。今日散布在华北各线的敌军，计有十个正规师团，十四个独立混成旅团，加上其他配属部队，如骑兵旅团，机械化兵团以及空军等等，总兵力较之以往未见丝毫减少，此外尚有不少伪军，还未计算在内。这一庞大的兵力，除了以一部份任各地守备，大多均集结于枢纽地点，休整补充，虎视耽耽，准备随时有所动作。

由于华北地区广大，敌寇兵力不足，以及国际局势之影响，日寇对于华北的秋季大"扫荡"，其作战方针，基本上无法脱出以前的那一套规律，这便是"分区'扫荡'"和"由北而南"。但其残酷程度以及种种阴谋鬼计之演出，必将有过于以往。在秋季"扫荡"中，敌人在"扫荡"一个区域时，可能集结和使用大量兵力保持战役上的某种程度的优势，企图以此来压倒我们，而其对于根据地经济建设的破坏，更将无所不用其极。最近敌机在好多地方都修筑了飞机场，并进行跳伞演习，自然敌人在我根据地没有群众基础，玩弄伞兵这套把戏是要不出多少花样的，但以此来袭击和扰乱我某些地区，却也不是完全没有可能。第五纵队与反共特务份子结合，其活动将比任何一次"扫荡"加剧，在敌寇布置了所谓内线工作的地方，那些家伙将会起来里应外合响应敌人，这些都是不容我们忽视的。

然而，华北的过去一年，是各种建设猛烈发展和跑步前进的一年，经过一年的切实努力，我们的武装力量，无论在数量和质量方面，都有很大的提高。正规军经过"百团大战"的锻炼，战斗力愈益坚强；地方武装——特别是民兵，有着广泛的发展，到处都施展身手，能够独立抗拒强敌，并成为正规军的有力助手，这部份伟大力量，在反"扫荡"战中将必更显示他的威力。政治经济建设的进展，不可以道里计，民主运动浪潮的澎湃，人民生产热情的高涨，春耕生产的胜利，无一不是具体表现。在这一年中，任何地区的民众运动，都趋向深入，各种民众团体完成了自下而上的民选，与群众发生了血肉关系，建立起坚强的威望，这种种将予反"扫荡"战的胜利以可靠保证。同时，敌人自准备侵苏以来，其内部困难已显见增加：敌兵士气沮丧，害怕作战，上吊自刎几乎造成一种流行病疫；而在敌人削弱、兼并政策之下，伪军与敌嫌隙扩大，矛盾日深，携械反正，屡见不鲜。这些又将造成我们在反"扫荡"战中争取瓦解敌伪军，扩大战果的有利条件。我们曾经不止一次的粉碎过敌人的"扫荡"，这次一定也能克服困难，击破敌人的作战计划，把敌人打退到乌龟壳里去。无论敌人如何凶横，如何残暴，胜利总是操在我们的手里。

秋季"扫荡"已经一天一天迫近，全华北的军民必须立即紧急动员起来，完成各种具体的备战工作，准备粉碎敌人的"扫荡"，保卫秋收，保卫家乡，保卫光明幸福的根据地，保卫祖国，保卫人类的民主和自由！

（原载一九四一年八月十七日《新华日报》华北版第一版社论）

坚决实行晋冀鲁豫边区施政纲领

在晋冀鲁豫边区临时参议会许多重要议案中,最引起全区军民热烈关心的议案,便是李大章、邓小平等十二中共参议员所提出的"以中共中央北方局对于本区目前建设十五项主张为基础,订定边区施政纲领"一案。该案早于前月十九日第五次大会上全场一致原则通过,又经大会专门推定之起草委员会草就施政纲领,重复交大会讨论,经全体参议员先生,以三天的宝贵时间,缜密集议,终于前月二十九日正式通过,完成了这一光辉的历史文献——晋冀鲁豫边区施政纲领。从此,晋冀鲁豫边区与统一的边区政府成立之同时,又有了崭新的统一的施政纲领,全区人民将在边区政府领导下,挥舞千八百万双手臂,整齐千八百万双脚步，向边区施政纲领所指引的胜利目标前进，这是何等值得兴奋鼓舞！

我们知道，一个国家的施政纲领，就是一个国家的施政的基本方针和最高准则，也是一个国家的努力方向和奋斗目标。每个国家以其处境的互异和立国的不同，各有其不同的施政纲领，我们中国在抗战期间的施政纲领，便是首次国民参政会所通过的抗战建国纲领。可惜这一纲领至今未能真正付诸实行，这是非常遗憾的。从一个地方来说，那末一个地方的施政纲领，便是地方施政的基本方针和最高准则，也是地方建设的主要方略和基本依据；而在地方宪法没有草定和颁布以前，政纲更具有地方根本大法的性质和作用，因此人人必须遵守，个个应该奉行。晋冀鲁豫边区施政纲领系以中共中央十五项主张为基础，同时参照了陕甘宁边区施政纲领和联办施政纲领，吸收了联办一年来的施政经验和各党派各阶层诸参议员先生的宝贵意见，加以新的补充，这就使新的政纲，更适合客观实际需要，譬如：正当着边区日益巩固发展，与人民更益血肉相连，而敌寇对边区的进攻，也日益残酷日益频繁的时候，新的政纲，在第二条中增添了建立人民子弟兵，加强青年武装，这便将更益发挥边区人民自己的力量，英勇地来保卫自己的边区；正当着敌寇烧杀毒害，散播病菌，阴谋百出，暴行空前之际，新的政纲，在第十二条中增补了建设卫生行政、减少人民疾病死亡一项，这意义便是更益保障了边区的有生力量；正当着国际形势有新的变化，全世界反法西斯怒潮高涨，我敌后英勇军民的战斗，已成为国际反抗侵略、保卫自由之斗争的有力构成部份的时候，新的政纲，在最后一条中增添了保护外国侨民，加强国际友谊，并将恳切援助宗主国或殖民地的革命志士之前来边区者，这就使边区人民与国际正义友人，更益亲密的连系起来，使边区抗战与世界反法西斯斗争紧紧的连系起来。显然的，新的政纲，是比十五项建设主张更为完善更益充实了。

十五项建设主张在颁发以后，曾得到全区人民的热烈拥护和赞助，因此边区施政纲领之必得全区人民之拥护和爱戴，自可不待再言，但十五项建设主张既经全区人民代表的最高权力机关接受通过，增补订定为边区施政纲领，那就不再是一党一派的主张，或某些进步人士的意见，而已经是边区政府和全边区人民的施政纲领和最高法规。因此目前问题已不是在言论上或口头上加以拥护，而是在实际工作和行动中加以坚决执行，使其全部见诸实现。唯有如此，施政纲领才具有实际意义，而边区建设亦方能更向前推进。

实行全区人民代表手订的施政纲领，是全边区各级政府和全体公民的责任和义务，唯有对这一点有深刻的认识，纲领的实现才有充分的保障。从参议会方面说，纲领既已通过，便必须监督政府使纲领能逐步实施，便必须注视与纠正对纲领的任何曲解与抵抗，这应当是参议会应有的责任。从政府方面说来，各级政府的负责人以至全体行政人员，必须清楚认明边区施政纲领是全区施政的最高章则，因此举凡各项具体政策之确立，各种大小法令之制定，以及每件施政计划之推行，在在均须以此基本大法——施政纲领——为准绳，丝毫不能有所违越和抵触。不宁唯是，行将成立之边区政府，更亟应根据这一施政纲领，积极拟订武装、政治、经济、文化等各种建设计划，限期完成各项建设任务，达成施政纲领所指明之标的，将晋冀鲁豫边区建设成为更完善的新民主主义社会，这是全区人民在施政纲领颁布后的最大期望。从人民方面来说，则必须站在主人翁地位，自觉地协助政府，坚决执行施政纲领的各项条目及其所规定的总任务，任何违害或违反纲领之言行，亦即是触犯政府法纪，必然会受到政府法律的应有制裁。我们要继续向前建设，巩固发展根据地，最后战胜敌人，就要上下一致，同心戮力，全部实现施政纲领。

在十五项建设主张颁布的时候，我们曾经说过，一种正确的主张和纲领，对于根据地建设是一种鼓励和指导，而对于敌寇汉奸却是一柄致命的利刃，这话在今日依然全部有效。十五项主张已成为边区政治的施政纲领，具有更高的威权和效能，全区军民将以无比的欢欣之情，来加以欢迎和奉行，而敌寇汉奸亦必然会以无名的仇恨和咀咒，想尽各种方法来加以阻挠和破坏。同时，不难想像，也可能有某些别具用心的投机取巧份子，会从一己不合理的私利或私见出发，故意断章取义，曲解纲领的条款和字句，来抵抗纲领的实行，甚或引用之于错误的歧路。此外，更因纲领刚才制定，各方宣传解释尚未深入和普遍，亦可能引起某些不应有的误解和怀疑，使纲领的执行未能尽如人意。因此，我们一方面要坚决实行施政纲领，在实践中来进行纲领的教育，另方面还应进行热烈的宣传和动员，并与敌寇汉奸的破坏行动进行坚决斗争，使这一纲领的基本精神和内容，能够真正渗透到下级政府机关，深入各阶层广大群众，一致正确实行，在执行中不发生舛误或违背。

晋冀鲁豫边区施政纲领是边区人民自己的纲领，我们共产党人对这纲领是完全同意和赞助的，我们希望边区政府立即实行人民代表机关所订定的这一正确纲领，我们号召全区军民在这一纲领下一致动作起来，而我们共产党员则更应成为执行纲领的模范！

（原载一九四一年八月十九日《新华日报》华北版第一版社论）

庆祝晋冀鲁豫边区临时参议会胜利闭幕

在距离敌人数十里地方举行的晋冀鲁豫边区临时参议会第一届大会，经过四十天的热烈会议，完成三千五百万人民所付托的艰巨伟大任务以后，已于日前胜利闭幕，从此边区民主政治的建设，又复踏上了一个新的阶段、新的时期，而横跨四省边境的抗日根据地，必将益形巩固与发展。

这次大会的最大特色，是自始至终贯彻着民主团结的空气和和衷共济的精神。出席大会的参议员共一百四十余位，其中有国民党员、共产党员和无党无派人士；有各界、各阶层的代表；有年高德劭富有政治经验的革命前辈，也有热情奋发英俊勃勃的青年；有在社会上素负盛望的群众领袖，也有被抗战唤醒的家庭妇女；有少数民族和各种宗教信仰的人士，也有由沦陷区同胞推选出来的代表。全体按"三三制"原则产生的参议员，大家聚首一堂，欢叙月余，共商晋冀鲁豫边区根据地抗战建设之大计，充分发扬了精诚相见、友爱互助的民族精神，真正作到了知无不言、言无不尽的优秀美德。而且临参会的这种民主团结，决不是大后方某些人士所空口喧嚷的一种谎言，也不是毫无实际内容故意矫揉造作的一种文饰，而的确是建筑在"抗战第一""胜利第一"基础之上的一种一致。各党各派各界各阶层的参议员，无论是讨论政府法令或表决各种提案，都各有其自身立场，有其自己的意见，决不苟且；特别是对于土地法、劳动保护条例、统一累进税条例、军事支差条例、婚姻法等重要法令之讨论和通过，参议员诸先生都集中了最大的注意力，仔细推敲研究，为各阶层人民谋利，甚至不惜舌敝唇焦，展开热烈论辩，此种热心公益之精神，实为全边区人民所深切感佩。然而政见容或不同，主张即有出入，但对任何问题，最后则莫不在抗日民族统一战线之原则和前提下，获得全体公认的一致见解和合理解决。我们所谓民主团结和和衷共济，其真实意义和内容便在这里。

大会成绩辉煌，收获堪称空前，无论从敌后以至全国范围说来都是如此。我们仅就与本边区直接有关者而论，至少有下列数端：第一是听取了联办杨戎正副主任的施政报告，检讨了晋冀鲁豫边区年来的政府工作，并由此作出正确决议，总结了这一历史时期的许多宝贵经验；这些经验不仅可供本区今后施政的参考，而且对于华北其他地区以及全中国都将是一种优秀的贡献。第二是接受了中共中央北方局十五项建设主张，更吸收各方意见，加以充实修正，正式订定晋冀鲁豫边区施政纲领。从此，十五项主张正式成为全区人民一致的主张，成为边区政府施政的基本根据和准则，成为边区各级政府工作人员以及全区军民均须坚决奉行的基本大法。边区施政纲领是边区建设的一面光辉灿烂的旗帜，它照明了新民主主义建设的大道，给予各项建设工作以确切不移的指导，全区军民，在这大旗之下，手携手地奋斗前进，一定可以达到独立、自由、幸福的理想的光明境界。第三是修正通过了各种重要法令和二百余件重要议案，其中名目繁多，不及备举。总之，这些法令的订定，实际上也就是政府各种政策的确立，而各项议案，也便是政府成立以后必须立即实施的各项实际工作。其中尤以加紧武装建设，调整行政区划，发行六百万元生产建设公债，实行三年实业计划，发展边区文化教育事业，建立各级正规学校，加强对敌斗争诸项，均为刻不容缓之要图，甚盼边区政府当局认真执行，努力建树。第四是选出了正副议长和常川驻会委员会，树立了临参会的基本机构，确立了驻会委员会的职权和任务，这在边区民主政治建设方面亦为一大收获。第五是代表边区人民，郑重地选出了边区政府的正副主席、各位政府委员及高等法院院长，订定边区政府组织条例，正式成立晋冀鲁豫边区政府；并决定调整全区行政区划，划一各级行政机构之具体办法。从此边区行政组织既完全统一，轮齿健全，机构灵活，领导方面亦必越加集中。边区政府委员会运谋筹略，各厅部处局齐头并进，逐级推动，各种建设必将蓬勃展开，更加深入，更加进步。

临参会已胜利闭幕，诸位参议员先生又将仆仆风尘返归各地原来工作岗位，今后工作中心即将开始转移于临参会驻会委员会与边区政府；而要使临参会所订定的各项法令条款、所议定的各种计划、所决议的各种工作真正变成现实，实大有待于临参会民选产生之边区政府百倍努力。我们一方面深盼临参会诸位驻会参议员先生处理大会交办各种事项，监督协助政府执行大会决议；另方面更热望诸位参议员先生在分散各地以后，立时向千万选民报告大会经过，反映大会民主团结精神，传达大会各种决议，动员民众起来，以实际行动拥护大会所决定的诸般工作，就近督促襄助政府办理一切，减少政府在执行大会所赋任务时之种种障碍和困难。同时更应深入民间，倾听民众对于本届大会之意见，就近搜集各种实际问题之材料，一则提供政府作为施政之参考，再则也为下届大会预作准备！

（原载一九四一年八月二十一日《新华日报》华北版第一版社论）

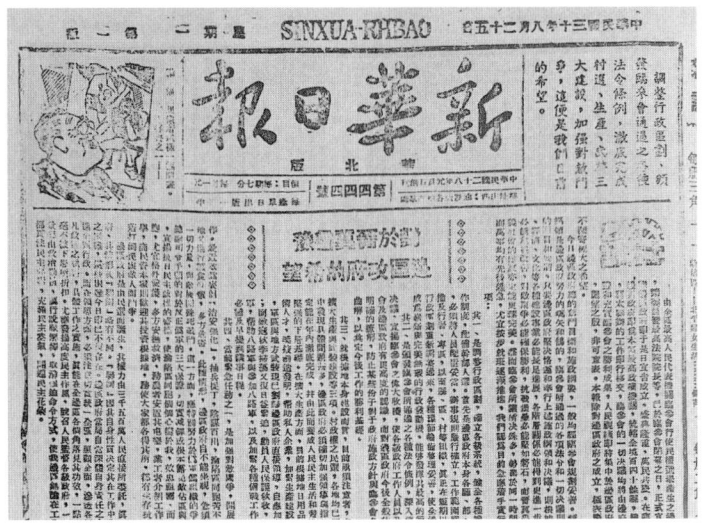

对于晋冀鲁豫边区政府的希望

由全区最高人民代表机关临参会行使民权选举产生之边区政府正副主席，诸委员暨最高法院院长等，已于临考会闭幕之日，正式宣誓就职，晋冀鲁豫边区政府即于是日宣告成立。盛典隆重，万民共庆。在临参会闭幕以后，边区政府即为本区最高政权机关，统辖全境百四十余县，总理全区行政大事，冀太联办的工作即行移交，临参会的一切决议均将由边府付诸实施，以保证和充实临参会之胜利成果，人民视线即将集中于边区政府今后的一切设施，瞻望之殷，非可意表。本报除对边区政府之成立，极表庆贺而外，尤不能不深寄极大之希望。

今日边区政府总的奋斗目标和施政纲要，一般均经临参会规划妥善。晋冀鲁豫边区施政纲领是边区政府努力的嚆矢和鹄的,临参会所通过的各项法令和一切决议则为边区政府施政的纲目和要则,只要边区政府坚决恪遵和奉行上述施政纲领和决议,则根据地之政治、武装、经济、文化等各种建设事业必能长足进展,各阶层关系必能得到更进一步调整,人民生活必能日益改善,对敌斗争必能确保胜利,抗战堡垒必能坚如磐石,而晋冀鲁豫边区新民主主义社会的建设亦定能更臻完美。然而临参会所议所决殊多,势□于同一时间全部见诸实现,而万事均有先后缓急,尤宜按部就班逐渐推进,我们认为目前急应着手实行者,则有如下数项:

其一,是调整行政区划,确立各级系统,健全各种机构,建树各种工作制度,配备干部人选。首先是边区政府本身各厅、部、处、局以至各科,必须将人员配置妥当,办事规则严行确立,工作范围明确划分,然后再推及行署、专区,以至县、区、村等组织,真正在短期以内,把边区全部行政区划重新调整过来,各种环节轮齿整理妥善,使全边区一套行政机构成为崭新与完美无瑕的行政发动机,能够发挥其最高的行政速率和效果。

其二,是颁发临参会所通过之各种法令条例,深入传达临参会之各种决议,宣扬临参会之伟大收获,使各级政府工作人员以及全区人民对临参会及边区政府有更高度的认识,而对边区政府今后全般施政方针,能有更明确的了解,防止某些份子对于政府施政方针与临参会各种决定的误解与曲解,以奠定今后工作的胜利基础。

其三,就根据地本身建设而言,目前所急注意者,有村政权之民选,扩大生产与武装建设等三项。村政权之民选,各地均已开始进行,在实践中发现具体问题甚多,边区政府必须确切加强领导与指示,使这一工作一定能在年内彻底完成,并由此而养成人民民主生活和习惯,造成边区政权坚强的下层基础。在扩大生产方面,目前根据地日用品不足,必需网罗技术人才,奖掖创造发明,帮助私人企业,加紧生产建设。就武装建设来说,军区与地方武装现已划归边区政府直接领导,自应加紧地方武装之建设;

而敌寇秋季"扫荡"又复日益紧迫,动员人民保护秋收,动员人民爱护八路军,帮助八路军与参加八路军,以及加紧各种备战工作,已属刻不容缓,必需及早提到议事日程。

其四,当前紧急任务之一,是加强对敌斗争,开展敌占区与游击区工作。最近敌伪妄倡"治安强化",抽兵捉丁,阴谋百出,沦陷区同胞苦不堪言,而对我根据地又进行粮食政策,多方危害。此种情形,边区政府自不能坐视,急须动员与组织根据地一切力量,与敌展开殊死战斗。这一方面,应特别努力于伪军伪组织的争取,严格实行朱彭总副司令手颁的对于反正伪军的三大保证,切实减轻或根本豁免敌占区与游击区人民之负担,宣扬抗日民主政权的盛德,使沦陷区同胞个个心向于我,效忠祖国,而对于沦陷区来归同胞,尤宜格外爱护,多方安抚救济,务农者安置其屯垦,业工者介绍工作,失学青年免费入学,商民资本家则欢迎其投资根据地,务使大家都各得其所,都有生存抗日的机会,一致为着打倒民族敌人而斗争。

边区政府是由民选而诞生,其权力由三千五百万人民直接所委托,真正是人民自己的政府,其情形与"联办"略有不同。"联办"因其自身性质决定其在工作中曾有种种无法排解之困难,这些困难今日即已不复存在。边区政府当局自当深体自身责任之大,淬砺奋发,推进全区行政。而在领导方面,必须注意切实统一全区,照顾全面,渗透各级,深入下层,举凡政策之执行,具体工作之实施,真能在全边区各个角落见其功效,一点一滴获得成功,丝毫不被下层所折扣。尤应发扬高度民主作风,号召人民监督各级政府,一切任务之遂行,尽量应由政治动员,厉行说服解释,取消强迫命令方式,使我边区无论在工作与生活等各方面都贯注民主要素,充满民主空气,开遍民主花朵。

(原载一九四一年八月二十五日《新华日报》华北版第一版社论)

论经营山货

在华北各个山岳根据地，特别是太行山区，出产大宗山货，构成国民收入的重大来源之一。如桃仁一项，年产即达五六百万斤；次如花椒生产，亦在三百万斤以上；至于党参药材，则更漫山遍谷，随处都可自由采掘，此外杏仁、柿饼、红枣、栗子之类，产量素称丰富；而猪鬃毛皮等等，则尚未计算在内。抗战以前，这些山货，大多运销平津，转售欧美，换取大宗外汇，增殖国民经济。因此，一到秋令，平汉沿线山货商人仆仆于道，或设栈经营，或入山采购，畅然行销，利市百倍，山地经济呈现一时期的特殊景气。这种往时繁荣情况，至今犹为我山地人民所□□回忆。

自从城市失陷以后，敌寇对我山货出口，即采取毒辣的统制封锁办法。其初遍设关卡，苛征暴敛，继又自组公司，垄断贸易。如花椒每百斤实价四百元，而敌人则以一元一斤贬价收买，转手之劳，获利四倍。敌之所得，即我之所失，压榨吮吸，莫此为甚。更有甚者，敌寇且以山货贸易向欧美各国盗取外汇，换购枪炮弹药，是我以山货售日，无异授寇以杀人利器，转以屠戮我华北人民自己！

过去各地方政府，对山货贸易统制不严，而商民又缺乏一定组织，未曾形成坚强战斗阵线，往往任敌恣意摆弄，对抗乏术。如去秋山货登市，敌寇在平津各地故意抬高市价，造成山货贸易繁荣空气，欺诱我山货商人，大批运货前往销售，迨货到平津，则又挟其金融势力，猛力贬削山货市价，顿时急转直下，一落千丈。其时，□集平津客商，抛售则亏负累累，倒蚀资金，不卖则货物搁浅，腐烂发霉，进退两难，叫苦连天。终至商号倒闭，贸易停滞，间且衣食无着，川资难筹，个中苦况，非局外人所能透知。最近山货又复登场，而敌寇则正大施诡谲伎俩，据闻，平津行情，桃仁一开市就只四十元（去年最低时每百斤尚值六十元），远落根据地原价之后，显系日寇背后捣鬼。若更运销出境，岂非自寻亏累，而且敌寇还在严行封锁，根本禁止我山货出境，企图窒息我国计民生。情况如是，我对山货之经营，实不能不另辟途径。

按山货用途甚大，大可经营自用；如根据地油类奇缺，点灯食用在在需油，而花椒核桃恰为最能榨油的植物，即可用以炼油。又如根据地产棉甚少，军民衣着颇感困难，而羊毛恰正可编织毛织品替代服用。按此类推，山地出产无一不有正当出路可寻。我抗日根据地经济建设的总方向，是加紧内部生产贸易，造成自足自给经济，特别是一般日常用品，必须早日力求自己供应，摆脱外货束缚。但要做到这样，首先就要充分发掘和利用本地出产原料，制作成品，充实消费之基础。亦唯有如此，方能从根本上杜绝漏卮，冲破敌寇封锁倾销的两面政策。因此，各地生产贸易机关，今年在山货上市的时候，实应协同私商，一面大量投资开设手工业工场作坊，一面广泛采集山货原料，经营根据地生产事业。

其次，以往惨痛的经验告诫我们，在对敌经济斗争方面，若无坚强的组织与雄厚的实力，即无以与人匹敌，更谈不到战胜敌人。因此，各地商民首应一致奋起，共同组织商人联合会或商业联合会等团体，各方互通经济情报，调整对外贸易步骤，并与公营的生产贸易机关切取联络，接受其指导与帮助。以公私双方经济力量，实行严格的贸易统制。今日统制对外贸易，不仅是根据地必不可少的措施，且对每个商民均有莫大利益。因为唯有统一阵容，有组织的进行出入口贸易，才不至被日寇所各个击破。我们要尽可能避免自己把货物送上平津去，听候日寇的凶恶裁决，而要反过来对他施行封锁，使他不能利用我们的山货去换取煤油和枪炮；但如果其他根据地或敌占商民到根据地直接采购，我们必须予以欢迎，并给以多方帮助与便利，使他们能获得高额利益，而不让一丝一毫财富落入敌寇之手。同时每一货物出口，必须注意换回一定外汇或必需品，以资调节有无，流通经济。

我们认为唯有认真实行以上两种办法，大自然所赐给我们的宝贵财富——山货，才不致被浪费，被虚掷。亦只有如此，才能够得上说真正经营了山货事业，利用了根据地的丰富物产。

（原载一九四一年八月二十七日《新华日报》华北版第一版社论）

开展工业生产建设

前几天报上发现一个惊人的统计,据联办实业处调查,仅太行太岳两区,外货的入口,每年毛巾约一百万元,香皂约一百万元,洋火约二百万元,煤油约四百五十万元,纸张约三百万元,共约千一百五十万元。就是说,我们每年用这五种东西,就得有如此巨额资金流到敌人手里去。试问我们那来这许多钱?那来这许多出产换取外货?只这一个统计,便充分说明根据地工业生产建设的重要。

有些人对土货生产抱着一种成见,认为土货成本比外货贵,做出来的东西还不一定有外货那样好,又何苦孜孜提倡。但是要知道土货即使贵一些,钱流来流去总流在自己根据地里,何况土货并不真比洋货要贵。而且,敌人正在施行封锁政策，目前我们还能买到一点外货，是因为敌人的封锁还有许多破绽，一旦破绽填补起来，外货来源根本断绝，那时再来加紧土货生产，就未免来不及了。而且，今年各地农业生产增加，收成七八已有把握，预料今后农产品价格可能保持一定限度的平稳，这时如果工业生产依然不振，必致形成农产品与工业品价格剪刀形的发展。其结果将影响人民生活的改善，而农业的继续发展也会受到障碍。

关于工业生产建设的总方向，彭副总司令在晋冀鲁豫边区临参会的讲演中，曾经有所指示，这就是：奖励小工业、手工业的发展，有计划的去领导，分散的去建设。的确，在敌后游击战争环境中，要想平步登天建立许多烟囱冲天的大工业是不可能的，只有分散的手工业、小工业的建设，才能避免敌人的破坏和摧残。而且，凡事都应权衡轻重缓急，在工业生产程途上，第一步应该注重的是日常生活用品的制造，以资满足当前急切的需要。又各根据地环境互异，原料出产亦各不同，因此还应分头选择自己最近可能努力的目标。一般山岳地区，主要要发展毛织、炼盐、榨油、造纸等生产，而平原地区，则特别应利用当地丰富棉产，广泛开展土布生产运动，提倡服用土布，抵制日货，并以供给其他根据地。

在新民主主义经济建设的现阶段，除了某些大企业，如军需工业等，必须由公家经营外，基本上是要依靠私资，大量发展私人企业。在这方面自然存在着许多困难，如资金缺乏，集股不易以及市场情形不熟悉等等；而最重要的是直到今日一般资本家对于应付战争环境，还缺乏经验，这就降低了他们设厂经营的信心。帮助解决和克服这些困难应该是政府当局和生产贸易机关的责任：要调查市场情形，制就各种统计，供给私商参考，告诉他们如何牟利；要经常与各种手工业工厂的负责人士取得联系，共同商讨开厂设坊诸问题，帮助他们寻觅妥当厂址，募股筹资或向银行进行低利借贷——而且万一这些都做不到时，不妨自己投资与之合作，或竟委托经营。在今天这些都已经不是一个宣传口号，而是切切实实的组织工作，政府，特别是生产贸易机关，就要负起这种推动、指导和组织作用。

在工业生产建设中，技术的创造和改进，是有头等重大意义的，这将不知减轻多少劳力，增加多少生产。今天各地对于生产工具的发明不遗余力，都有丰盛收获。然而新工具的发明固然多多益善，旧工具的改良同样也不容漠视。一架旧的纺车加以改良，能使每日多纺一两棉纱，其价值并不低于发明一架每日能纺三十斤棉纱的纺机。因为前者有旧有工具作为基础，改造简单省钱，较易推广普及，而后者则构造复杂，售价昂贵，人民不能普遍使用。因此政府当局一方面要奖励发明，对于一切发明家给与科学实验和用费上的支持援助，并在其既经发明以后，保障专卖专利权利；而另一方面，尤应倡导改良，欢迎对旧有生产工具的每一件细小的改进，予以同等的重视与帮助。

没有大批能够掌握技术的英雄，生产的发展，无论如何是有一定限制的。在工业生产上，与其说技术决定一切，不如说人才决定一切。根据地不是没有高明的专家，而是在抗战后，有许多已经中途改行，学非所用。政府建设部门应该竭尽一切努力来网罗各种技术人才；各部队机关团体如有此种学非所用的人才，应该以整个根据地建设为重，贡献给政府和人民；而有技术素养或有志生产建设事业的人士，更应自动向政府或生产建设机关投效，或自己设厂经营生产。目前敌寇到处抓丁，敌占区人民生活不安，纷纷归向我根据地，应该抓紧时机，通过各种关系，不惜重金聘请各种专家和技术人才到根据地工作。练习生的训练和培养，也是重要课题之一。各生产企业都应招收一定数量的练习生，而且每日要有足够时间为之上课，以教课与实习两者并进方法，迅速提高知识技能，缩短学习期间，创造大批新军。对于技术人员的待遇，亦宜格外注意改善，以提高其积极性和创造性。根据地的技术专家们，还可以多多举行一些座谈会、讨论会，一则以交流知识和经验，同时也可联络情感。

敌后抗战是长期的，而我们还要在抗战中努力新社会的建设。工业生产的开展,一方面可以增强经济实力,支持长期的战争,另方面还可以充实新民主主义社会的经济基础,奠定人民物质生活的改善,还是应该用全力来经营的。

(原载一九四一年八月二十九日《新华日报》华北版第一版社论)

纪念"九一"记者节

自从民国二十二年九月一日国民政府颁布保护新闻从业员及保护舆论机关的命令,和翌年八月间全国新闻界响应杭州新闻界以是日为记者节的提议以来,"九一"便成为全国新闻记者检阅自己,改进自己的节日。

抗战四年,我们新闻战士,也正和我们整个伟大民族一样,树立了许多光辉的战绩,写下了无数可歌可泣的史诗。曾经挥动自己的笔杆,宣扬了全民族的团结抗战,揭穿了日寇汪逆及隐藏在抗战阵营内的民族败类的阴谋诡计;曾经动员和组织了广大人民,坚持抗战团结进步,努力各种新的建设,给新民主主义新中国奠下了光辉的基石。但也正因为我们新闻记者,有了这些成绩,发挥了强大的力量,遂使日寇奸徒无时无刻不在阴谋暗算，企图绞杀这一支笔的队伍；——我们新闻战士，无时无刻不在与寇奸残酷的搏斗之中；在上海孤岛上，许多正义的新闻同业者，惨罹日寇和汪派汉奸的百般苛虐，可是我们新闻战士并没屈服，张似旭、朱惺公、程振华，许多烈士的血，已经和前方殉国将士的血交织起来。当武汉失守的前三天，本报留汉职工搭乘新升轮船撤退时，途经嘉鱼附近，突遭敌机袭击，潘美年、李密林等十六同志乃为民族国家流洒了最后一滴鲜血。在敌后，新闻记者的笔杆，更是经常和战士们的枪杆紧紧结合在一起，同生死共进退，终日出没于枪林弹雨之中，和寇奸顽强地展开白刃战斗，创造了新的记者典型；当十二月政变时，王良同志惨遭民族叛徒的活埋，本年三月二十二日，陈宗平同志被日寇和它的走狗们割掉了头颅，挖去了心肝；他们的死，是光荣而有价值的，他们不仅显示了新闻战士忠贞不贰的伟大气节，也向全世界控诉了日本法西斯强盗及其走卒的空前残暴。

虽然如此，但我们新闻战士，在全国各个地区里并没受到同样的优遇。除了在陕甘宁边区以及敌后抗日根据地内，新闻记者呼吸着真正的民主空气，受到各界人士的尊敬与爱护外，在某些逆流横决的黑暗区域里，新闻记者的命运是悲惨的，那里，新闻记者的腿变得非常之短，笔也被弄得非常之软，"老爷们"用刺刀和"朱笔"代替了舆论界的正义呼声，用牛皮纸封住了新闻记者的嘴，后来甚至逼走他乡，恣意摧残。这里，公正的读者，自然记忆犹新，用不到我们再诉说许多往事了。

至于日寇统治下的沦陷区，那情形当然是更为黑暗了。强盗们一手握着钢刀，一手挥动刀笔，钢刀用来屠杀中国无辜人民，屠杀为真理正义而苦斗的战士；刀笔用来制造谣言，散播奴化的毒素，有时钢刀和刀笔并用，便更为凶残。虽然敌占区广大同胞并没有因日寇钢刀与刀笔的同时兼施而屈服，但不可否认的，在日寇两把刀子下，也出现了一些新闻走狗，每天高唱着"剿共"、"灭党"、"建立东亚新秩序"、提倡"更生的中国文化"，如各种汉奸报的"新闻工作者",不正是这类走狗吗?

当兹纪念"九一"七周年的今天,正是国际局势展开了历史的新阶段,"全世界反对法西斯侵略的伟大战斗阵线,已经在政治上完成",而且行将在组织上完成,有利的国际形势,正给中国以千载难逢的机会。如果说中国人民当前的任务,在于坚持团结抗战,肃清亲日亲德派第五纵队,积极组织对敌寇的反攻,那末我们新闻记者的任务,就得为坚持团结抗战而吹响号角,为深刻的反映团结抗战之模范地区的各种建设而挥舞传神之笔;就得无情地揭露国内第五纵队虐杀言论出版自由,破坏团结抗战的滔天罪行;就得以笔尖锋利地刺向为敌寇所豢养的新闻走狗,粉碎敌寇奴役的文化政策;就得以动人之笔,鼓舞、指引动员、组织广大人民,为克服抗战阵线内部企图破坏团结抗战反动因素,为积极准备反攻而斗争!而这就要求我们新闻记者更益提高自己!从一个文化人士提高到能掌握革命策略,洞悉国内外形势,能深刻了解各种具体建设,真能尽指导之责的政治家!从一个文艺青年提高到能深入民众、组织民众,经常和人民一起呼吸的组织家!

新闻界同志们,新的形势,课予我们以更重大的新的任务,一致起来,为完成这任务而百倍努力!

(原载一九四一年九月一日《新华日报》华北版第一版社论)

晋东南农救二代大会

在这晋冀鲁豫边区临参会胜利闭幕，武装保卫秋收及迎击敌人秋季大"扫荡"的前夕，恰正举行了晋东南农救第二届代表大会，并且通过了"农民救国会工作纲领草案"及"目前工作纲领草案"，这对巩固农救本身组织，动员广大农民实现边区临参会的决议及保卫秋收上，都有重大的作用和意义。

过去晋东南五十七县的农民，在农攻总会领导之下创造了许多光辉的成绩，如动员农民参战参军及各部门工作，参加各种生产建设，团结各阶层农民、巩固农村统一战线上，都获得了很大的成绩。但同时，农救本身也还仍存在着或大或小的缺点。今天新的政治环境，课给了农救以更加严重与艰巨的任务，而农救二代大会的召开，却是为完成这些任务而奋斗的步骤，这里敬对农救提供若干意见。

第一，随着敌后抗日根据地新民主主义政治、经济建设的进展，农村阶级关系已起了绝大的变化，在经济上因为减租减息的实行，农村中封建的超经济剥削一般已逐渐减少，因之，贫农数量是在日渐减少，中农和富农数量是在相对的增加；在政治上，因了三三制政权的逐步实现，土豪劣绅地痞把持农村政权的封建统治，一般已在日渐消失，雇农、佃农、贫农、中农、富农等都逐渐成为农村政权机构的组织成员，这些便是新民主主义社会的基础，我们——尤其是占全体人口百分之九十以上的农民——今天的任务，是如何发展与巩固这个基础，因之，大会以后，具体的工作布置与实施，都要围绕着这个中心任务，尤其是要紧紧掌握着目前农村阶层关系和社会性质变化的特点。要是离开这个中心，都将会牛头不对马嘴！

第二，土地问题，是农村中最复杂的问题，它的处理适当与否，又是农村统一战线能否巩固的基本环节。过去在这方面我们做得非常不够，如减租一般都没有普遍做到，在个别落后地区，真正减租者尚不到二分之一；而执行过左的现象也有个别地区存在。现在边区临参会已通过一个土地使用暂行条例，所有土地问题都有原则的规定。此次农救代表大会，又复讨论了这条例的如何实施，这是很好的。现在问题是如何协助政府正确的执行了。这里，第一要紧的是要根据这条例的基本原则，按照不同的地区，不同的具体情况，确定具体实现的办法；第二是深入农民群众，透彻的解释。只有这样，才能使这一条例顺利实施，也只有这样，才能更加巩固农村的阶级团结，而农救组织也才能获得更广大群众的拥护，而日益扩大与巩固。

第三，转瞬秋收，敌人的秋季"扫荡"也将随之到来，如何扩大与组训民兵，迎击敌人"扫荡"，如何组织劳力互助，有计划的进行秋收与藏粮，如何参加全区的村选运动，以便迅速热烈紧张的完成村选工作，这些就是我们当前的急务，农救代表大会，一定有很好的讨论与决定。我们希望很快的能督促各级农救一致动员起来，为完成这些紧急任务而奋斗。

第四，二代大会已决定接受雇工参加农会组织，这无异给农救注入了新的血液。同时，雇工过去是由工会领导，这一决定又可密切工会与农会的团结。过去农会与工会在工作上的紧密配合是作得不够的，甚至个别地方有不团结的现象。现在农会已增添了新的细胞，不仅农会的组织将随之而越加巩固，同时促进今后工农进一步的紧密团结，也是可以预卜的。

晋东南农救已有三年多战斗的历史，已积累起了丰富的宝贵的战斗经验，这次大会将新产生更坚强的领导机关，一定可以更加发扬过去的优点，克服过去的缺点，而胜利的完成任务。我们谨祝农运之新的成功！

（原载一九四一年九月三日《新华日报》华北版第一版社论）

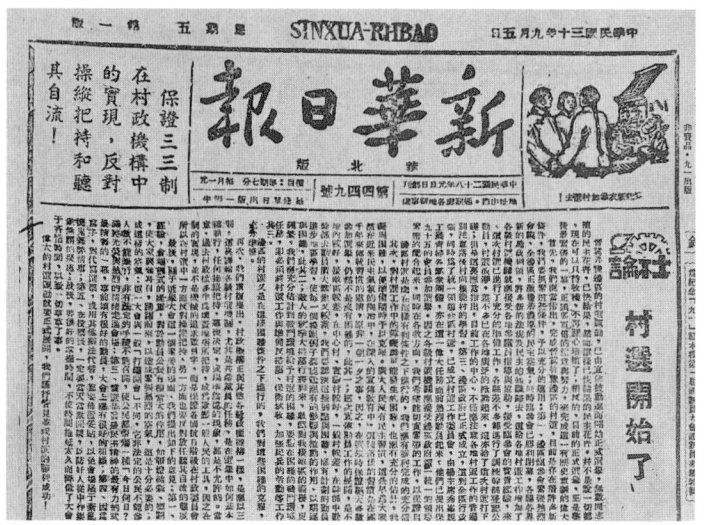

村选开始了

晋冀鲁豫边区的村选运动，已由宣传鼓动进而开始正式选举，无数同志栉风沐雨辛勤培植的民主花卉，已快结果，然而这样已快结果的民主花卉，并不是说一切都已"准备就绪"，现在可以只待收获，不再关心培植了，相反的，目前的正式选举，正是整个民主工作，最后最紧张的一幕，正须要百倍的注意与努力，来完成这一有历史意义的伟大任务。

首先，我们应当指出，完成晋冀鲁豫边区的村选，目前是存在着许多新的有利的主客观条件。我们要抓紧这些条件，予以充分的运用：第一，边区临参会紧张热烈的进行了月余的会议，全边区正激荡着浓厚的民主空气，同时，临参会已胜利闭幕，各县各界参议员带着政府新的施政纲领、许多新的法规及民主的知识归去，这给各地村选工作增加了新的指导力量，各级村选机关就应接受各地参议员指导与协助，接受临参会的宝贵经验，来推进村选。第二，这次村选已进行了充分的准备工作，各县差不多都进行了训练干部、登记公民以及各种宣传动员，村选浪潮，差不多已在各地广泛的掀动起来，这亦给了这次村选打下了相当巩固的基础；但是这里应当指出，目前工作的中心，不仅应注意各地村选工作的普遍进行，而更应要特别注意落后村向模范村的学习。第三，边区政府已正式成立，这对全区行政的领导已大大加强，同时为了统一领导全区村选，已成立村选工作委员会，由杨主席秀峰亲任主任委员，而工农青妇各群众团体，亦在这一伟大任务面前热烈动员起来，他们已提出保证百分之七十至百分之九十五的会员参加选举，因之各级村选机关应接受边区政府这一统一的领导，并与各救工作紧密的配合起来，同时在各救方面，我们希望能切实紧张的工作，以保证自己诺言的实现。

边区村选是处在这样有利条件之下进行的，我们应有胜利完成的充分信心。

其次，对村选工作中的障碍与可能发生的困难，也应有充分的估计，我们要认识这些障碍与困难，以便准备随时予以克服。广大人民没有民主习惯，这是早为大家所注意到的，虽然在近来民主气氛的陶冶之中，在深入的宣传教育中，这种落后的习惯是在逐渐被克服，但数千年来传统习惯的肃清，原非一朝一夕之事，因之，在选举时保证绝大多数公民积极热烈的参加选举，仍然不是没有困难的，此其一；这次宣传动员工作的展开，是不平衡的，在根据地内较好，接敌区较差，在中心村、实验村较好，一般村较差，在干部中动员较好，而通过干部去动员广大群众又较差，我们要认清这些弱点与困难，应有计划的动员落后地区人民向进步地区学习时，每一个模范例子都能起应有的影响与推动的作用，以期逐渐克服这些弱点与困难，此其二；敌人的秋季"大'扫荡'"行将到来，敌伪对我接敌区的骚扰，更会因秋收而愈加频繁，我们应充分估计到战斗环境给予村选的困难，要想在困难的战斗环境里来完成村选的任务，即必须将村选工作与准备反"扫荡"、保卫秋收、加强民兵的活动等工作，配合进行，此其三。

边区的村选又是在这样困难条件之下进行的，我们对这些困难的克服，应该未雨绸缪，充分准备。

再次，我们重复指出，村政机构正与其他各级政权机构一样，是应以三三制为其基本原则，这是课给各级村选机关，尤其是共产党员的任务，是在选举中如何基本保证三三制的正确执行，任何操纵把持，幕后决定，或阳奉阴违的现象，都是不允许的。当然，我们应当注意，过去村政权多半为坏蛋、地痞所把持，成为欺压一般人民的工具。因之，在村选中保持三三制的实现，并不是机械的追求数目字，而是保证各个抗日阶级在村政委员会中的切实领导。所以，在村选中一方面反对操纵把持，另一方面也要反对放任听其自流的态度。

最后，关于选举大会这一个重要的场面，我们提出如下的意见：第一，根据各地村选的经验，会场仪式的隆重，对于动员公民有相当大的作用，如张灯结彩，标贴漫画，锣鼓喧天，使大家兴奋耳目，踊跃前来，以造成紧张热烈的空气，这是十分必要的；第二，还必须造成这样的空气：这一大会与一般"打□开会"不同，它非法定的公民不能参加，非有法定的人数不能举行，非有法定的手续不能召开，使公民都带着一种"今日何日？"的感觉，怀着满腔光荣与热烈的情绪走进会场；第三，村选是发展民主精神的最有力的武器，是选举大会最精彩的一幕，事前须有很好的动员，大会上应有很好的组织；第四，因为大多数公民不会写字，对代写选票，或用其他办法代替，都要布置妥贴，以免会场陷于紊乱，并且还要严防□鬼舞弊情事；第五，在投票后，一定要当天当众开票，以防奸人从中作祟，也免得引起群众无谓的疑虑；最后，要很好的掌握时间，不使时间拖延太久而降低了大会情绪,也不要过于吝啬时间,以致一切草草了事。

　　伟大的村选运动就要正式展开,我们谨抒管见并祝村选的胜利成功!

（原载一九四一年九月五日《新华日报》华北版第一版社论）

纪念国际青年节

当第一次世界大战的第二年（一九一五年），整个欧洲陷入黑暗的战争深渊的时候，十余国先进青年的代表在列宁、李卜克内西领导之下，于瑞京倍恩举行了国际青年大会，在反对掠夺战争、反对军国主义的任务下，竖立起一面辉煌的"国际青年团结"的大纛。

二十余年来，国际青年是继承了这个大会的精神，站在反侵略、反法西斯斗争的最前线，不屈不挠的英勇战斗，无数青年为了实现他们的理想与任务而光荣牺牲了。但是他们的血不是白流的，经过他们的鲜血灌溉，世界六分之一的土地上已开遍了自由幸福的花朵，全世界每一个角落里都点燃了反法西斯的革命烽火，而青年本身的组织与力量，也随着这些英勇的战斗而一日千里的壮大起来，成为摧毁法西斯制度，卫护人类和平的一支不可战胜的先锋力量。

今天，当我们纪念第二十七届国际青年节的时候，又正值希特勒怀着俾士麦的丑恶旧梦，强迫驱使无数青年，进行其奴役世界、奴役人类的野蛮战争。两年来，它不仅吞食了欧洲十四个国家，而且不惜触动人类公愤，向社会主义的苏联进攻。它像飞蛾一样妄图扑灭这一盏人类的明灯。东方法西斯日本强盗，进行侵华的战争，已逾四年，并用残杀、酷刑、鸦片、淫风……来摧残麻醉我广大青年；而我内部少数亲日亲德的第五纵队，也配合国际法西斯强盗的兽行，以暗杀、监狱、集中营等等来迫害爱国青年，这样，在东西法西斯疯狂暴戾的虐害荼毒之下，全世界青年已遭遇到空前的灾难与厄运，每天不知道有多少无辜青年被迫走上战场，走进牢狱，走上刑场，以及被迫流离失所，受着饥寒交迫的煎熬！

然而，全世界的青年并没在这些摧残与迫害下低头屈服，而且也永远不会低头屈服！相反的，困苦煎逼，已使青年的血液更加沸腾，意志更加坚定，团结更加巩固，力量更加雄壮了。在苏联，无数青年已在斯大林旗帜之下紧密团结起来，仅"列宁青年团"就有七百万以上的团员。目前他们在保卫祖国保卫世界和平保卫人类自由的神圣任务下，争先恐后的参加了红军，参加了生产战线及各个战斗部门的工作，在反法西斯侵略战争中，大显身手。其他在欧美各国的青年，都在不同的环境下用不同的方式英勇搏斗，而且在实际斗争中已了解到青年团结的重要，今春在纽约伦敦举行的青年大会，便是鲜明的例证。

"中国青年是决不会落后的，他将成为全世界反对侵略者的一支先锋队"（陈绍万），的确，自从五四以来，中国青年在反对法西斯走狗的斗争中，显示了无比的雄伟力量，尤其是在四年的民族解放战争中，整千整万的知识青年、农村青年，都被惊醒与行动起来，献身于民族解放的神圣事业，而且在斗争的锻炼中，团结了广大的青年群众，获得了光辉的成果，如陕甘宁边区及华北各个抗日根据地，经过他们的共同奋斗，已开始建立起簇新的新民主主义社会，而他们便是这新社会的有力支持者与真正的主人。

虽然如此，可是新的严重的形势，要求全世界的青年更加团结与努力，如果说，青年是战斗的先锋，那么同样的青年应该成为团结的模范。在这国际反法西斯统一战线逐渐发展的今天，首先就要求国际青年，继承倍恩会议的精神，建立起国际反法西斯的青年战线，要求青年，不分国界、信仰、种族……在反法西斯共同目标下携起手来，为消灭人类公敌——法西斯制度而奋斗。

在中国，要加强青年的团结，以现有的青年团体为基础，建立全国性的青年组织，以青年团结的力量，来推动全国团结，巩固抗日民族统一战线，以全国团结一致的力量，来坚决打击日本法西斯强盗，粉碎其北进南进西进的阴谋，并驱逐潜在的亲日亲德的第五纵队，巩固抗日阵营。

在华北敌后，首应扩大青年团结的范围，不仅要团结农村青年，而且要团结知识青年；不仅要团结根据地的青年，而且要团结敌占区的青年及伪军兄弟；不仅要团结中国的青年，而且要团结日本、朝鲜的青年。其次，要扩大青年武装，动员广大青年参加正规军、游击队以及民兵，扩大巩固青抗先及其他青年武装组织，展开广泛的全面游击战争，粉碎敌寇秋季"大'扫荡'"。最后，要加强青年的学习，提高青年的政治文化水平，学习列宁的革命理论，学习李卜克内西的伟大革命气节，以粉碎敌人的奴化软化等等阴谋诡计。

我们要以这些实际的行动，来检阅青年自己的力量，来纪念九月的第一个星期日——伟大的国际青年节。

（原载一九四一年九月七日《新华日报》华北版第一版社论）

庆祝晋冀鲁豫战役出击胜利

本月一日开始，以艰苦善站著名之我八路军一二九师，在刘师长邓政委机敏指挥之下，举行了大规模的战役出击。战事展开在晋冀鲁豫边区全境纵横千里的广大战场上，同蒲、白晋、平汉、平辽、南清、津浦等铁路、公路，同时遭我猛烈破击，其中尤以平汉动脉，负创深重。散布于冀西冀南两地区之刘师健儿，在统一号令下，由东西两面向平汉路沙河邯郸一线施行夹击，附近铁路桥梁支离破碎，堡垒壕沟瓦解土崩，伪和平"剿共"第二路军高德林部被歼殆尽，老巢公司□捣毁倾覆，其所恃为金库之三大矿井与制造武器之兵工厂，为我彻底毁灭，损失千万；而平原我军更风驰电掣，所向无敌，连续夺克沙河、南和、清河等三大名城以及无数大小村镇，创造平原战争之又一光辉战绩。于今烽火一周，敌伪丧胆，而胜利捷报犹在□先迎耳飞来，攻势战役正在如火如荼猛烈发展之中。

谁都知道，一二九师这次盛大攻势战役的举发，首先直接是为了支援晋察冀边区的反"扫荡"大战，保卫模范抗日根据地，粉碎敌寇毁灭边区的恶毒阴谋，狡诈暴敌，在中条山战役尝到一丝甜头以后，最近在新的国际形势下，企图以压倒我军的优势兵力，用一套更酷辣的作战方法，向我全华北进行惨绝人寰的"分区'扫荡'"，继续毁灭我各个根据地；而其选择的第一个开刀对象，便是重要战略阵地之一的晋察冀边区，想以六万"精锐"，两个月时间，压碎那样一块炎黄子孙生息壮大的光明乐土，然后更转移兵力对付我其他地区。但是，不幸的是，敌人的算盘打错了一粒算珠，就是始终没有算清共产党所领导的八路军是个不可战胜的整体。在这统一的整体中，人人都是兄弟，个个全为同志，虽然他们所分布的地区如此宽广辽阔，且为敌所分割隔绝，但他们的意志和精神是完全一致的。他们不仅统一在朱彭总副司令的总的指挥下，而且各部份在同一信念下都能自动的协同动作。谁要是攻击八路军的某一部份，其他部份的健儿，立刻便会自动起来配合作战，扯你的手，拉你的脚，截你的腰，断你的头；那种各保实力，自私自利，见危不救，隔岸观火的恶劣现象，在共产党领导下的军队是不存在的。因此敌人的"各个击破"的诡计，用之其他战场或可偶然窃取一些小便宜，而在八路军面前却完全是徒劳无功的。一二九师战役出击的胜利，已使敌人对于晋察冀边区的"扫荡"受到很大牵制，遭遇严重困难，给予边区反"扫荡"以有力援助，这便是八路军全军团结力的具体发挥。

打击敌人，便是保卫自己；一二九师这次大规模的战役，其在巩固与扩大本根据地方面的重大意义，自也不容我们忽视。刘邓两将军是晋冀鲁豫边区的创造者和领导者，一二九师全军是晋冀鲁豫边区的子弟兵，他们无时无刻不殚精竭虑，英勇奋斗，为晋冀鲁豫边区和边区人民尽忠效力。去秋"百团大战"，一二九师全体将士为了保卫与发展根据地，为了坚持敌后抗战，曾作了最大贡献；初则猛烈出击，破击正太西段，创造史诗式的丰功伟绩，继则三次反"扫荡"，在雨天泥泞中，与敌英勇酣战数月余之久。"百团大战"被消灭的力量，敌人至今无法补偿；"百团大战"被拔除的钉子，敌人至今未能恢复。而现在正当敌遂行所谓"治安强化运动"，一面修路筑□，立寨树垒，向我严密封锁；一面策动邪恶势力，推行蚕食政策，侵蚀我根据地边缘，扩大其占领区时，我刘师三军，反突以迅雷□□之势展开勇猛出击，予敌以冷不及防的打击，使其封锁与危害我根据地的阴谋，裂为片片。据该师公布，仅在平汉路西侧的两日作战，我已拨去敌寇桩钉四十六个之多，至所摧毁的砖泥乌龟壳，自更不可胜计。敌人年来之辛苦经营，可谓又悉付流水东去，而我根据地，在临参会民主政治施行获得光辉胜利以后，于今又在军事前线创造了惊人战果，使根据地更加巩固与坚强，树立了今后反"扫荡"胜利的基础。

一二九师的战役出击，同时也拯救了许多敌占区同胞。敌人的"治安强化"，其给予沦陷区同胞的迫害与痛苦，已无所不尽其极，好多青年男儿，被骗往外洋充当炮灰，好多老幼童叟被迫参加修路筑堡等苦役，好多良田被毁于一旦，好多村庄被并湮没……苛捐重重，虐杀时闻。在临参会开会的时候，曾有多少敌占区同胞推派代表向我请愿，现在八路军的出击，便是假他们以援手，使他们脱出了苦海。在一二九师光复的地区，人民自然立刻见到了光明，特别是平汉路沙河一带，高逆德林所给予人民的灾厄和苦难，真是罄竹难书。一二九师痛创高逆，为民除害，实使人心大快。这里，八路军坚决地执行了自己对于敌伪的政策。八路军对于一切伪军伪组织向来是以宽恕和争取为主的，但有民族蟊贼，死心为敌作伥助仇肆虐，蹂躏敌占区同胞，扰乱根据地安全，而又执迷不悟，争取无效者，则八路军唯有以最严厉手段，最后促其反省。由此可见，一二九师不仅是坚持晋冀鲁豫边区抗战的主力，而且是边区周围敌占区同胞的救星。

一二九师的攻势作战尚在节节进展，但敌人对晋冀鲁豫边区的"扫荡"却已箭拔弩张，今日我们庆祝□役出击的大捷，除向一二九师全体指战员致以崇高的革命的敬礼外，同时即在此再度号召全边区军民加紧一切备战工作，准备迎击敌人空前暴虐的大"扫荡"。而为了要使反"扫荡"获胜，最重要的是要爱护我们自己的子弟兵——一二九师，帮助子弟兵的壮大发展，解决子弟兵的各种需要——没有子弟兵，就将没有边区！这是我们应该深刻铭记在心的。

（原载一九四一年九月九日《新华日报》华北版第一版社论）

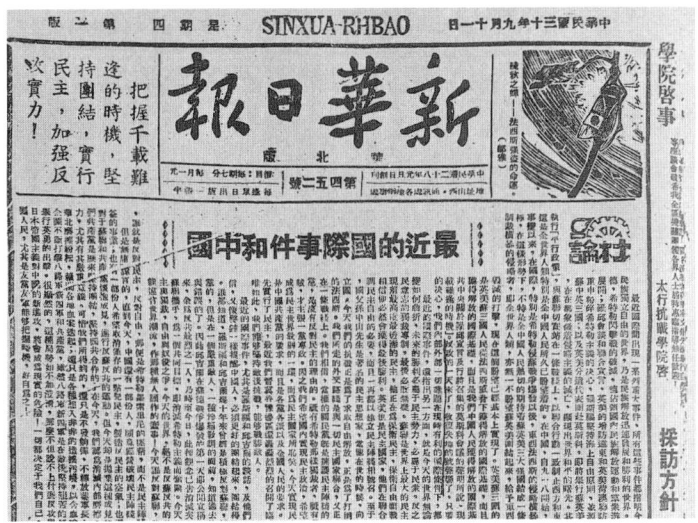

最近的国际事件和中国

最近国际间出现一系列重大事件,所有这些事件都指明今天的世界乃是民族独立自由的世界,乃是民族解放迅速发展和胜利的世界。苏联的坚强抗德,希特勒闪击战的破灭,德占领国内民族解放运动和群众游击战争的猛烈展开;罗邱会谈和联合宣言,英美的增防远东和英美荷澳联防;邱吉尔首相重申粉碎希特勒主义的决心,罗斯福坚持海上自由原则,并源源以军火接济苏中英三国;以及英美分遣代表团赴莫斯科,即将举行苏英美三国会议等等,在在都象征着侵略主义的灭亡,显现出世界和平的曙光。其中特别是英美执行"平行政策",与苏联切实站在一条战线上,以联合行动一致制止西方和东方的侵略者。这是全世界人类特别是全中国人民所久已盼望着的。在中国，自九一八开始，特别是卢沟桥事变以来，在国际，特别是希特勒侵苏战争爆发以后，东西法西斯的侵略横暴，已经登峰造极。在这样形势下，不特是全中国人民热切的期盼着苏英美三大强国结成一条阵线，严厉的制裁横暴的侵略者，即全世界人类，亦无一不盼望着苏英美团结起来，给予东西法西斯强盗以毁灭的打击，现在这个盼望已经基本上实现了，英美苏三国的联合，"不但是英美苏三国人民从法西斯威胁下获得解放的国际基础，而且是全世界人民获得解放的国际基础，而且是我们中国人民获得解放的国际基础"。正如中共中央关于罗邱宣言及行将召集的莫斯科会议的声明所说，现在是中国"千载难逢的时机"。反攻的一天来了，收复失地的号声响了，只要全国立下反攻的决心，我们内部外部一切难题在现实有利的国际条件下，都可迎刃而解！最近的国际事件，还指出另一方面，就是今天的世界无论国际局势的演变如何曲折，未来的胜利必属于民主势力，必属于民众。反之，凡是违反人民意志的独裁专制，最后必败无疑。苏联是世界上最大的民主国家，国内实现着最高度最透彻的民主，他正在为保卫民主，保卫自由而战，全世界谁都相信他必然会获得最后胜利。英美也是民主国家，他们在联合宣言中特别强调民主自由的必要，而且一再都以建立民主阵线相号召。至于说到我们中国，国父孙中山先生是著名的民主思想家，当他在世的时候，向来主张以民主立国。今天我们的抗战正是为了求取自由解放，正是为了打倒企图奴役我们的法西斯。我们所走的外交路线是与一切民主国家联合，又正与英美苏等站在一条战线上。我们相信，当权的国民党既是拥护民主阵线的三民主义的政党，是没有反对民主的理由的。只有希特勒那样独裁者，只有贝当那样卖国贼，才主张一党专政。因之我们希望国内实现民主政治，希望中国至少不要成为民主世界最弱的一环，而为民主国家所耻笑。今天实现民主政治，不仅是中国共产党的要求，而且是各党各派以及全国人民的要求。在我们敌后首先实行了民主，最近我们晋冀鲁豫边区轰轰烈烈的召开了临时参议会，正唯如此，我们能够坚持敌后抗战，能够战胜敌人。

最近的国际事件，尤其是罗斯福和邱吉尔的谈话，及他们给斯大林的信，又像警钟一样提醒中国人，必须更好的团结起来，团结得像一个人一样。谁都知道，罗斯福和邱吉尔几十年来曾经是积极反对苏联，积极反对共产党的，但是在一个严重的敌人、一种惨痛教训的面前，知道过去的政策是愚蠢与错误的了。因此邱吉尔在苏德战争爆发的第一天即公开宣称："廿五年以来，余为反共最烈之一人，乃时至今日，此种观念已告消灭矣！"以后即与苏联携手，为一个共同目标，即消灭希特勒主义而奋斗。今天的世界，是民主与独裁、自由与奴役之争。今天的世界，绝不是反苏反共的世界，我们不能违背世界潮流，作那种无人愿做的蠢事！今天谁反对苏联，谁反对共产党，谁就是反对民主、反对自由，那便是希特勒墨索里尼的匪帮，而不是民主阵线上的战友。

但是毋庸讳言的，直到今天，中国还有一部份人，愿意经营破坏民主阵线、危害抗战利益的事业；也有一部份人希望取消仅存的一点儿民主，制造反民主的空气；也还有一部份人，对于苏联和共产党怀抱成见，进行反苏反共的运动。但今天却是抛弃这种成见的时候了，我们共产党是历来坚持团结，坚持国共合作的；在今天，我们认为消灭内部磨擦，增强反攻实力，尤其有其严重意义，可惜我们所得到的，还只是不发饷弹，不释放叶军长；还只是华中华北磨擦纷纭，赣闽各地血案迭起；还只是各种想入非非的造谣污□，以含血喷人的手段，企图不断打击八路军、新四军和共产党，虽然八路军、新四军是在敌后坚持辛苦的反"扫荡"，一再举行英勇的出击。很显然的，这种局势如不加以澄清，那么不但说不上什么反攻与民主，而且日本帝国主义对中国的新进攻，将会成为现实的危险！一切都决定于我们自己，我们希望全国人民，尤其是友党友军能够把握时机，好自为之！

（原载一九四一年九月十一日《新华日报》华北版第一版社论）

为完成六百万生产建设公债而奋斗

　　公债来了，公债来了，六百万生产建设公债发行下来了！这是抗日民主政权发行的公债，是人民代表机关临时参议会决定发行的公债，是人民自己要发行的公债。这公债是为发展生产建设，增强经济力量，改善人民生活，巩固根据地而发行的；是为冲破敌人经济封锁，求取自足自给经济，坚持长期抗战而发行的；是给根据地人民自己用的，晋冀鲁豫边区的每个公民，每个爱国同胞，都应该购买自己的公债，人手一纸，把六百万公债一买而光！

　　六百万公债，在晋冀鲁豫边区这样一块广大的根据地，算不得是个很大的数目。晋冀鲁豫边区拥有三千八百万人口，倘使一人购买一元，便可有三千八百万元，即使把年龄较小的儿童不算，那末发行六百万公债，无论如何总还是不成问题的。但这倒不是说六百万公债的推销丝毫没有困难，我们知道，中国经济落后，人民少有购买公债的习惯，而且，在历史上，军阀官僚滥发公债，肆意搜括，曾在人民中种下极恶劣的印象，至今尚有人视为畏途。即以今日大后方来说，若干银行就有"公债胀肚"的痛苦。虽然抗日民主政府所发行的公债，远非一般公债可比，它决不会失信于民，但使人民正确认识购买公债的意义，还是十分紧要的事。此外，如敌探汉奸特务奸细的造谣破坏，也会增加公债发行的困难，必须事先加以防止。

使六百万生产建设公债迅速而顺利的推销出去，是一个严重的政治任务，关于如何推销公债，本报所拟宣传动员大纲，一般均能适用。这里，仅再指陈几点：

第一，大凡一件事的新创举，必须有人领头，特别是销募公债这样的事，如要造成一个群众运动，尤不能不有先进之士开路赞助，六百万公债是临参会决定发行的，而参议员诸先生都是社会上有地位、有声望的先进，不仅自己应该首襄盛举，为众先导，更重要的是要协助政府，推进运动，尽心竭力，从四面八方引导、推动、鼓励、劝说自己的亲姻戚属、友好故旧，以致广大选民来踊跃购买，解囊购券，以期集腋成裘、聚沙成塔；其次，各机关团体都是领导干部荟集之地，万众瞩目之所，对于社会最能起一种推动作用，而且人员集中，销募较易，理宜大量购买，竞作先锋，更要承担一定数额，发动自己群众一致认购。再次，地主、富户、士绅、名流都是热心公益，向为地方所尊敬，根据"有钱出钱，钱多多出"之原则，对于公债之销购，自当为众表率，首起模范。此外，我们特别要求我们共产党员，无论在工厂、在学校，以及在各个乡村，都要成为生产建设公债的宣传者、鼓动家、推销者，团结号召周围同胞，保证一定分配数额的完成。

第二，公债发行原本是一种突击性的任务，一方面可以考验我根据地人民爱护国家、爱护根据地的热情，另一方面也可作为对于广大群众的动员和教育。若果销售迟缓，拖延不快，既致影响其他工作，并降低公债发行之意义，同时也会减低公债投资生产建设之时间性与生产建设之效能。因此，全体党政军民，必须掌握时间，抓紧时间，在战斗的口号下，在充实力量、准备反"扫荡"的口号中，以疾风暴雨的姿势，施行猛烈的突击，先是热烈的宣传鼓动，继以广泛的劝售，求得在几天，甚至几点钟内，在整个根据地，在根据地的每个角落，燃起销募公债的狂热的火焰，使六百万生产建设公债，在政府所规定的时间内能顺利的脱手而出。

第三，公债的发行，适逢各种中心工作紧张繁忙之时。村选、备战、秋收、屯粮等等堆集一起，容易顾此失彼，互相牵制。这就要求推销公债工作，要能好好与其他工作取得有机联系与配合，如正进行村选，则可提出选举自己政府，购买自己政府公债的口号，并即利用村选大会进行推销公债的宣传动员；如正在动员秋收，突□公粮，则可乘机宣传购买公债，便能增加生产，减轻人民付担的利益，并即劝购公债。如此，不仅不致相互妨碍，而且正可相互推动，既不致浪费时间，也不会虚縻精力，这是需要我们在实际工作中注意的。

边区生产建设事业，正需要蓬勃的开展，按照边区政府三年实业建设计划，需要资金之巨，当此"米珠薪桂"之时，六百万区区之数不敷甚大。本年冀南银行贷款六百万，而农工各业，仍受资本不足之苦，于此已可见一斑。我们号召边区全体人民，以根据地建设为重，人各购买公债一份，使此六百万公债的发行，能如期完成，并力争超过！

（原载一九四一年九月十五日《新华日报》华北版第一版社论）

纪念"九一八"十周年

"九一八"事变离现在已经十年了。今天，我们环睹国内外新的形势，来纪念这个沉痛的日子，真是万感交集，说不尽的沉痛与悲愤。

"九一八"是日寇企图灭亡中国的开端，也是第二次世界大战的序幕，它是日本法西斯强盗企图征服与奴役中国四万万人民的第一声，也是日寇企图北攻苏联，南侵英美利益，制造太平洋战争的信号。因之，"九一八"，不仅在中国人民心头刻下了一个深深的伤痕，而且在世界历史上也是一个永远洗涤不掉的污点。

十年前，由于各民主国家对日寇的姑息忍让，由于各民主国家的你硬我软，你进我退；由于中国当局的不抵抗政策，尤其是亲日派何应钦等一手造成的塘沽协定与何梅协定，直接助长了日本法西斯的凶焰，致使战争的烽火由东北燃烧到全中国，由全中国燃烧到全世界，致使东北三千万同胞沦为奴隶牛马，全中国的人民受尽了日寇铁蹄的践踏与摧残，甚至使整个人类都沉沦在战争的黑浪里，感受到空前的蹂躏与威胁。这些十年往事，宝贵的历史教训，正是我们今天的前车之鉴，值得我们好好的检讨与领受！

在另一方面，"九一八"又是日本法西斯走向毁灭的开始，中华民族更生的肇基。如果说春蚕之死，乃"作茧自缚"，那么"九一八"便是日寇吐第一缕丝来作其自缚之茧的一天。十年来我东北数十万健儿越挫越勇，再接再厉，纵横于白山黑水之间，十年如一日地英勇战斗，而我八路军又挺进热满边境，与东北义勇军遥相呼应，严重威胁着敌人的心脏。尤其是四年以来我们已以团结代替了内战；以全面的民族解放战争，代替了忍辱退让；以加强与英美苏的团结，代替了与日寇的"睦邻亲善"；当时高唱"长期准备"、订立丧权辱国条约的内奸，今天有的已经滚出了抗日阵营，有的则原形毕露，已见弃于全国人民。"九一八"时的混沌局面已为之一扫，中华民族已在团结抗战的大旗下，巨人般的站立起来了。

在国际上，今天也同样使日寇大有"今昔之感"，尤其是在苏德战争爆发以后，英美对太平洋问题，步调已渐趋一致，与十年前互相观望，踟蹰不前的情况已大相迥异，日寇今天遇到的再不是李顿的调查，国联的一纸谴责，而是资金的封存，原料的禁运，太平洋上的大军云集，及对我抗战的积极支持与援动。

是的，日寇明天会在国内及我沦陷区大举"庆祝"。但这种庆祝，不过是假装门面，强作欢笑而已。如果日本军阀，今天要是坐在樱花树下仔细的考虑考虑，站到富士山上好好的观望观望，一定要黯然喟叹："千年旧梦，屈指堪惊！"

然而，法西斯强盗是不知道什么叫□悔的。相反的，它正在用种种的方法，企图挽救它崩溃的命运、突破它自缚之"茧"，国际的和平自由，仍然遭受到严重的威胁，中国抗战的前途，仍然存在着巨大的危险与困难。因之，在纪念"九一八"十周年的现在，我们肩上的任务是更加严重与巨大了。

国际反法西斯统一战线，是一个浑然不可分割的整体，是需要各民主国家齐一步调共同完成的。这就要求各民主国家彻底停止对任何一个法西斯强盗的幻想与姑息。彻底实行禁运，实行经济上的制裁，进一步分担战争任务，进一步援助站在反法西斯最前线的苏联与中国。使这一伟大的国际反法西斯战线，进一步的发展与巩固。这是目前全世界一切爱好和平人士的光荣任务。

在我国，应深刻的接受"九一八"事变的经验教训，加强团结，加强抗日民族统一战线，肃清订立卖国条约葬送东北与华北的何应钦等亲日内奸份子，巩固抗日阵营，积极组织反攻，直至收复东北失地，打到鸭绿江边为止。

整个华北敌后，现在一方面正激荡着浓厚的民主气息，抗日根据地的建设，正欣欣向荣的发展；在晋冀鲁豫边区，大家都正在热烈庆祝边区政府的成立；然而另一方面，正当我们庆祝边区政府成立时，敌寇秋季大"扫荡"的火焰，又已在晋察冀边区残酷的燃烧着了。因此，我们今年来纪念"九一八"，一方面在沉痛的氛围里，频添了许多新鲜活跃的空气。而另一方面，我们在这新鲜活跃的空气里，又增加了新的血腥与火药气味。我们在这沉痛的纪念日，不仅要举行静穆的仪式来表示我们的悲愤与仇恨，而且要以积极的行动与准备来迎接与粉碎敌寇今年的秋季大"扫荡"，以积极战争的准备与行动，来巩固与发扬民主制度，来拥护晋冀鲁豫边区政府有关军事政治经济文化的一切建设！

（原载一九四一年九月十七日《新华日报》华北版第一版社论）

锻炼身心，提高素养

在全华北反"扫荡"烈焰弥漫天际，前线健儿英勇出击的胜利声中，晋冀鲁豫边区子弟兵——八路军一二九师，于"九一八"十周年纪念日起，举行了全师的运动大会，大会将继续一星期以上，与会的代表与选手，不下三千余人，均由各旅、各团、各军区和各军分区全体战士所推选，而闻讯前往观光者，更在万人以上，数百里外均跋涉赶赴，一饱眼福，诚可称之为空前盛会。在敌后，特别是在紧张的战争环境中，举行如此规模宏大的部队的运动大会，不仅在八路军是第一次创举，而且在全国，在全世界，在人类历史上，都是前所罕有的。只有八路军，只有共产党所领导的进步的武装，才能创造种种奇迹，随时可能有这种动人的□举。

对于这次一二九师全体运动大会，我们自然不能把它当作一般运动会看待，用对待一般运动会的眼光去加以评价。军队运动会本来就有异于一般运动会，而一二九师的运动大会更具有完全不同的性质和意义。它不仅是为了运动，更不是为运动而运动，而是在建军的重大课题下，作为建军的一个节目来进行的。这一点，我们只要一看运动大会的比赛项目，便可一目了然。一星期的比赛，不仅包括种种田赛径赛，而且主要的还有各种军事技术比赛和政治测验等等。八路军决不是某些人所想像的只能打游击战，不能打运动战、正规战的"游击队"，也不是什么八路军只有政治素养，而无军事素养的队伍，它绝不满足于现状；反之，它要力求进步，积极从各方面提高自己，不仅在政治上保持绝对压倒的优势，更要在科学与技术上战胜敌人。抗战以来，在"提高政治军事素养"的口号之下，一二九师全师曾在作战之暇进行了几期整训，这次运动大会的举行将是一次大规模的会试，考验以往整军建军的成绩，检阅自己的战斗力量，并从而求得经验教训，以为今后的借鉴。而运动大会的胜利，又必将更加提高与坚定全军上下建军的信心，鼓舞全体指战员军政学习的兴趣，掀起更进一步的建军热潮，使这一支子弟兵向更健壮进步的高峰前进！

谁都知道，运动是锻炼体格的最好法门。俗语说："健全的精神寓于健全的身体"，面对于最有组织的战斗的人群——军队，特别是革命军人，体力的锻炼更是头等重要。伏洛希罗夫同志曾经说过："红军的力量是由很多因素所组成，而体力锻炼在这些因素中并不是占末位的。"红军"不仅应有高度的政治质量，不仅在精神上应是完美无瑕的，而且在身体上也应是健康的、强壮的、能够支持艰苦的、可以百战百胜的"。现在，在敌后的八路军，与日寇作战，经常要进行白刃肉搏和纵深战斗，更需要具有头等□健的身手！一二九师的运动大会，便是对于部队加强运动，锻炼体力的一种直接的提倡。然而锻炼体力决非几个突出的武术家的专门事业，运动也不是个别英雄式的运动家所应包办，而是人人都该享受和努力的活动。在这次一二九师运动会中，彻底打破了一切运动会的错误的成见和公式。参加运动会的，不仅有个别的选手，而且有各部队的集体代表，不以个人的角逐为主，而以集体的优胜为最大的荣光。一切都决定于集体，真正发扬了集体主义的精神。我们相信，这次运动大会一定会激励和推动全师健儿，更加爱好运动，锻炼体力，展开广泛的普及的群众运动，培养起高尚的尚武精神，一个个成为雄赳赳气昂昂的武夫，使矮小的敌兵望而生畏。

最后，一二九师这次运动大会，又是巩固三军士气，加强全师团结的最好机会。一二九师自开入华北以后，三军健儿东西奔驰，日夕征战，向来处于无休止状态，而今日部队既散布晋冀鲁豫四省，各部兄弟也就很少聚会在一起。在这次运动会中，既不标榜什么个人风头主义，也决不会因争夺锦标而面红耳赤，而各代表济济一场，各显平日所学，大足以相互观摩，相互砥砺；至于会内会外联欢，互诉各部生活，交换作战与学习经验，尤可沟通情谊，增益自己。将来会后归去，各向本部报告大会形形色色，描述所见所闻，必使全体同志同感兴奋，欢畅百倍！这也是可以预卜的。

敌寇对华北的"扫荡"日益狂暴，今后敌后环境愈趋艰苦，战争更加频繁，其所给予我野战兵团的任务也就愈大，一二九师健儿在运动大会以后，更要努力锻炼自己，以便坚持长期的艰苦战争。且敌人秋季"扫荡"不久即将由晋察冀边区而转移至其他地区，一二九师所属各部应积极准备反对敌人"扫荡"，保卫边区，保卫人民，这次运动大会，实际上也即反"扫荡"战斗动员，会后还须继续加深动员，准备随时迎击敌人，给予敌人以歼灭的打击。同时，尤希全区党政军民多方爱护我们自己的子弟兵，在反"扫荡"时积极协助子弟兵，支持子弟兵，保证反"扫荡"的胜利！

（原载一九四一年九月十九日《新华日报》华北版第一版社论）

再论粉碎日寇秋季大"扫荡"

最近国际国内局势的演变,特别是敌后敌我斗争形势的发展,要求我们对华北战局作全盘新的估计。敌寇对我各个抗日根据地的进攻,已经有了战略指导的基本的改变。在晋察冀边区开始的秋季大"扫荡"的毒焰,可能燃遍全华北的每个角落。这场险恶的"扫荡"与反"扫荡"战争的发展形势,已经打破了以往一般的"扫荡"规律和公式,如果以为"还不是过去那一套",抱定得过且过的态度,一定会招致无可追悔的严重恶果,现在晋察冀边区当了反"扫荡"的先锋,时间还允许其他地区对各种问题作细密的考虑,并进行充分的反"扫荡"的动员。

我们曾经一再严正指明,无论北进或南进,日寇对于华北敌后的"扫荡"，是绝对的，决不会放松的。而且，我们对于敌后战争的严重性和残酷性，必须有彻底的更新的认识。本年三月开始的所谓"治安强化运动"，已经使敌占区人民无法生活下去，走上毁灭的道路。但在另一方面，日寇的确是有若干收获，无视这些收获，而以阿Q式的自夸的精神来加以抹杀，虽或可暂时安慰和愚弄自己，但结果必然会陷自己于主观主义的错误泥淖。而最重要的，从这长期"强化治安运动"中，我们可以发现，日寇无论统治敌占区或进攻根据地，在其战略指导上都有着显著的改变。他接受了四年"扫荡"敌后失败的惨痛教训，更接受了世界反革命进攻革命的经验，采取了"三分军事，七分政治"的方针，强调所谓军事政治经济文化一元化的□力战，对我根据地实施彻底毁灭的恶毒政策。虽然基本上还并未说出"治安肃正"的基本方针，但有了高度的发展，在实施方面的确已不限于旧的一套，却产生了一套新的异常恶毒的办法。这一套办法虽曾不断用之于"治安强化"中，用之于"扫荡"作战中，并□见于各报章刊物，然而我们对于这些问题至今还没有进行认真精细的研究，寻求具体的新的对策，来粉碎日寇的新阴谋。

敌人过去到冀东、冀中、北□沿线地区，冀晋豫沙区的"扫荡"，特别是这次对晋察冀边区的"扫荡"，提供我们许多资料，说明日寇的残酷到了如何程度。边区的"扫荡"已经进入第三阶段，双方犹在浴血酣战之中，经过情形还没有完全被报导出来，但就已得的部份材料加以研究，即不难看到有许多迥异往昔的特点。总的说来，敌人这次秋季"扫荡"，的确已不是一种单纯的军事进攻，而有着政治、经济、文化等全面的配合。我们姑勿再论日寇在"扫荡"前准备与布置如何严密，"扫荡"中计划与步骤怎样凶险，仅将其已表现的一些事实揭发出来，已足够引起我们的严重警惕！

首先必须述及军事方面，敌人对我不仅压力加重，而且在作战上也有许多新的改变，表现在：（一）采取了持久作战的方针。过去对各根据地的"扫荡"，其时间一般是多则一月，少则一周，备带粮食弹药有限，因为交通补给的困难，在我严重打击之下，一俟粮弹告罄，即不能不狼狈溃退。而这次对晋察冀边区的"扫荡"，其预定作战期间即为两月，现在已继续了一个多月，还未见溃退。可见敌人这次"扫荡"在事先就有持久作战的准备；而在进攻中，其兵力指挥与交通也有新的安排，这便是一面逐渐推进，一面赶修公路。在其后面拖上一条长长的尾巴，并与周围平汉、平绥、同蒲、正太等动脉相衔接，切保前后方联系，贯通运输补给，其先头部队也就竟然敢于深入腹地，进行所谓长期的"驻剿"。

（二）集中最优势的兵力，施行各个击破，不仅对一个根据地的"扫荡"采用"牛刀子"办法，而且对根据地中每一块小的地区，都不惜用最大的兵力扑击，真正施行了"分区'扫荡'"的办法，在进攻作战中，一方面由外向内紧缩，另方面则利用根据地内据点，由内向外扩张；一方面稳扎稳打，步步为营，努力巩固已占领阵地。另方面则猛烈向前推进，施行袭击。过去敌人虽也采取分进合击办法，但其进军的空隙甚大，纵深配备不强，易为我所个别击破，现在的"分进合击"不仅是战役上的步骤，且成为战术上的疏开，各路进攻之敌，间隔很近，相互切取联系，形成一种面的包抄；而在纵深配备方面，沿路修筑堡垒，守备部队与机动部队严格分工配合，使我无法威胁其侧后，并虽能跳出其合击圈，但于将我一鼓聚歼。

（三）同时进行分割、封锁与清剿，即首将我整块根据地分割成几个大块，选择一定重心区域，进行大规模的"分区'扫荡'"；在"分区'扫荡'"中，又将许多大块切成许多小块，进行所谓"清剿"。在分割的时候，同时也即修筑公路、构制堡垒，四周配置重兵，将我军封锁在一定狭小的圈子，困难机动。然后入内搜索，执行"一网打尽"的毒计。冀鲁豫某区在大烧大杀以后，敌寇即行使堡垒政策，三里一钉子，五里一据点，图使我军不能在该地驻足与活动。此次敌人对晋察冀的"扫荡"，所谓第一第二阶段的战争，主要尚在于分割与封锁，其所谓第三阶段，则将是疯狂的"围歼"

与"清剿",企图寻我主力,进行决战。这种杀人的毒计,证明敌人的"扫荡"不是一下可以完事。

(四)使用种种新式武器,首以飞机漫无目标的滥施轰炸,自晨至暮,轮流不息,摧残我人力物力,并大量施放毒气,使用空军陆战队办法,企图袭击我指挥机关,捣毁我后方建设,使我未战先乱。

其次,在政治方面,则是"强化治安"的一套办法。敌人在进攻时,便携带了伪县区长、"新民会"长,以及特务队、工作队等等这些豺狼蛇蝎,凡其所到之处,即配合密布各地的第五纵队奸细份子,大施恐怖手段,摧残抗日群众组织,打击地方工作,屠杀抗日人民,震慑人心,大捉壮丁,登记人口,制发照相良民证,发展连环保,实行联保连坐法,建立公开和秘密的伪政府和维持会。同时,更加无耻地以反共灭共为中心,挑拨农村阶级关系,欺骗愚弄人民,散布悲观失望空气,推行顺民奴化政策,建立"新民会"等各种反动组织,诲淫诲盗,麻醉我抗日人民的抗战意识。据讯:敌人这一套卑劣伎俩,在这一次"扫荡"中是更加巧妙,更加毒辣的应用到晋察冀边区了。

复次,在经济方面,敌人在去年"扫荡"时的"烧光、杀光、抢光"的三光政策,现在更加发挥了:见房屋即烧、见牲畜即杀、见家具即拿走,甚至一碗一筷之微,也无不要加以破坏或"征发"。特别是后方经济建设事业和秋收粮食,是其主要破坏对象,已经收下的粮食,大批抢掠。甚至倾笼倒箧,罗掘净尽,未收的谷梁,则付之一炬。总之,日寇实行毁灭政策,企图逼我屈服。

自然,日寇这种毁灭根据地的愿望是决不能达到的;因为日寇虽有毁灭根据地的种种毒谋,我们也有保卫根据地的无限力量;这种力量的增强,我们曾经不断指出,每个根据地的军民也可清楚体会到。目前现实的最急要问题是如何加紧动员我们的一切力量,准备粉碎敌寇的大"扫荡"。敌人所执行的是所谓一元化的总力战,我们亦唯有以各种机构,各种力量协同一致，展开全面的反"扫荡"，才有把握战胜敌人。这里，第一件大事是必须首先进行思想上的充分动员。如果我们主观方面还存在着侥幸图存，苟且偷安的幻想，那么反"扫荡"的准备工作必然会无形中受到损害。向我们自己头脑中一切犹疑观望、太平麻木的思想进行斗争，不论它们□蛀□□□我们。对于敌人"扫荡"严重性、残酷性、长期性的足够认识，那是准备粉碎敌人"扫荡"的先决条件；同时，必须细微考虑敌人"扫荡"的新的特点，认真向每个干部全体人民进行宣传教育，指明这次"扫荡"的严重性，预先筹划一套打击敌人、保护自己的办法，才不致临时在困难面前惊惶失措，悲观失望。但自然也不应过份夸张，"长他人志气，灭自己威风"，先引起一阵虚惊。战争是一种力量的比赛，每一着棋都须下得沉着稳当，特别是在准备布置阶段。这次"扫荡"与反"扫荡"是一种生与死的斗争，人与非人的斗争，民主与专制的斗争，光明与黑暗的斗争。敌人的目的是要把我根据地沦为殖民地，在我千万同胞的颈项上套上一付奴隶的枷锁，一种同仇敌忾的烈火，必须由我们人民心口中燃烧起来，以肃清第五纵队欺骗麻醉的根基。

第二，必须开展更广泛更普遍的群众游击战，加紧地方武装的战斗准备。今年的反"扫荡"战，一半任务要靠群众武装力量来承当。如帮助和配合正规军作战，积极袭扰敌人，牵制和迷惑敌人，武装保卫秋收，备藏秋粮，空舍清野，打击掠夺秋收和捕捉壮丁之敌伪部队，破坏敌之交通连络等，无不要依靠广大群众的力量。在备战工作中，这应该被视为中心一项，立即健全军分区的机构，加强干部配备，使能领导和掌握当地武装，保证在任何困难环境中，独立坚持各该地区的游击战争。大大发展游击队、民兵的组织，吸收更多青年壮丁自觉地参加武装，密切群众武装与群众的关系，真正与广大人民打成一片，生长于广大人民之中；加强游击队民兵的军事政治教育，特别是军事技术和武器使用的知识；解决群众武装的许多具体问题，发给必要武器。今天我们要即刻动员起来，以区村为单位，举行普遍的武装大检阅。在检阅中可作种种有实际意义的演习，锻炼自己，加强自己。

第三，加强锄奸工作。肃清敌伪在根据地内的一切特务活动，必要时可进行一次清查户口的运动，发动检举汉奸特务奸细。加强群众的锄奸教育，揭破敌寇的奸细政策，提高人民的警惕性。号召人民保证军事秘密，保护资财安全。应该提高这样的口号，泄漏军机、暴露资财，等于出卖祖国，出卖人民，应受政府法律的惩处。

第四，加紧争取敌伪军工作的教育，在反"扫荡"战中，除了军队应该正确执行对敌伪军政策外，还应教育广大群众，在与敌伪军接触中，利用一切机会，随时随地影响敌伪军，动摇敌伪军，争取敌伪军，鼓励敌伪军厌战反战情绪，扩大敌伪间的一切矛盾。

第五，教育群众爱护八路军，帮助八路军。在反"扫荡"时，广大群众要踊跃参加后方勤务工作，运输担架，交通情报，向导引路，侦察警戒，送饭担水，以后方来支援前线。特别要求群众爱护伤病员，掩护伤病员，保障伤病员。要激起一种热烈的舆论：没有八路军便没有根据地，没有八路军在前线的胜利，便没有自己的家乡。在进行这一工作中，还须附带教育群众，正确的了解游击战争，那种要在自己门前打仗才算是打仗的认识，是需要改变的。

（原载一九四一年九月二十一日《新华日报》华北版第一版社论）

反对学习中的教条主义

  三年前，毛泽东同志在六中全会上号召"来一个全党的学习竞赛"时，不仅指出了学习马列主义理论的重要性，而且指出了"应把马克思主义应用到中国具体环境的具体斗争中去"，"离开中国特点来谈马克思主义，只是抽象的、空洞的马克思主义。因此，马克思主义的中国化，使之在其每一表现中带着中国的特性，即是说，按照中国的特点去应用它，成为全党亟待了解并亟须解决的问题。洋八股必须废止，空洞抽象的调头必须少唱，教条主义必须休息，而代替之以新鲜活泼的、为中国老百姓所喜闻乐见的中国作风与中国气派"。

  现在我们要问：全党同志是否遵照了毛泽东同志的指

示和六中全会的决定呢？在我们学习中的教条主义是否已经休息了呢？在我们学习马克思主义理论中，是否把它应用到中国具体环境的具体斗争中呢？我们只得回答说没有，或者说很少，无论是在职干部教育，也无论是学校教育或支部教育，对于中国历史和社会的研究是很差的，对于敌人、友党友军的情况了解和他们的政策的研究是很差的，对国际形势和各国政策的掌握是很差的，对我党的政策之掌握与教育也是很差的，把学习马列主义理论当成是熟读它的个别结论和公式主义的学风正盛行着；把马列主义看成是教条，看成是信仰象征的现象，也比较普遍地存在着；不能把所学的理论应用到实践去的严重现象也到处发生着！那么我们究竟应当怎样学习马列主义理论呢？

第一，"精通马列主义理论，这完全不是说要熟读它的一切公式和结论，并拘守这些结论的每一字句，为要精通马列主义理论，首先就必须区别它的字句和实质"（联共党史）；这就是说，我们必须把字句上的教条式的马列主义与实际的创造性的马列主义区别清楚。

第二，"精通马列主义理论，这就是说要领会这个理论的实质，并学会在无产阶级阶级斗争各种条件下，在解决革命运动的实际问题时来运用这个理论"；这就是说，必须善于领会和应用这个理论，否则就是理论脱离实践，就是教条主义。

第三，精通马列主义理论，这就是说，要善于以革命运动的新经验来丰富这个理论，要善于以新原理新结论来丰富它，要善于发展它和推进它，要不怕根据这个理论的实质，而以适合于新的历史环境的新原则新结论来代替某些已过时的原理和结论。马列主义不是教条，而是行动的指南，我们知道，列宁、斯大林正是这样做，毛泽东同志和我党中共也是根据我国革命和抗战的实际经验来发展与充实马列主义的理论。然而我们应当指出，目前我党思想和理论阵线上的工作，比我党政治上军事上的工作，比我党实际斗争中的丰富经验，比目前客观的需要来说，是大大落后的，我党的理论水平是非常低的，因此，全党同志应根据六中全会的决定和毛泽东同志的指示来学习和精通创造性的马列主义，坚决反对学习中的教条主义，反对字句的教条式的马列主义。这是当前的急务，在我们学习上需要一个坚决的转变，面向实际，面向以马列主义的武器来解决中国的革命实践中所产生的一切问题。

（原载一九四一年九月二十三日《新华日报》华北版第一版社论）

加强党性的锻炼

中国共产党经过二十年革命的锻炼,现在已成为全国政治生活中的重要的决定因素,然而放在我们眼前的仍然是伟大而艰难的革命事业。这样就要求我们的党,更进一步成为思想上、政治上、组织上完全成为巩固的布尔什维克的党;这要决定于党员和各个组成部门,都在统一意志、统一行动和统一纪律下团结起来,成为有组织的整体。没有这样坚强统一集中的党,便不能应付革命过程中长期复杂残酷的斗争,也不能实现我们所担负的伟大的历史任务。因此,今天巩固党的重要工作是要求全体党员,尤其是干部党员,更加增强自己的党性锻炼。一般说来,我们的党在思想上、政治上和组织上是一个健全和团结的党,但目前还存在着许多违反党性的倾向，这些倾向在今日党内当然不是普遍的不可终止的危险，但也绝不能因此而忽视。

违反党性的倾向首先表现在：粗枝大叶，不求甚解，自以为是，主观主义，形式主义的作风。"党内许多同志还不了解没有调查就没有发言权这一真理，还不了解系统的周密的社会调查是决定政策的基础；还不知道领导机关的基本任务就在于了解情况与掌握政策，而情况如不了解，则政策势必错误；还不知道日本帝国主义对于我国的调查研究是如何的无微不至；还不知道粗枝大叶，自以为是的主观主义作风就是党性不纯的第一个表现，而实事求是，理论与实际密切联系则是一个党性坚强的党员的起码态度。"（中共中央关于调查研究的决定）

违反党性的倾向还表现在：在政治上自由行动，不尊重党的决定，随便发言，标新立异；以感想代替政策，独断独行，借故推诿，两面态度。在组织上自成系统，自成局面；强调独立活动，反对集中领导；本位主义，目无组织，在思想意识上发展小资产阶级的个人主义，来反对无产阶级的集体领导；一切服从个人，一切从个人出发，一切都表现个人，个人利益高于一切；自高自大，自命不凡，个人突出，提高个人；喜人奉承，吹牛夸大，风头主义；铺张表面，不肯埋头苦干，不肯与群众真挚密切联系等等。

为了纠正上述违反党性的倾向，首先必须严格执行党中央关于调查研究的决定，提倡大公无私，忠实朴素，埋头苦干，眼睛向下，实事求是的精神；力戒骄傲，力戒肤浅，力戒空疏，力求肃清主观主义作风。改变那些把理论与实践，学习与工作脱节的现象；提倡理论与实践，学习与工作密切联系的作风。每一个同志必须着重对于敌友我各方面情况的调查与研究；着重对于历史、对于环境、对于国内外、省内外、县内外、区内外具体情况的调查与研究。"向各级在职干部与训练干部的学校，进行关于了解敌友我三方面客观情况的教育。鼓励那些了解客观情况较多较好的同志，批评那些只尚空谈不务实际的同志；鼓励那些既了解情况又注意政策的同志，批评那些既不了解情况又不注意政策的同志，使这种了解情况注意政策的风气与学习马列主义理论的风气密切联系起来。"学习中的教条主义，便是主观主义，也正是党性不纯的具体表现之一。因此在学习中要反对那些只背公式，只记条文，只学字母的教条式的马列主义的作风，而提倡学习创造性的马克思主义的作风。

其次应当在党内更加强调全党的统一性、集中性和服从党中央决定和领导的重要性。反对标新立异和自成系统。要在党内开展反对分散主义、独立主义、个人主义的斗争。严格检查一切决议和决定的执行，及时发现和纠正每个党员同志的错误。强调党内团结，互助互爱，帮助干部和每一个党员在政治上、思想上进步。加强党的纪律教育，因为统一的纪律是革命胜利的必要条件。要严格遵守个人服从组织、少数服从多数、下级服从上级，全党服从中央的基本原则，无论普通党员，干部党员，都应该如此。要用自我批评的武器，和加强学习的方法，来改变自己，使适合于党与革命的需要。每个党员都应深刻反省自己的弱点，把党的利益看得高过于一切，任何人都不应有自满自足的现象，自私自利的观点。只有这样才能克服违反党性的倾向，加强党性的锻炼，坚定自己的革命立场。

（原载一九四一年九月二十五日《新华日报》华北版第一版社论）

冲破敌寇的经济封锁

最近数月,各地物价不断上涨,其中尤以棉花、棉布、食盐等日常生活必需品涨风最烈,如太行区,棉花已涨价至十余元一斤,棉布三四月前尚一元五角一尺,而现在已每尺三元;食盐六月间市价每斤一元,八月底即涨至二元,而最近已卖到五元一斤,如此情形,使我军民生活发生很大困难。

考查物价上涨原因,主要有三:一是受敌战区物资高涨影响,七月下旬英美各国封存日寇资金以后,日寇旋即实行报复,二十八日敌大藏省颁布"外国人交易取缔办法",各地遵照执行,平津英美商人横遭取缔,外货入境严受限制,翌日敌占区物价顿趋高涨。加以日寇备战积极,到处强征壮丁，囤积货物，商民惊恐，伪币惨跌，市面紊乱，经济恐慌，物价更扶摇上升，势如江河决口，一发而不可收拾。此种炽烈涨风，转折波及我根据地，物价遂亦日渐浮动。二是日寇的加紧对我经济封锁与掠夺。自"治安强化运动"开始以后，日寇的经济封锁便日紧一日。除在敌占区内以银行、公司、官办的合作社等实行严密的经济统治外，主要的还在各地挖掘封锁沟、封锁壕、修筑封锁墙与碉堡，并加紧检查监视，根本禁止外货输入我根据地。而最近则更把在东北的一套经济统制办法推行到敌战区，如限制商民贸易，规定每日交易额，施行配给证制，限制人民消费额等，在在均增加必需品来源之困难。再如不断袭扰游击区市场，匪化边境地区村镇等，亦使我经济贸易遭受若干影响。此外，我根据地本身生产贸易建设落后，土货产量不大，供不应求，而运输困难，市场流通缓慢，亦系重要因素之一。上月本报即曾指出，如果农业发达，而工业生产不振，即易造成工业品与农产品价格的剪刀形的发展，这种情形，今日即已渐露端倪。预料日寇施行秋季"扫荡"，对我经济建设必将大加摧残，其时物价尚有可能继续上涨，急需未雨绸缪，加以预防。

今天要冲破敌寇经济封锁，摆脱其对我根据地物价之影响，首先还是应从生产建设入手，只有根据地内工业生产发达，自给自足经济逐渐形成，内部供需关系得到调整，物价才能长保平稳状态。如纺织、熬盐等事业的提倡，实已刻不容缓，这不仅是一个物价问题，而且关系到千万人民的当前生计，现在山货农产次第登市，正是购买原料的最好时机，公私企业均宜大量收购，以备明年猛烈发展生产建设之用。有志于工业建设之私人企业家，如感资金匮乏，告贷无门，不妨向银行暂作借款。今年冀南银行贷出款金即达二百八十万元之多，为了经营实业而向之贷款，当无不允。同时全体人民，为求根据地生产发达，物价便宜，丰衣足食，都应踊跃购买政府的生产建设公债，使三年实业计划得能胜利完成，奠定国计民生之基石。

其次，必须切实统制对外贸易，展开对敌经济战争。我们不仅要有计划的组织输出，防止物资随便外流，换不回必需品；而且要有计划的组织输入，奖励某些必需品入口，如棉花、食盐、煤油等类，均属必不可少的用品，可以号召商民大量运入。但应有组织的采购，切勿相互战争，致使某些奸商以为奇货可居，从中操纵。在统制对外贸易方面，生产贸易管理机关、银行、税局、商联会以及全体商民，都应切保联络，协同一致，方能消除私漏，增强力量。

再次，必须组织内地运输，活跃根据地市场，今日根据地物价，一般亦不甚平衡，东西距离百里，往往相差一倍，即系市场不发达所致。如能利用电话或其他交通网，沟通商情行市，发动运销贩卖，调剂各地有无，物价或不致如此激增。冬天"扫荡"过后，若干交通大道，当可动员军民，加以局部的修铺，使能畅通骡马大车，增加货运效率。而市镇商民，在商联会领导下，对于商品价格，亦宜有一定评价，若果率尔抬高，军民无法购买，将使贸易缩减，市场枯萎，对人对己均无利益。

对敌经济关争是一个极复杂的问题，敌人挟其经济利器，更以政治军事势力配合，无时不在谋我。希望各有关机关、团体以及公私企业家，加强对这一问题的调查研究工作，时时针对敌人的阴谋，定出适当的对策，以灵活的战术制胜敌人！

（原载一九四一年九月二十九日《新华日报》华北版第一版社论）

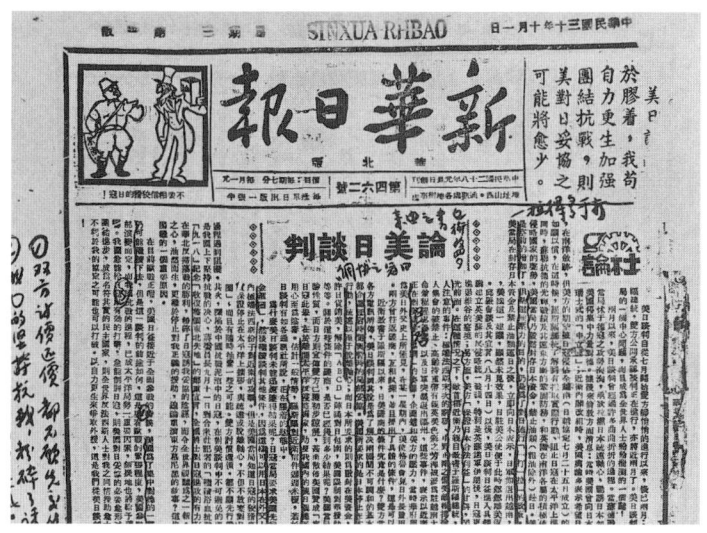

论美日谈判

美日谈判自从七月开始双方静悄悄的进行以来，倏已两月；自从近卫致书罗斯福总统，双方公开承认谈判正在进行，亦将近两月了。美日谈判不特成为太平洋时局的一个中心问题，而且成为全世界人士纷纷揣测的一个谜！

两月以来，美日谈判曾经过许多曲曲折折的过程。当苏德战争爆发不久，美国当局怵于德寇之攻势汹汹，急欲拉拢日本疏远轴心，劝诱日本勿作南进之图，以便美国得集中力量对德。据后来伦敦方面消息：当时美国曾向日本磋商，将越南变为瑞士式的"中立国"；近卫内阁改组时，美国舆论多表示希望日本"温和派"上台，在南洋敛迹，但美方的期望被日寇侵占全越南（日越协定七月二十五日成立）的暴行所冲破，未能如愿以偿，在这时候，罗斯福总统了解到有采取实际行动、阻止日寇在太平洋上进一步扩张的必要；同时，苏联抗德的光辉战绩及其远东方面的巩固防务，和英国在南洋各属的积极布置，增加了远东反侵略国家的声势，美国当局乃毅然封存日本资金，禁止油类（粗油除外）赴日。美国对日的经济压力是空前的增加了，但是这种压力的目的，仍是为了对日施行"一打一拉"的政策。据伦敦方面消息：美当局在封存日本资金及禁止油类运日之后，立即向日本表示，日军如退出越南，此项禁令即可取消，美国这一建议，显然未见效果，日驻美公使便于此时匆匆离美返日，报告谈判情形，邱罗会谈及其宣言（八月十四日）以后，美日谈判日益进入具体化的形势。邱罗会议建立英美苏的反侵略统一战线，特别是英苏进军伊朗后，日寇更加陷于四面包围、进退维谷的窘境；另方面，美方"保持日本合法利益"的甘饵，闪烁于日寇饥饿的目光前面。在这种情况之下，敌首相近卫乃亲自致书于罗斯福总统，接着便发生许多令人注意的事件：极端法西斯末次的辞职、中野正刚之备受敌报揶揄、三国同盟纪念私人集会的被禁止、高龄持重带有亲英美色彩之芳泽被派为驻越南大使、若杉携东京使命兼程赶返美国，以及日军突然退出福州，这些事件，表示以近卫为首之日本当局，正在对美国□□□一的姿态，企图缓和美方的压力，当时华府与东京谈判之频繁，为美日外交史上所仅见，在某一星期内，美使格鲁会见日外长丰田，竟达十二次之多，两方曾往返磋商，互相试探，并且提出了具体的条件，这是可以肯定的了。

近卫致书于罗斯福以来，日美磋商的条件究竟是什么？双方当局俱未宣布。但据各方电讯所传，美日谈判与其说是为了解决两国间不可调和的基本争执，不如说双方都企图延宕时间与暂时的局部妥协。美国所要求的是日本停止在太平洋上武力扩张的行动，疏远以至于脱离轴心；而日本所要求的则为启封在美资金，取消对日禁运，允许日货销美，解除"ABCD"

阵线对日包围，美国限制对华援助，甚至劝中国妥协等等。关于这些条件的磋商，是否已经得到多少结果呢？美国当局宣称：谈判仍属试验性质，而日方则宣传双方已获初步谅解，甚至散布美国赞成"宁渝合流"之流言。日寇此举，在于离间太平洋反侵略国家，助长我国内的亲日亲德派投降妥协活动，其用心至为阴毒。估计一般情势，罗斯福对近卫信件迟迟未复，若杉忽忽赶返东京，美日谈判有如各通讯社所说，正在胶着的状态中。

为什么美日谈判未能迅速获得结果呢？日寇当局要求美国先行放松经济封锁的"金箍圈"，然后继续谈判其他条件，因为这样可以用日本在外交上的胜利，消弭其国内极端法西斯份子对近卫的攻击。但是美国当局知道日寇的狡猾万端，非日本先行切实保证停止在太平洋上扩张，与疏远或脱离轴心，不但不放弃对日经济压力的"金箍圈"，而且有随时抽紧一些之可能。双方讨价还价，都不愿先行缴货，这就使谈判的过程遇到阻碍。其次，深陷于中国抗战泥沼中的日寇，在对美谈判中不可避免的要提及中国问题，可是我国上下坚持抗战的决心，蒋委员长九月十一日对合众社记者的"继续浴血抗战"之严正谈话，及"九一八"纪念"收复整个东北失地"的郑重宣言，全国将士对日寇进攻的有力打击，特别是八路军在华北反"扫荡"战的胜利，粉碎了日寇诱我妥协的阴谋，而令全世界视听为之一新，友邦人士对我敬慕之心，油然而生，更难于停止对我正义的援助，遑论重演东方慕尼黑的故事？这也是使美日谈判发生困难的一个重要原因。

在目前欧战正酣，美国日益接近于全面参战的时候，美国为了集中对德的一贯方针，对日美谈判仍可能继续下去，但是这一谈判的前途如何，这是要看欧战的紧张程度，美国参战的迟速及日本的内部演变而定，而我国抗战的进程，已成太平洋局势一重要因素，无疑地也将给予美日谈判以莫大的影响。我国愈能给日寇以有效的打击，愈能削弱日寇，则美国对日妥协的必要愈形减少。我国内部愈能团结进步，成为名符其实的民主国家，则全世界反法西斯人士对我之同情援助愈大，而美日谈判产生不利于我的协定之可能也可以打破。以自力更生来争取外援，这是我们从美日谈判中应当得到的教训！

（原载一九四一年十月一日《新华日报》华北版第一版社论）

论日寇的新进攻

上月十八日开始，日寇以三师之众，分数路猛犯湘北。正面由岳阳出发，沿粤汉路南下，左翼主力则由平江渡汨罗江，经□江、金井、春华山等处迂回侧击长沙；洞庭湖之敌亦由夹河塘、营田、芦林潭等处登陆，乘机威逼湘阴、益阳，席卷湘省东北。据中央社讯：迄止二十九日，各路之敌，冒惨重损失，均已迫近长沙，正面与我激战于捞刀河、石子铺、春华山一线，其左翼主力则已于迂回袭占永安市之后，复□抵长沙东北郊外。长沙保卫战，现已进入白热阶段。而赣北之敌，亦配合西犯，有沿湘赣公路呼应永安敌寇，会犯浏阳之势，同时，粤南之敌则大事蠢动，于侵据台山及宁阳路以后，突又自三水，溯北江而上，攻入清远，继续沿江向英德进扑，与沿粤汉路北犯之敌配合，图夺我韶关，正面战局骤见紧张，往后发展更值得引起严重注意。

日寇这次对于正面战场的新进攻，是正当远东反侵略阵线日渐形成，日寇四面被包围，而美日谈判又正在曲折迷离之际。此举用意，无非是想以此增加美日谈判中讨价还价的声势，打破目前四面楚歌的窘困局面。美日谈判迄今已经两月有余，虽然最近尚有日见具体化之说，但从整个过程来看，则其困难重重，陷日寇于进退维谷的苦境。根据各方电讯所传，其中中国问题尚为重大症结之一。日寇的最大阴谋，是要美国停止对于中国的援助，牺牲中国抗战，劝诱中国投降。然而，在目前的国际形势下，要演一幕东方慕尼黑的丑剧，实在不大容易。于是狗急跳墙，便兴师大犯我正面战场。其意若谓："你不帮助我解决中国问题，看我自己来动手！"企图以此种卑劣手段威胁美国让步。然而日寇的这种穷凶极恶的横蛮行为，只会使美国格外认清他的真面目，金元帝国的绅士是否会被流氓的日寇所唬倒是大成问题的。

自然，日寇的进攻我正面战场，主要中心还在直接打击中国抗战。自从武汉失守以后，日寇对我正面战场的进攻，往往采取跳跃的、闪击的方式，冷不防的来一次袭击。远的不说，近以豫西战役、中条战役观察，莫不是这种方式的具体运用。所以稍一不慎，即易为敌所算。湘北是我正面战场的重要组成部份，长沙尤为今日中国数一数二的大城市，日寇垂涎已久，早图加以夺取，历次冒险尝试的失败，只使他的欲火烧得愈狂，无时或灭。此次猛犯长沙，图夺取粤汉北段这一重点，一则可以切断我第七战区赣湘外翼与大后方的联系，增加我抗战军事之困难；再进而与粤南之敌配合，贯通粤汉全线，进窥黔滇川大后方，野心实颇不小。又自美日谈判开始以后，隐蔽抗战营垒内部的亲日派份子，又复大肆蠢动，谬论密播，谣风四张，日寇此次的正面进攻，更是直接声援此辈第五纵队份子的和平活动，策动投降妥协的阴谋。日寇恰恰选择"九一八"十周年纪念日发动进攻湘北,也不是没有用意:它一则可以刺□日本国内疲惫不堪的民心,缓和反战厌战空气,表示他们在今天还有力量进攻中国,再者,何尝不是暗示亲日派,教唆他们这样说:"你看,日本打了这许多年,还有这样大的力量,还不如赶快投降吧!"这类把戏,也早已司空见惯,不足引以为奇。

此外,掠夺湘北经济资源,该也是日寇此次用兵的计划之目的。湘北是有名的鱼米之乡,所谓"两湖熟,天下足",两湖之米,倒有一半是产在湘北。洞庭湖四围和汨罗江两岸,简直是遍地黄金,产米之丰,全国罕见。目前正值金风送爽、秋禾丰登的时节,日寇自将饱掠一通,以为其进行国际冒险的物资上的准备。再者,汉冶萍的煤铁,亦是全球驰名的,汉冶萍三者是一体的,日寇占领了汉阳、大冶,铁矿是到手了,但是汉冶铜铁的采炼,素来仰仗于萍乡的煤,没有萍乡的煤,便无法大量开采。因此倘使日寇果真达到占领长沙的企图,便将进犯萍乡,掠夺煤矿。其狡诈阴谋,何等狠毒!

蒋委员长在抗战四周年告国民书中曾说:"我们殊不可以为他南进北进的时候,目标既多,兵力分散,因此忽于攻击,疏于戒备,以致放过反攻的机会。必须知道,敌人无论南进北进,目的均在于侵略中国。我们稍一疏忽,就要使积年之功,毁于一旦。"这是四年抗战的经验之谈,包含着不容忽视的真理。这次日寇的新进攻,再次暴露日寇决意灭亡中国的野心。正如我们一再严重指出过的:无论国际局势如何演变,日寇灭亡中国的方针是绝对不变,对于敌后的"扫荡"固然不会放松,对于正面战场的进攻同样也应格外提高警惕。估计湘北战役还可能是日寇新进攻的起点,而不是他的终止,目前日寇在越南屯兵十万,而湘鄂赣各地还正在调兵遣将,蛛丝马迹,现在应该引起更大的注视,今日全国各地,北起长城,南临滨海,无论正面敌后,均处在日寇的进攻与"扫荡"的大战之中,若果再不消除内部磨擦,强固国内团结,积极组织反攻,是不能应付今日的严重局面了！希望大家捐弃成见，齐一心意，支援敌后抗战，增强正面实力，密切敌后与正面战场之联系，确切发挥自己的力量，粉碎日寇的新进攻！

（原载一九四一年十月三日《新华日报》华北版第一版社论）

认识困难，克服困难

敌后游击战争越趋艰苦，困难也一天天增多，我们丝毫不必故作惊人之词夸大困难，但也决不应该躲避现实故意掩饰困难。

自从三月间"治安强化运动"开始以来，尤其是在对晋察冀边区等根据地的几次大"扫荡"中，可以清楚看到，敌人对于华北敌后的进攻，已经有了战略指导上的基本改变，其对我的压力是显然大大增大了。日寇正集中最大的力量，用最毒辣的光怪陆离的阴谋，来残酷地迫害我们。本年中，无论军事、政治、经济、文化等各条战线上的斗争都达到了前所未有的紧张程度；而值得警惕的是虽然环境已日益严重，而我们根据地的巩固，却尚未达到理想的境域。我党中央所指出的"粗枝大叶、不求甚解、自以为是、形式主义、主观主义的作风",仍然严重地存在着。任何一项工作,都爱注重形式,张扬表面,摆起空头架子大吹大擂,而不肯真正眼睛向下,埋头苦干,这就大大地阻碍了工作的步步深入和猛烈进展。对于敌人政策的研究的漠视和肤浅,缺乏有系统的精密的了解,尤使我们不能及时以适当的对策,来对抗敌人的进攻,击破其形形色色的阴谋诡计。这是一方面的困难。

另一方面的困难,表现于物质方面。由于坚持敌后抗战是长期的,再加上敌人的破坏和摧残,根据地的财政经济不能不处于艰苦的境地,某些物资的短缺,尤其严重。谁都知道,敌后华北已经两年多没有得到大后方的任何补充和接济,以致八路军无时无刻不深感弹药缺乏的痛苦。根据地的粮食,仅能自给,一遇歉收,便告饥荒。山岳地区产棉极少,服装的添制是件很不容易的事,其他如食盐等必需品的短少,在在使军民生活感到困难。而使问题愈感到严重的,是一般工作人员对于这些困难,表示出漠不关心的态度,不想到郑重的考虑一些方法,去解决许多现实的困难问题。虽然节约一事已引起了大家的注意,浪费现象确实克服了不少,但对制度的遵守,一般仍是不自觉的,因此奢侈和糜费多多少少还不能完全避免。若干干部对下面限制很严,而一谈到自己总希望特殊和例外,做起工作来还克制不了大户人家的款式和排场。

自然,我们共产党人是从来不害怕困难的,我们有认识困难的精神,迎接困难的勇气,克服困难的信心。上述这些困难是我们早就预计到的,我党天才领袖毛泽东同志在其写著《论持久战》的时候,便已经为我们指明。上述这些困难只是发展中的、进步中的困难,困难的发生自身便带来了克服困难的办法;这是与敌人的困难,那种没落中的、垂死期的困难根本不同的。而且我们也确实具备着克服困难的足够条件:目前的国际形势及其总的发展是有利于我的;根据地的建设已经有了初步基础,各方面的工作都具备着相当的规模,正向着正确的胜利的道路前进;最重要的,我们已经有了四年坚持敌后抗战的经验,而根据地内部是团结一致的,各地农村统一战线近来都有着飞速的进展。然而,我们仍然要求大家百倍认识自己的困难,在一个严重的敌人面前,如果只津津乐道自己的客观有利条件,沉迷于乐观的气氛,其结果只会麻痹自己,招致悲惨的恶果。

现实的困难,首先要求我们更进一步依靠群众,群众是征服一切困难的最可靠的支柱;我们越是困难,便越要向这万事的动力——群众——靠紧。根据地工作的中心一环依然是群众工作。群众工作不能完全推托给群众团体,其他党政军各方面都应该注意。我们的党应该成为团结群众的核心,在农村中创造铁的堡垒。我们的政府应该时刻照顾群众,为群众谋利。我们的军队应该发扬历来群众工作的传统,随时随地进行各种群众工作。今天党政军民应有更密切的联系,党政民必须以一切力量来帮助军队,解决军队的困难,支援军队在前线的作战;而军队也应在行动中和日常工作中照顾党政民各方面的工作。我们要求更坚强的团结,更进步的协调,这种团结和协作不是表现于口头上,而是表现于实际工作和日常生活之中,而其中心则是一切为了群众,一切依靠群众。

其次,物资的困难是急需征服的对象。敌后抗战的境况,已远非往昔,今日浪费一分物力,便是增多自己的一分困难,那是一种极大的罪恶。现在已经不是空口高唱节约所能济事,而是要求全体军民自觉地自动地在时时刻刻想到物质的困难,力事爱惜物资,撙节物力。每个干部在这方面应该首起模范,在日常生活中以身作则。根据地蕴藏的富源的开发,物资的搜集和动员,是件十分紧要的工作。比如,破铜烂铁的收集应该成为各部门应该注意的一个重要的经常工作。在全华北,我们要发动一个铜元的运动,号召每个人民献一枚铜元给国家,以制造枪弹,坚持持久抗战。

全体抗战军民要深刻意识到我们是处在万般困难环境之中,应该时刻策励自己,激勉自己,以自己的力量来克服困难!

(原载一九四一年十月五日《新华日报》华北版第一版社论)

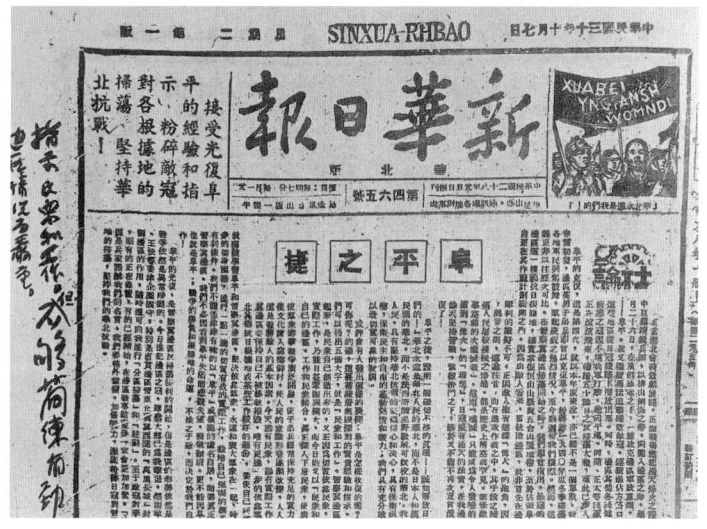

阜平之捷

正当湘北会战急剧展开，正面战场燃起漫天烽火之际，晋察冀边区我八路军集中巨额精锐兵团，以排山倒海之势，向闯入边区之敌，举行坚决的反"扫荡"，当于上月二十六日，在重创暴敌之下，一鼓攻克边区军政重镇，有名的中国的第二个武汉——阜平，并又继续勇猛追击残败敌寇，连续进占方岱口、广安、陈南庄之线，把这些地区从日寇铁蹄下解放出来。同时，边区其他各线健儿，亦均展开猛烈活动，疲惫之寇因不堪我军打击，纷向平汉、同蒲、正太等线豕突狼奔的溃败。胜利捷报正在滚滚飞来，继续五十余日之反"扫荡"大战，至此已步入反攻阶段。

阜平的克复，这是第四次，就以本年度来说，亦已经不是一个单数。我们还能记得：本年元旦，春雷初发，边区英勇子弟兵即曾以克复阜平，粉碎敌一九四〇年度冬季"扫荡"而通电告捷。其时，华北各地区军民兴奋鼓舞，群起庆祝之热烈情况，至今犹回留我们脑际。然而，这次阜平的失而复得，其意义更非以往历次可比。在晋察冀边区"扫荡"开始之时，我们即曾指出，暴寇的企图是在根本毁灭晋察冀边区这一模范抗日根据地，确实掌握恒山山脉与五台山脉地带，至于占领阜平，益且长期盘踞阜平，自更在其作战计划范围之内。因为由敌人看来，要统治边区，就非首先在边区心腹的阜平给钉上一枚犀利的铁钉不可。正因敌人抱有这样"伟大"的抱负，因此，用兵之众，数达七万，部署之周，远逾往昔，而在进攻作战之中，其手段之残毒，阴谋之险恶，及对边区人民屠杀摧残之惨酷，都是历史上所空前罕见。无怪敌人要口口声声称之为"一幕空前的大歼灭战"。然而，"歼灭"只能成为令人发□的梦呓，残毒的手段亦无法达到"伟大"的"理想"，日寇纵有通天的法宝，在我边区子弟兵和全体人民五十余天坚持苦战、奋毅拼斗之下，终于又不能不再次宣言溃败。——阜平又被我们收复了！

　　阜平之捷，证明一个确切不移的真理——诚如《解放日报》所说："华北永远是我们的！"华北永远是华北人民的华北，而不是日本人和汉奸们的华北，华北是中华民国的华北，而不是法西斯丑恶野兽所可奴役的华北。我们共产党八路军和全华北人民，具有坚持华北抗战的坚强信心和决心，具有保卫祖国、保卫根据地、保卫家乡、保卫民主和自由的蓬勃热情和毅力；我们具有充分雄厚的力量，足予进攻之敌以最切实可靠的教训。

　　或许会有人发出这样的疑问：阜平是怎样收复的呢？为什么晋察冀边区如此不可侮呢？的确，这里蓄藏着无限深刻的宝贵经验和指示。总结这些经验和指示，我们可以得出五个大字，就是"民众和工作"。晋察冀边区是八路军以实际工作建立起来，是民众自己创造出来的，又正因为切实依靠民众和埋头苦干的进行艰苦的实际工作，仍能日益巩固与扩大，而今日则又以"民众和工作"这一武器，保卫了自己的边区。工作和民众结合，真正深入下层民众，使广大民众动员和组织起来，使群众游击战争广泛开展，使子弟兵经常保持充足的实力，使各级政权得到改造，使文化流入穷乡僻村，使人民的意识形态逐渐改变，人人知道要执干戈而卫社稷，这是战胜敌人的基本因素。今天谁有民众，谁有实际工作，谁便能永远胜利。晋察冀边区要保持自己不被暴敌摧毁，唯有更进一步的依靠群众，深入自己的工作。华北其他抗日根据地或某些工作较好的县份，要使自己同样永远处于不败地位，也就应该学习阜平和晋察冀边区，坚决依靠群众，永远和广大群众在一起，时时关心群众利益，解决群众的切身困难，进行一点一滴的切实有效的实际工作，栽培自己强固的根基，创造各种战胜敌人的有利条件。我们不能仅津津有味的以"阜平"或模范的虚名自居，而要真正在实际工作中追过阜平或晋察冀边区。我们不必因看到阜平失陷而悲观失望，丧气颓废；更不能因阜平光复而自大，以为自己也就是阜平；战争的胜负和根据地的命运，不操之于敌，而决定于我们自己，决定于我们自己的工作！

阜平的光复，是晋察冀边区反"扫荡"胜利的开始，但是边区的形势依然是十分严重的，敌后华北的战争依然是异常残酷的。今日进犯边区之寇，虽然大部已为我击退，然而敌寇仍有巨万兵力盘踞陈庄、王快等要津企图固守，特别是直贯边区晋东北与冀西间的"万里长城"封锁线也尚未破坏，起着分割边区的作用，随时还可向我进行"分区'扫荡'"和"驻剿"。至于敌寇对华北其他抗日根据地的"扫荡"，则有的正在布置，有的已经开始，在边区战事结束后一定会更加加紧。"闻胜勿骄、闻败勿馁"，这是兵家告诫我们的名言，我们要格外奋发，加倍努力，彻底粉碎日寇对晋察冀边区及其他抗日根据地的"扫荡"，坚持我们的华北抗战。

（原载一九四一年十月七日《新华日报》华北版第一版社论）

以新的胜利来纪念双十节

当兹双十节卅周年纪念，正值我前线英勇将士，胜利保卫了长沙，我晋察冀军民，以无比替勇，横扫残敌，逐渐粉碎敌寇空前大"扫荡"，保卫我抗日根据地的时候，在这南北两大胜利互相辉映中来纪念伟大的国庆日，是有更重大的意义的。

卅年前，中国人民，在孙中山先生以及诸先烈的领导下推翻了专制魔王满清帝室，建立了中华民国，使中国由专制走向民主，嗣后国难深重，抗战爆发，由于国共两党的重新合作，又使分裂混乱的中国，走上团结统一，中国乃从此重新更生！

正因为有一个民主与团结的更生的中国，才能在四年多的抗战中，严重的打击了日寇，才能使日本法西斯强盗不得不陷于长期战争的泥沼，不得不陷在政治经济与军事外交重重困难之中。而在战争已逾四年的今天，还不得不企图通过"国外关系"与"重庆交涉"，来进行其灭亡中国的新阴谋！

然而，日本法西斯忘记了"今日何日"，忘记了今天国际反法西斯统一战线已经形成并日益走上巩固，忘记了"绥靖政策"，今天已成为褪了色的敝履，忘记了中国是中国人的中国，中国人民的坚决抗战，中国人民的坚固团结，将粉碎敌寇任何软硬兼施形形色色的阴谋鬼计！

早在辛亥革命以后，列宁即指出："四万万落后的亚洲人，已经醒觉起来参加政治生活了……已经由睡梦中进到光明，进到运动，进到斗争了。"尤其是在四年来战争烽火的锻炼中，中国人民对打倒日本法西斯，争取抗战胜利的意志与信心，是铁一般的坚强。今年"九一八"蒋委员长昭告国人："誓死恢复我们东北失地"，而不容许"中国境内残留着敌寇之一兵一卒"。中国共产党历次号召："坚持抗战到底"，"打到鸭绿江边"，正是中国四万万五千万人一致的要求与呼声。正因为有这样坚定的意志，团结的精神，所以才能胜利的保卫长沙，给敌人的巨大阴谋以打击；才能保卫敌后广大抗日根据地，粉碎敌人空前大规模的"扫荡"。使今年纪念国庆日增添了许多兴奋！

但是，辛亥革命诸先烈以头颅鲜血换来的中华民国，仍然处于严重的生死威胁中。日美谈判传已到重要阶段，这已引起国际上正义人士的关怀，而我国国内的法西斯走卒，定将不遗余力的乘机活动，妄图出卖神圣的抗战事业。敌人的军事进攻，虽然遭受重大挫折，但也不会因此而放弃它疯狂的企图，湘北之战场未扫，而日寇又进犯郑州，晋察冀军民之鲜血未干，而敌人又正在"扫荡"太岳，并增兵白晋，图进犯晋冀豫区，更大更残酷的战争，显然还要继续来到。这些都应引起我们高度警惕，急起而准备迎战！

蒋委员长"九一八""自立抗战"和"自力更生"的昭示，是克服困难，坚持持久战争的钥匙，中共中央"七七"宣言，关于坚持团结与实现民主政治的号召，更是渡过难关，积极准备反攻的不二法门。我们今天来纪念国庆日，应当接受辛亥革命的经验教训，辛亥革命之所以失败，就是因为"没有高度的真正的民主主义的高涨"（列宁语）；列宁并着重指出，没有民主，中国就不能脱离千百年来的奴隶制。今天我们抗战已逾四年，在政治、经济、文化各方面还存在着紊乱的现象，还给敌人以可乘之隙，就是因为团结的不够与没有实现真正的民主政治。因之，今天问题的中心，是如何接受辛亥革命的教训，加强团结，实现民主，只有实现了真正的民主政治，才能动员全国无限的潜在力量，才能克服经济上、兵役上各方面的困难，才能达到"自力更生"的目的。

在华北敌后，虽因实现了真正民主的三三制，使抗日根据地一天天走上巩固，粉碎了敌人无数次的进攻，创造了伟大的战绩，有力的配合了正面战役，响应了国际反法西斯的战争，但是今天敌人的进攻已与过去不同，已由一般的"扫荡"进而"清剿""驻剿"了。因之，当前急务，正是如何争取时间，完成各种备战工作，要知道，今天多一分钟的徘徊犹豫，在战争中就要多受一分损失；反之，今天多作一分准备工作，对胜利的粉碎敌人的"扫荡"，也就多一分保证。时急矣！一致战斗起来，粉碎敌人残暴的"扫荡"。以新的胜利的战斗，来有力的配合正面战场，配合国际反法西斯的胜利斗争，来纪念伟大的双十节！

（原载一九四一年十月九日《新华日报》华北版第一版社论）

争取粮食战线上的胜利

我们喜欢说实话：敌后抗日民主根据地，政府财政收入的主要项目，向来是一年一度的救国公粮，除了公粮以外，其他收入都微乎其微；而政府财政支出的最大部份，无非也就是公粮。前线将士浴血驰驱，后方政民机关工作人员劳心尽瘁，以毕生精力奉献给国家民族，除了一些微薄的口粮以外，其他几乎毫无所求于民。谚云"足食足兵"，从来"精兵"是和"粮足"分不开的。如果国家仓库不足，即无以言建军，而没有足额的强大兵力，即无法保卫根据地，更遑论诸种建设事宜。世界上任何一个国家，战时粮食供应向来被视为决定战争胜负的中心课题之一，争取粮食战线上的胜利，有其头等重大意义。

屯积救国公粮，在敌后已成为一年一度的惯例，在人民是种应尽的义务，在政府是种正当的收入，对这问题多作解释，虽似乎无甚必要，然而每年救国公粮的动员，却总要遇到许多困难，今年的困难则将更多于往年。根据地的建设逐步扩展，虽然政府当局体恤民艰，力事撙节，但是必要开支仍然无法减免；而另一方面，今年适遇歉收，太行山区正当谷麦快要黄熟的时候，兼旬不雨，田禾枯萎，穗粒不实，以致上好者或可收六七成，差一些的便只能打到四五成，某些县区更冰雹交加，不但收成落空，益且亟需救济。如此情形，说明今年公粮屯积，要求完成预定数字，还须大大出一把力气。各级政民机关，对此想必早有布置，希望派遣得力人员下乡，进行深入的动员突击，同时我们要求根据地人民，也能深明纳粟即所以救国之大义，多多踊跃缴纳，协助政府克服困难。

在今年的屯粮工作中，至少有四件事应该引起注意：第一是时间问题。敌寇的大"扫荡"很快便会到来，粮食如果没有好好屯藏，便容易遭到敌人焚毁和破坏，而且前线健儿在英勇杀敌之际，粮秣供给更不能一刻匮之，因此，争取早日完成屯粮工作，就愈见得重要。我们一般已经做到了"快收""快打"，现在就更要"快屯""快藏"，使敌人秋季"扫荡"中的抢粮计划宣告破产，而我们军民则能在一年之中没有饥饿之虑。太行山区很多地方秋收已经告成，屯粮突击现在就应立刻开展，最好能在十月底以前把这一任务告一段落，这样则反"扫荡"的胜利可有更多一重保障。

第二，历年屯粮工作中，负担定分与实际分配，向来是民间争执的焦点，今年因为困难增加，人民争执一定会更多。这里要求我们牢牢掌握统一战线原则，照顾各阶层人民生活。所谓照顾各阶层人民生活，主要应注意两点：一是无论数额如何分配，总要不妨碍各阶层人民——特别是贫苦人民，能够维持其最低限度生活；二是各阶层人民贫富悬殊，生活不同，虽然负担有了累进标准，但也□照顾这些生活不同的情形，把分数平均摊派，无论贫富一概负担相同，这是旧政权的办法；固然是万分不公道，但把分数集中于少数地主富户，使之负担过重，要他们不得不过跟穷人同样的生活，显然也是不合理的。在这次屯粮工作中，对于过去所确定的合理负担的分数，不妨再作一次评议和审定，看是否有不合理和不公道的地方，可以加以修正和厘定。同时，我们要坚决反对包庇、隐藏、匿报、虚报等等不良现象。

第三，公粮的收集和保管，也是件重大而烦难的工作。以往屯积公粮，往往在动员当时，只有登记，未加收集，于是到启用的时候，便枝节横生，使政府又要不断重新催收，发生许多困难，而且还往往影响军民之间的情感和关系。接受以往的教训，今年最好能随时登记，随时收集，然后分发保管，保管的方法很多，或由各户分存，或由村公所统一负责，或解送上级分地埋藏，均无不可。总之，要视具体环境决定。如在当敌的大道上，当以解送区、县分散保藏为宜，而在一般情况下，则不妨采取前两种办法。但无论采取那一办法，总要有一定手续，交托专人负责保管，保证粮食不受损失。过去因保管无方，责任不清，往往弊端丛生，损失累累，无形中加重人民许多负担，这是需要严格克服的。

第四，是运输和调剂，这在屯粮之时，也应预先筹谋。屯粮不仅要屯，而且要照顾将来的供应。某些地区集中过多，某些地区则又一无所有；某些地区需用多而屯藏少，某些地区则又屯藏多而需用少，都是不合适的。在屯藏的时候，我们便应有通盘计划，作必要的运输和调度，方可在往后节省一些劳力。这方面，战争的变迁，地域的伸缩，部队机关的移动，军队作战的方位等等，都应在考虑的范围之内。

最近敌寇正在敌占区和游击区大事搜刮粮食，他设立所谓"新民仓"，并派遣所谓"收种队"，强迫同胞把粮食送交敌占点线内，实行口粮统制和"配给制度"，使我民间一无存粮，老幼尽成饿殍。针对敌人这种毒计，我们应紧急动员起来，不但要迅速完成我根据地的屯粮工作，而且更要号召敌占区、游击区的人民，首先把粮食向根据地内输送储藏，彻底粉碎敌人的抢粮政策！

（原载一九四一年十月十一日《新华日报》华北版第一版社论）

注意！晋察冀边区反"扫荡"的经验教训

  晋察冀边区的反"扫荡"大战，写下了中国抗战历史的最光辉的一页。凶险的恶战已经持续了两个月，战役却还并未结束，第三阶段的反"扫荡"烈火还正在各地燃烧。虽然因为英明的聂荣臻司令采取了正确的作战指导方针，敌人阜平"铁壁"合围的计划，是被击破而归于泡影了，并且在我边区军民铁掌的严厉打击之下，不能不纷纷向平汉、同蒲、正太等线后溃，然而边区的形势依然是十分严重的。盘踞在边区腹地的敌人主力还有二万以上，正控制着若干要点，进行不断的"分区'扫荡'"和"反复合击"，对我人力物力的摧残和破坏，正有甚无已。而在政治方面，敌人还高唱"山西明朗化"的口号，进行所谓第三期"治安强化运动"。好多美丽的村庄被并灭,好多吃人的封锁线在构筑,敌人现在是企图从内部来围困和窒息我们。血海的深仇正在一天天增长。

这真正是一幕血与火的交喷的恶战,从边区传来的消息,愈益证实战争的严重、紧张、残酷与凶险。现在全世界人士可以看到日本强盗是以何等狂暴的手段来对付我们敌后抗日根据地的。实际进入边区的兵力,我们估计是七万,据现在已经判明的敌军番号就有七个师团和六个混成旅团之众,故敌人宣传此次战役为"百万大战"。徐州会战以后,敌人对于任何一个战场,的确从未使用如此巨额兵力,这就是所谓以绝对优势的兵力来压倒我们了。过去敌人的"扫荡",一般采取"分进合击",现在更有所谓"铁壁大战",以不可胜数的无数纵队,向我根据地进行篦梳。虽然敌人的"铁壁",在我八路军和边区人民的铁拳下,只能成为不中用的"纸壁",然而敌人聚歼我主力,捣毁我根据地的野心,却在这"铁壁"两字上暴露无遗了。战术上的毒辣也是空前未有的,伪装迷惑,欺诱主力以及夜间运动、拂晓逆袭等等,这次更变化多端,高度发挥其作用。所有一切事迹,都说明狂暴敌寇企图灭亡我华北的狠毒用心。

正因战争是如此险恶,如此残酷,因此边区反"扫荡"的经验教训,也就格外充实、明确与珍贵了。这些经验教训是无数流血牺牲的代价换来的,真正是边区军民血和火的结晶,这对敌后各抗日根据地是何等严重的教训,我们对于这些教训,是应该以锐敏的警觉加以汲取溶化和接收的。现在谨就已经知道的教训撮要录后:

第一,反"扫荡"前的动员和准备,是反"扫荡"胜利的重要前提,而且是决定的因素。多一分准备,便多一分力量和多一分胜利的保证。晋察冀边区所以能坚持两个多月的险恶苦战,而屹立不动,就在于平日有备无恐。在另一方面,正因为动员准备工作还存在着某些弱点,所以在暴敌侵入之下,地方上不能不遭受某些损失。在一切准备工作中,正像我们一再指出的,地方武装的动员和组织,群众游击战争的发动和领导,是一切工作中的中心环节。往后战争的胜负,将不仅取决于主力兵团的正规战,而尤取决于以地方武装为基础的群众游击战。在敌人以如此重兵,深入根据地腹心反复篦梳之下,不是全体人民——特别是民众武装——一致奋起,到处打击敌人,将绝对无法阻止敌人的行动和烧杀,将绝对无法保卫家乡,保卫根据地不被敌人所分割。人民武装委员会是地方武装的领导机关,现在这一机关应该赶紧百倍强化起来,必须真正能够担当起组织和领导地方武装,坚持群众游击战争的伟大使命。但这一使命,决不是召开几次所谓"盛大而热烈"的会议,作几次训话和报告所能成功的,而必须我们的干部真正深入到民兵和自卫队中去,与广大武装人民生活在一起,熟悉他们的生活,掌握他们的情绪,真正把他们动员和领导起来,组成坚强的队伍,严阵以待,与敌人进行决死的斗争。

第二,反"扫荡"战不仅是军事前线的作战,而且是政治上最剧烈的搏斗。奸狡的暴敌不仅企图歼灭我们的主力,不仅要疯狂地破坏我们赖以生存的物质基础,而且尤善于以卑污的手段破坏我群众关系,离间我农村团结。自然,根据地的人民是已经觉醒了的,决不如此容易受愚。但在种种魑魅伎俩、卑鄙阴谋宣告破产之时,敌人将会以掳劫并村和烧杀的酷毒办法来对待我民众,使我群众游击战争失去基础。虽然我们同胞都是爱国志坚的,更不忍离开家乡,去受敌人的奴役和统治,但在刺刀和枪尖的威迫下,亦往往不能不暂时极可痛心的忍受敌人的摧残,在此,我们不禁大声疾呼:警觉起来!预防敌人这一非人的毒谋!要求我们及早真正把每个村庄,每个民众组织起来,予以必要的武装,煽起反抗的烈火,在敌人踏入根据地时,到处爆发强烈的斗争,进行坚决的自卫和抗争!干部不能脱离群众,群众也不能离开干部,干部脱离群众将会成为"光杆",群众离开了干部也会成为"散沙",现在要求干部和群众密切结合,每个干部都要在反"扫荡"中领导一定数量的群众,为打破敌寇的一切阴谋毒计而奋斗。

第三,在"扫荡"中,经济物资和工业建设特别成为日寇破坏的对象,他不惜以最大的代价，来加以发掘和摧毁。事实告诉我们：在蹄骑纵横之中，根据地里已经没有绝对安全地带，也无所谓绝对隐蔽的所在。物资的□藏，不仅在于安全与隐藏，而尤在于保守秘密。保守秘密的第一个原则，是知道的人越少越好，因此在埋藏的时候，应尽量勿使不必要的人员或群众知道。而对已经知道的人，则要他绝对保守秘密，并应尽量设法保障其安全，勿为敌寇所掳，在酷刑拷打之下逼出口供，致令根据地的财产受到损失。我们曾经指出：泄漏军事秘密是犯罪的，而供述物资的埋藏所在，破坏根据地的建设，同样也是一种汉奸行为，关于这一点，我们要在群众中进行普遍的深入的教育，号召大家起来宣誓：誓死不当汉奸。

第四，一切非战斗的党政军民机关和学校，必须在"扫荡"到来时迅速分散，下乡帮助地方工作，这我们在社论中已曾一再指出，现在晋察冀边区反"扫荡"的经验，更向我们郑重地提出这种意见。在边区的所谓"百万大战"中，敌人经常施行狂烈的空炸和高速率的包围袭击，如果非战斗机关既不缩小，又不分散，则组织庞大，行动不便，而且目标显著，易遭空袭。到了那时再仓忙分散，则必无周密计划，不但不能予地方工作以帮助，且会增加地方上许多困难，成为一种"赘疣"。至于某些老弱不便行动的工作人员以及伤病员等等，则更需及早觅妥隐蔽处所，依靠群众掩护，以免遭敌荼毒。

第五，因为敌人"扫荡"在战术上有许多改变，这就要求我们在侦察与联络两方面予以最大的注意。过去敌人进攻，一般还是单刀直入的方法，旋转较为容易，现在则实行面的兜捕，纵深□厚，若无周密的侦察联络，即有遭敌歼灭的危险。在阜平的大会战中，敌人竟以飞机投掷伪命令来迷惑我们，而且故意在东西两侧留开较大空隙，预伏重兵，企图诱我投入罗网，若非侦察得宜，敌情明瞭，或许竟会误中圈套，无法冲出重围，即此一点，已说明侦察之重要。再者，敌人尤善以伪装淆惑，使人民敌我不辨，真相莫明，亦须以严密的侦察工作，加以击破。战时侦察工作，部份固需战斗部队承担，然而更需广大人民协同进行。今日不仅部队需要了解敌情，各村居民同样也须时刻熟知敌人来踪去迹，以便随时与之进行周旋。人民武装委员会和公安局组织，必须成为群众侦察情报工作的组织者，指导人民侦知敌情。

第六，这次敌人"扫荡"晋察冀边区的特点之一，是一面进军，一面封锁。敌人是个帝国主义国家，在修路筑垒方面都有相当技术，其对异民族人民劳动力的压榨和使用，自更不存姑惜之念。因此交通之贯通，封锁线之构成，共动作均相当迅速。为了粉碎敌寇此种封杀我们的毒策，我们在"扫荡"开始以后，除抗击敌军以外，同时即应发动广泛的交通战，到处进行破击，摧毁其堡垒，斩断其封锁线，使其无法以"囚笼政策"来胁害我们。

晋察冀边区的反"扫荡"大战尚在开展中，而敌寇对于太岳区的大"扫荡"又复开始，可见敌人对于全华北的"扫荡"是有整个计划的。今天是太岳，明天便会轮到太北以及其他各个抗日根据地。又据前日电讯，敌寇"扫荡"太岳，仅白晋临屯战线，即出兵廿余路，可见敌人往后将以"扫荡"晋察冀的残酷办法，一次又一次地搬用到其他抗日根据地。时机是万分迫急了，现在真正已经到了紧急关头！起来吧！一切行将投入反"扫荡"烈火的各根据地的党军民！一致动员起来！细心研究晋察冀边区反"扫荡"的宝贵的经验教训，加以摄取，加以消化，切切实实的进行各种反"扫荡"的准备工作！任何麻木不仁的现象应该赶速消灭！任何观望不能的情形应该赶速取消！任何不冷不热的态度应该赶速结束！任何空头高调应该赶紧少唱。现在是真正进行实际工作的时候了！紧急动员起来吧！时不我待！

（原载一九四一年十月十三日《新华日报》华北版第一版社论）

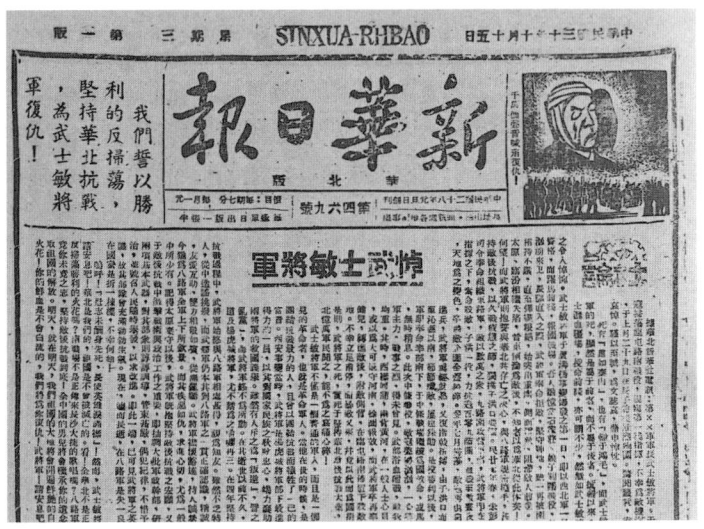

悼武士敏将军

据华北新华社电讯：第××军军长武士敏将军，于敌寇"扫荡"临屯路南战役，亲临第一线指挥，不幸为敌机炸伤，于上月二十九日在长子前线壮烈殉国。惊闻噩耗，盍胜哀悼。谨以至诚，为文志哀，藉申悼忱。

死有"重于泰山"，也有"轻于鸿毛"，而武士敏将军的死，显然是属于前者，而不属于后者。抗战以来，将士洒血疆场，授命前线，亦可谓不少，然无如武士敏将军之令人悼惋。武士敏将军于卢沟桥事变爆发之第一日，即以西北军一员之资格，而跃马前线，报国战场。吾人犹忆当石家庄、娘子关诸战役，敌寇汹涌来犯，长驱直入之际，武将军奉命拒敌，坚守阵地，虽一再被围，仍相持不让，直至弹尽粮绝，始突出重围，侧面袭敌，阻滞敌人前进。是后太原、临汾相继失陷，晋东南沦为敌后，不知者以为华北从此休矣！夫复何望！而武将军则抱誓与华北共存亡之决心，与八路军亲密携手，共同坚持敌后抗战，以久战疲惫之师，独挡于洪口要隘。民廿七年春，朱彭总副司令奉命组织东路军，敌以数万之众，九路围攻晋东南，武将军即在朱彭指挥之下，奋命杀敌，子洪一役，力抗寇百零九师团，血战至数昼夜之久，天地为之变色，卒将敌企图全盘粉碎。翌年七月"扫荡"，敌寇再由白晋路进兵，武将军驾轻就熟，又复指戟拼搏，由子洪口而血战至沁县以南，节节歼敌，屡建殊勋。是役胜利以后，武将军即奉命率部南下，于中条战场继续为国效命，戎马倥偬，无时稍息。此次中条战役，敌寇声势汹汹，一心寻歼我军主力，战争之烈，得未曾见。武部浴血酣战，敌我伤亡均重。其时，西襟同蒲，南背黄河，在一般人士心目之中，或以为大可退守河南，徐图报效，而武将军卒再率全军健儿，转进敌后，附敌侧背，在临屯路南布置下杀敌新阵地。不幸立足甫停，而暴敌又来，并竟以此而为国捐躯。是则，武将军之死，实死于坚持华北敌后抗战大业，我华北亿万军民闻知，能不为之哀痛心碎！

武士敏将军不仅是一个普通的军人，而且是一个有远见的革命者，也就是革命军人。当他在世的时候，是坚主团结抗战最力的人，且曾以团结抗战而牺牲了一己的荣华富贵。西安事变当时，武将军是杨虎城将军部下最进步最得力的一员，以其对国家民族之耿耿忠心，竭力襄助张、杨两将军的救国义举。虽然有人斥之为"叛逆"，詈之为"乱党"，而武将军终不为所动。在其逝世以前不久，对人道及杨虎城将军，尤不禁为之唏嘘再三。在四年坚持敌后抗战过程中，武将军始终与八路军相处甚得，视为知友。虽然不乏特务奸人，从中造谣挑拨，而武将军仍本其对八路军之一贯正确认识，精诚团结，友爱互助，双方相敬如宾，从无龃龉。武将军襟怀豁达，待人诚挚，至今犹为八路军全军上下所钦景。而其疾恶如仇，求进心切，尤为一般军人中所少有。记得太原弃守以后，武将军既抱坚持敌后抗战之宏愿，又有见于敌后抗战中游击战术与政治工作之重要，即抽调大批军政干部，研求此两项基本武器，对其部众则谆谆训导，管束甚严，偶犯纪律，不惜予以重治，并号召人民随时举发，以求改进。即此一端，已可见武将军之英才卓识，故其部队会充满勃勃生气。现在，遽而长逝，在八路军是失一良友，在国家是折一栋梁，不幸何如！

呜呼！"壮志未酬身先死，长使英雄泪满襟"！然而，武士敏将军，请安息吧！华北是我们的，祖国是不会被灭亡的。看！全华北不是正遍燃反"扫荡"胜利的火花吗？南战场不是正传来长沙大捷的歌唱吗？八路军将会竟你未竟之志，坚持敌后抗战到底！全中国的男儿将会继承你的遗念，争取祖国的解放。明天，就在明天，我们祖国的大地将会开遍鲜艳的自由的火花！你的鲜血是不会白流的，我们将为你复仇！武将军！请安息吧！

（原载一九四一年十月十五日《新华日报》华北版第一版社论）

我们再作一次呼喊!

关于反"扫荡"的动员和准备,我们曾不惜浪费纸□,一而再,再而三的作了许多宣传、解释、动员和号召,总算已经尽到了我们舆论上应尽的职责。早在八月中旬,我们便以社论号召全体党政军民一致紧急动员,加紧进行各种备战工作。上月中,鉴于晋察冀边区反"扫荡"战事之极端严重,又更以长篇论著详细说明敌寇"扫荡"的特点以及我们应有的对策。是后每期报纸,每篇文字,几乎无不反复谈到反"扫荡"问题。要是我们面临空谷绝壁,这样大声的发喊,该也可得到许多回响吧?!然而,痛心的是我们这种真心诚意的呼号,竟未能刺戟起全体军民的严重的、尖锐的警觉。

问题究竟在什么地方呢？

问题首先在于我们的干部同志对于战争的严重性和残酷性至今缺乏足够的认识。虽然我们一再指出，敌寇对于华北敌后的进攻，已经有了战略上的基本改变，战争已经说出旧有的规律；然而，我们的干部同志却依然不肯化费一些时间，化费一些脑力，对全般问题加以过细的思索。虽然我们严正地指明，我们正面临着最大的困难，需要以极大的努力才能克服；然而，我们的干部同志对于困难的感觉，却是这样的迟钝，这样的麻木。于是问题的传达是一般的，工作的布置也是一般的，而且一般又一般的，依样画葫芦的逐级传达下去，中间再打上许多折扣，到下面时终至于已经一无所剩，或者是只剩下几个空洞的一般化的名词。

问题还在于我们干部同志的太平观念和麻木不仁。一年的安居不动的生活，大大地腐蚀了我们自己，养成一种严重的惰性，以致神经麻痹，感觉迟滞。大家都习惯于旧生活、旧意识，于是一旦有新的因素、新的要求，加入到他生活和意识中去的时候，都有些格格不入的样子。事情是照常在进行，工作也没有一天停止过，然而只是坐在桌子上写指示，发命令，丝毫没有一种紧张的空气或突击的精神。这种心理是普遍存在着的，就是得过且过，过一天算一天，让要到来的到来吧，反正还不是这么一回事。他们要求别人动员起来，而自己最好不动，不要妨碍他的生活规律，不要使他过份劳碌和不安。

问题更在于我们干部同志的形式主义的工作作风。不是吗？庄严而热烈的大会已经开过好几个了，漂亮而生动的讲演或训话已经作过好多次了，党政军民四位一体的备战工作也老早已经布置下去了……然而下面究竟作得怎么样呢？村庄里是否已经在动手了呢？群众的情绪和准备怎样呢？这些都是无人知道，也无人关心的问题。至于目前的现状是否经得起考验，战时群众游击战争是否发动得起来，更是大可不必杞人忧天的。

同志们！这种状态是万万不行的，还种状态会使我们自己吃亏。战争已经突破了一般的公式，要求我们以非常的态度和非常的手段来对付。我们所说的严重和残酷，不是一句虚话，而我们的困难也是真实的困难。日本帝国主义的狂暴，是出乎人类意料之外的，老实说，今天以"严重"和"残酷"等等字样，已经快要不足以形容"扫荡"战争了。我们为什么要称敌人的"扫荡"为"毁灭'扫荡'"呢？他是真正想使我们的根据地化为一片灰烬，真正企图使我们抗日根据地变为殖民地。我们不能自己哄自己，我们不能自己愚弄自己，而要真正竭尽一切力量来击破敌人的"扫荡"，保卫我们的根据地。

同志们！晋察冀边区反"扫荡"的经验教训是鲜血换来的，其正是无数同胞的血泪的结晶，这些经验教训应该教训我们全华北的军民。你们没有看到晋察冀拍来的电报吗？没有听到晋察冀军民悲壮的呼吁吗？一天之内，无辜平民被杀五百五十多，这不是一笔小的数目！与数万敌人会战阜平，这不是一个轻松的场面。晋察冀的许多经验教训是并不愉快的，这种经验不允许重复，不允许再版。别人的经验，也就是我们自己的经验，晋察冀儿女的血是不应该白流的。难道一定要自己经验了以后，才算是经验吗？难道一定要自己流了血、受了苦、吃了亏，才能觉醒过来吗？这样代价是太大了，这将是太不值得的。同志们！战争不是儿戏，我们不能同战争开玩笑。

自然，我们不能为，也不应为敌人的残酷"扫荡"所吓倒，因为我们是有粉碎敌人"扫荡"的坚强信心和充分把握的，即粉碎敌人"扫荡"的主客观条件已经基本存在和具备着的，但这种粉碎敌人"扫荡"的主客观条件的存在，和战胜敌人的信心和把握，不是树立于空口说白话的幻影上，而是建筑于实际工作的广泛动员，和坚强的群众组织工作基础上的，即特别是决定于目前反"扫荡"的准备工作上的。今天备战工作作得好，即将已经存在的，粉碎敌人"扫荡"的条件更加以组织推动和强化，便可于将来敌人"扫荡"中少流一些血，少受一些牺牲，否则将是不可设想的。在一个疯狂的敌人面前,任何疏忽,任何懈怠,将是不可饶恕的罪过。

　　要说的话早就说过,可用的字眼也早就用尽,今天我们只简单的重复两点:(一)把战争的问题,尖锐地,深刻地传达下去,进行一次彻底的精神动员,扫除一切苟且偷安和得过且过的心理。(二)立刻抽调一批干部下乡,帮助区村地方工作,真正把每个村庄、每个群众动员和领导起来,展开广泛的群众游击战争!

(原载一九四一年十月十七日《新华日报》华北版第一版社论)

加强思想准备举行国民誓约

我们曾一再呼号警惕军民，敌后战争环境，必将因敌人空前不断的残酷"扫荡"而日益困难与艰苦，凡我根据地人民，为着坚持敌后抗战，为着保护与建设我边区抗日根据地，决不能陶醉于过去四年多的英勇斗争和一再粉碎敌人"扫荡"与围攻的光辉历史，我们还必须正确认识到，今后敌人残酷烧杀抢夺的军事"扫荡"，与欺骗麻痹引诱的政治进攻，必将百倍的毒辣于往昔，而在日益困难残酷的战争环境中，如何才能使得人人愈战愈坚，忠贞奋斗不懈，集中所有精神力量，坚持抗日阵地，使敌寇一切狡计阴谋都归失败，这就成为我们生死以赴的目标。古语云"疾风知劲草，板荡识忠臣"，当此敌寇"扫荡"快要到来，环境又紧迫又险恶的今日,加强宣传教育工作,使千百万民众从思想上深刻认识敌寇之残酷险毒,从精神上发扬我忠毅坚刚的伟大民族气节,以应付这一残酷斗争,实在是争取反"扫荡"战争胜利、坚持敌后抗战的先决条件。最近边区政府民政厅为了深入动员民众,进行民族气节的教育,特指示所属各级政府,举行国民宣誓,这在目前反"扫荡"战争准备当中,在思想动员与宣传教育上是有其伟大的政治意义的。

国民宣誓运动,是一种最广泛最深入人心的提高民族气节的教育运动,是一种思想动员与精神动员的重要方式,因此这一运动的进行,应该着重注意实际的动员与教育,反对一切强迫敷衍因循了事的形式主义。在举行宣誓之前,必须发动公民小组做详细之讨论,村干部与民运工作者应该耐心仔细的向每个群众解释誓词的每一条,连系到具体的事例,使每个公民能真正了解与自觉,以激发其民族气节,坚强的与敌进行斗争,否则仅仅是此唱彼和,形成一套空虚的仪式,那就无法达到真正的精神动员和提高民族气节的目的。

誓词上第一条说:"誓死不当汉奸,不给敌人办事",这是一个烂熟的老调,但在今日,依然有新鲜的内容,敌寇不仅利用刺刀枪尖威胁我民众,而且还用诱惑欺骗收买等办法以达其奴役人民的企图;有时榨取民众劳役,进行修筑公路堡垒,以封锁割裂我根据地;有时诱骗我疏散之民众回村,以便一网打尽,实行并村。凡此种种,均要求我们每个黄帝子孙,坚守刚强义烈的民族气节,有临难毋苟、誓死不降之决心,顽强的和日本法西斯作生死存亡的搏斗。同时,在这狂风暴雨到来的时候,每个抗日干部、抗日工作者,尤须站在民众前列,领导民众作战,临难不逃,临危不避,不脱离群众,不脱离岗位,不屈不挠,奋斗到底。加之,在"扫荡"中敌人自然要利用各种汉奸,混入我方活动、进行袭击、内应、暗杀、毒害、破坏等工作,因之我们根据地每个人民,不但要做到自己不当汉奸,而且人人还须加紧锄奸,不放弃一切机会来消灭敌寇的爪牙,这在每个人高举起右手宣誓的时候，应该牢牢记住！

爱护抗日军，帮助抗日军，应该是每个国民的责任，在敌寇"扫荡"之际，要求得保卫我们自己，保卫祖宗田园庐舍，保卫乡村，争取反"扫荡"战的胜利，民众必须和军队紧密的团结在一起，无论在军事运输、伤员救护、通讯联络、传送情报等各方面，处处应给予军队莫大帮助，军队与民众应该像鱼水一般的互相爱护。应该深刻认识，军队没有民众的帮助，要保证战争的胜利是不可想像的；同样，人民如果没有军队的保护，田园家乡也是无法保卫的。所以发扬人民当仁不让、见义勇为之美德，与英勇的八路军同生死共患难，学习晋察冀人民在历次反"扫荡"中爱护军队、援助军队的模范例子，便成为每个国民的神圣任务。

此外，正因为敌寇要彻底毁灭我边区，摧残我资财建设，所以保守秘密，保护储藏的资财，与保护我们的生命有同样的重要，这就要求我们严守秘密，绝不让敌寇侦知我资财储藏所在，虽然在敌寇刀锯鼎镬威胁压迫之下，我们为了国家民族的利益，应该有誓死不屈的精神，与敌斗争到底，若贪生畏死，以致出卖民族利益，向敌人告密，则将成为民族的罪人，不特为国人所共弃，并且正如誓词上所云，定将受到法律的制裁。

为了争取反"扫荡"的胜利，我们不但要武装我们的身手，还须武装我们的思想，在今后不断的伟大斗争中，我们既不麻痹苟安，也不动摇震骇，千百万军民，要团结得像一个人一样，合千万人为一心，彼此缓急相救，守望相助，疾病相扶持，只有这样，才能粉碎敌人的一切进攻，争取反"扫荡"的胜利。

亲爱的同胞们，抗日干部们，战争已在眼前，高举起我们铁的臂膀，实行我们铁的誓言！

（原载一九四一年十月二十一日《新华日报》华北版第一版社论）

庆祝晋察冀边区反"扫荡"胜利

最近三个月，在全国战场上，我们创造了三个大捷：苏北、湘北、晋察冀。其中尤其是晋察冀边区反"扫荡"的胜利，在坚持华北抗战的意义上最为伟大。继阜平光复之后，我边区东南各线八路军，复联合当地人民武装，积极向敌冲击，展开勇猛无伦的反"扫荡"。东线方面，一路沿沙河东进，一举攻克王林口，直下南北要冲王快镇，进逼党城；而南线则克复灵寿中心的陈庄，并相继克复平山之洪子店、温塘等重要村镇，将进犯之敌逼退至正太、平汉道上。至此东南两线残敌已告全部廓清，边区冀西部份基本地区固已规复旧观，南北交通可以畅行无阻。至于晋东北地区，敌虽继续恋栈，徘徊不去，但在我大军猛烈进击之下，于势亦难久居。日寇对晋察冀边区之所谓"百万大战"的"扫荡"，可谓基本上已被我所粉碎！

这些胜利告诉我们什么呢？

这些胜利首先最明白的告诉我们：敌人所加于我们头上的一切困难，都是可以征服的，敌人对于我们的任何"扫荡"和进攻，都是可以击破的；我们华北各抗日根据地具备着克服困难、粉碎"扫荡"的充分的有利条件。虽然日寇调动了若大兵力，化了九牛二虎之劲来进攻边区，然而当其深入腹地、碰在边区军民所建筑的铁壁（这才是真正的铁壁！）上时，终于碰破了头，它的"扫荡"是失败了。虽然日寇施尽其妖袋里的一切魔术，用最残毒的手段来对付边区，然而在边区军民的一致反击之下，他的各色各样的魑魅伎俩都宣告破灭了。敌人的残酷进攻，只能增加我们若干困难，但是绝对征服不了我们。敌人的丑恶毒谋，只会引起和增加我们军民的同仇敌忾，是绝对无法制胜我们的。敌人所使用的力量愈大，计谋愈毒，他的失败也就愈加悲惨。"予打击者以加倍的打击"，这是我们全华北妇孺皆知的口号，晋察冀边区军民这次真给了进攻之敌以加倍的打击。

不错，日寇这次"扫荡"晋察冀边区，其目的是在歼灭我军主力，毁灭我们模范根据地的一切建设。但是，第一，他没有估量一下，他的对手是个何等坚强的敌人：八路军和华北人民是不可战胜的力量；其次，他也没有用镜子照一照自己的丑态与困难，是不是有力量可以战胜华北军民。敌人的力量，在四年多的侵略战争中，早已越战越弱了，最近敌阁改组，近卫三次内阁又告塌台，虽然原因多端，但要而言之，不外是日寇内外困难加甚。苏德战争开始以后，日寇便日益陷于ABCD集团的层层包围之中，美日谈判未成，更使日寇走投无路，因此也就注定了近卫内阁的必然短命。日寇对于湘北、晋察冀的疯狂进攻和"扫荡"，并不足以表示日寇的强大有力，反而正显现了日寇在困难苦闷中的拼命挣扎，而我们在湘北、晋察冀的连续大捷，恰好又成了近卫公子的催命符。

从此，得出一个真理，就是日寇要想战胜与"毁灭"我们是不可能的。在号召粉碎日寇"扫荡"的社论中，我们曾经一再指出日寇的"扫荡"的严重性和残酷性；但在另一方面，我们又同时算定日寇不可挽回的失败的命运。因此，任何悲观失望情绪的产生，都是没有根据的，任何动摇惶乱的倾向，都只表现了自己的无能。要知道：我们困难，敌人比我们更困难。只要我们坚定胜利的信心，沉着切实的准备反"扫荡"，集中一切力量来对付敌人，就一定可以粉碎敌人的进攻，胜利之券是操在我们手里的。

其次，我们还得坚持地说，而且晋察冀边区反"扫荡"的胜利，确又再一次证明：要求得反"扫荡"的胜利，必须自己有充分的力量与事先有坚实的准备工作。晋察冀边区的胜利，就是因为自己有充分的力量，与事先有坚强的反"扫荡"准备。晋察冀在四年多脚踏实地的工作中，便已经准备下了战胜敌人最坚实的基础，而在七月敌人"扫荡"快将逼近以前，军区司令聂荣臻同志又曾颁发了一个紧急动员令。正因有备无恐，所以在"扫荡"大战展开后，能够应付裕如的与敌人周旋到底，取得最后胜利。也正因某些地区准备得不够充分，所以还遭受到某些损失。但是这些损失是局部的，一时的，整个说来，边区反"扫荡"斗争是十分光辉的胜利了。

从此，又得出第二个真理，就是在任何困难面前，在任何强大的敌人进攻之下，我们不必害怕，不必恐惧，不必惊惶失措，不必悲观失望，但也不能麻痹疏忽或企图侥幸苟安，却要：准备！准备！第三个还是准备！工作！工作！第三个还是工作！工作是制胜敌人的武器，也是求取胜利的最可靠的保证。我们已经具备有粉碎敌人"扫荡"的充分有利条件，如果我们能再加上我们百倍努力的准备与工作，那么，胜利之果便可稳稳当当的落在我们的手里。

晋察冀边区反"扫荡"的胜利，是敌寇对华北敌后进攻改变战略指导以后的第一个胜利，也是今年全国抗战的最伟大的胜利之一。这一胜利对于全国，以至全世界，特别是对于我们敌后华北，有其最重大的价值和意义。

我们要欢迎这个胜利，拥抱这个胜利，庆祝这个胜利。我们号召全华北军民来庆祝苏北、湘北、晋察冀的三大胜利，在每个地区、每个县、每个区、每个村，举行热烈的祝捷大会；在这个祝捷大会上，来动员我们自己，鼓舞我们自己，增强我们自己，提高我们自己，坚定我们胜利的信心！在这个祝捷大会上，来发扬和接收晋察冀边区及其他胜利的宝贵经验，加深我们的备战工作，以便迎击敌人的大"扫荡"，创造和晋察冀边区同样的反"扫荡"的胜利！起来！起来召开祝捷大会！

（原载一九四一年十月二十三日《新华日报》华北版第一版社论）

保卫莫斯科

目前全世界和我国一切先进人士的目光，都集中于一个焦点，这就是莫斯科的前线的战事。莫斯科，这一无产阶级祖国的京都，世界反法西的堡垒，目前是全世界的政治中心，莫斯科的得失，将会影响今后国际政治形势的发展，全世界人士之所以如此关怀莫斯科前线战事的演变，决不是偶然的。

希特勒于三国会议未完之际，发动第四次攻势——即对苏开战以来规模最大的一次攻势，疯狂向着莫斯科进犯，这不是没有用意的。第一，他企图破坏三国会议所决定的英美援苏政策和计划。虽然希特勒满嘴荒唐的大声叫嚣，说：英美苏三国会议毫无成绩可言；但全世界人士都一致公认：

"此次美国、大不列颠、苏联三大列强所举行的代表会议，以一致的迅速的方法，把摆在代表会议面前、在反对希特勒匪帮的战争中、予苏联以一切实际帮助的任务完成了。"（莫洛托夫语）希特勒面临着这样危险的现象，故不惜任何牺牲，企图孤注一掷，早日打下莫斯科，使英美的援苏计划不及推行，以避免陷于长期作战的不利状态。自然，事实的发展是适得其反的，英美不但没有为希特勒的冒险行动所吓倒，而且希特勒的进攻愈是疯狂，英美对于苏联的援助愈是加紧。目前英美援苏的飞机、大炮和坦克，都在源源的运苏途中，英国已将美国援英的军火全部转让苏联，最近更宣布了准备以三万辆坦克援苏的计划。其次，德国还希望在英美登陆作战还未准备就绪以前，击溃苏联，达到各个击破的目的，以避免在世界范围内全面作战；然而，这一渺茫的希望，无疑也是落空了。希特勒虽然用尽全力进攻莫斯科，然而莫斯科迄今仍依然屹立不动，至于要想击溃苏联，更是不可想象的事。同时在英国内部，主张在西欧对希特勒另辟战场的呼声，正在日趋高涨；而美国则已经修改了中立法、通过武装商轮案，走上了实际参战的途径。因此，姑无论莫斯科的前途如何，希特勒的战略企图实已宣告溃灭，他的失败命运是注定了的。

德法西斯的新攻势是本月五日开始的，迄今已经足足二十天。不庸讳言的，德军在这时期曾有若干暂时的、局部的胜利，取得了某些进展，但苏京莫斯科的夺取，却决不像希特勒原来所希望的、如去年进攻法京巴黎那样容易。德国的宣传机关所早已宣称的"红军主力被击溃了""苏军已动员了最后的后备军"等等，从最近事实得到证明，完全是漫天的无耻的谎话。德国造谣专家戈培尔这类可笑的宣传，显然是毫无根据的。希特勒所宣布的一周内占领莫斯科、列宁格勒和卡尔科夫三大工业城市的时期，也早已过去，早已成为一种虚幻的回忆！在二十天战斗中，红军的主力不但并未被包围，反之红军精锐正在积极作战，每天予德军以巨大的杀伤，而新的援军还正在大批开赴前线，不断举行坚强的反击，剧烈的莫斯科保卫战，仍在残酷的进行中。苏联政府现在正动员一切有生力量和物力，为保卫首都而竭尽最大的努力；苏联的最高领袖斯大林同志已经发出保卫首都的号召；苏联的党政军民已经开始一致动员起来，为保卫首都而加紧各种工作！莫斯科的周围已在建立防御工事，莫斯科城外的阵地已在巩固起来，莫斯科城内已构筑堡垒，进行一切巷战的准备，莫斯科城一切有战斗能力的人民都已武装起来，准备为捍卫京都而战到最后一人，战到最后一滴血！正如洛索夫斯基所说的，德军每获一寸之进展，都将偿付更大的代价。我们深信：在英勇强大的红军前面、在顽强坚定的苏联人民前面，首先是在莫斯科人民一致奋起卫国、困难愈增、补充愈难、攻势愈颓、且在气候条件更益不利于德军的种种情况下，要想占领莫斯科，决不是轻而易举的！

而且，我们还需更进一步明确的指出，纵使德军再得到若干局部的进展，或者竟至占领莫斯科，也绝对解决不了战争。苏联是地广人众的国家，他有广大的后备力量与无限的宝藏与资源，一城一地的得失，决无法动摇苏联的抗战。反之，德军愈前进，其交通线愈延长，兵力愈分散，后方愈空虚，接济愈困难，供应愈匮乏，而苏联人民在敌后的游击战争也愈将如火如荼的展开。苏联的对德抗战，是一种长期的持久性的战争，他将以空间换取时间，来集结和增强自己的力量，并消耗德军的实力，逐渐达到利害变换之点，然后予以决定的一击，最后制胜敌人！时间对于希特勒是一个致命伤，时间愈是延长，世界反法西斯阵线愈将巩固和坚强，英美苏三强对德的包围愈将严紧，而德国内部及其占领地也将愈加不稳，这些都是希特勒无法克服的困难，与必定死亡的因素。因此他那妄图占领莫斯科、歼灭苏军主力、以征服苏联的第四次攻势，要想达到全部目的是比登天还难！希特勒只是自己挖掘坟墓而已！

伟大的莫斯科保卫战正在展开，这一战役，无疑的将给德国法西斯以严重打击。局势诚然是极严重的，但是无庸惊惶，无庸悲观，苏联的红军和苏维埃人民是经得起考验的,一时一地的局部损失,不能决定战争的前途,最后胜利,无疑的是属于苏联的!

(原载一九四一年十月二十五日《新华日报》华北版第一版社论)

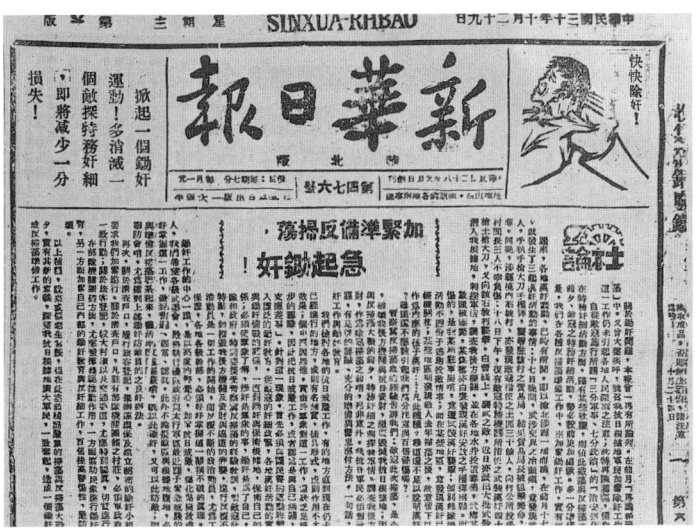

加紧准备反"扫荡"急起锄奸

关于锄奸问题，本报曾一再有所论列。在前月"再论粉碎敌寇秋季大'扫荡'"中，又曾大声疾呼，号召我抗日根据地军民加紧除奸工作。时至今日，这一工作仍未引起各地人民深刻之注意，故特再陈芻荛，备作参考。

自从敌寇施行所谓"三分军事、七分政治"的"治安强化运动"以来，在特务奸细活动方面，确有某些收获，而值此"扫荡"与反"扫荡"大战行将到来的前夕，敌寇之特务奸细活动，势必较前更加猖獗。多一分准备，即多一分力量，我们在各种反"扫荡"准备工作中，来加紧锄奸工作，实有第一等意义。

迩来，各地汉奸蠢动，已时有所闻。即以漳北涉县一地而论，在前月十七、十八两日中，就发生了三起汉奸活动的事情：十七日晚间，武涉交界之冶头镇，竟发现武装汉奸二十余人，手执手枪大刀手榴弹，袭击驻该村之贸易局，结果贸易局长被狙击毙命，手枪两枝被劫夺。同晚，涉县境内石坡村，亦发现敌寇指使之土匪三十余人，向村公所投手榴弹两枚，该村闾长三人不幸负伤；十八日下午，复有敌寇特务机关所指使之武装汉奸四十余人，手提步枪土枪大刀，又向该石坡村袭击。白晋线上，襄武之敌，近日亦派出大批武装、便衣汉奸，潜入我根据地，刺探军情，调查我后方机关，并在各地水井投置毒药，武乡某地已发现牲口数头被毒毙，某煤窑亦白昼发现汉奸安放之手榴弹两颗。而最值得我们警惕的，是我某地驻军岗哨，竟遭武装汉奸袭击；个别部队机关，发生奸细活动不□份子逃跑投敌情事；而在某些地区，竟发现汉奸已从敌占区运入轻机关枪；某些地区则发现敌人去年"扫荡"之后，故意留下以便今年"扫荡"时作为内应的孩子汉奸……凡此种种，难道还不足以说明汉奸活动的猖獗吗？难道还不应该引起我们万分注意与百倍警惕吗？

晋察冀反"扫荡"血的经验告诉我们：敌寇此次"扫荡"，是企图消灭我主力，破坏我后方机关与抗日资财，彻底毁灭我抗日根据地；因此，在此"扫荡"与反"扫荡"大战的前夕，特务奸细之刺探我军情，调查我后方机关与抗日资财，作为敌寇"扫荡"之前哨，殆非意外。我抗日军民必须对敌寇此种毒辣阴谋，有足够的认识、充分的准备与□思应付方法。一句话，就是要加紧锄奸工作与锄奸教育。

我们检讨各地的抗日戒严工作，有的地方直到现在仍未着手进行，而已经进行的地方，或则有名无实，徒具形式，或则作用不大，未发生应有效果，个中原因无他，实由于群众对这一工作，还缺乏足够的认识甚至初步的认识，因此把抗日戒严工作，或者认为是与自己无关，或者认为是"支应差事"。针对这一现象，首先必须与国民誓约运动联系起来，进行深入广泛的锄奸教育，从敌寇的奸细政策，各地汉奸活动的实例，抗日戒严与锄奸备战的关系，一直到锄奸与保卫根据地，保卫自己的身家财产的关系；必须使群众了解，锄奸是群众的事，锄奸是为了自己，而不是为了军队和政府。特别要接受晋察冀反"扫荡"的经验教训，对敌寇此次"扫荡"中的新特点，如摧毁我后方机关及资财与远道的奔袭，进行反复不断的教育。政治动员是一切工作的开始，而反复不断的政治动员，尤为工作顺利进行的保证，各地各级干部，必须好好掌握这一颠扑不破的真理。

锄奸工作的中心一环，是以高度的警觉心，加紧抗日戒严，强化站岗放哨，严格检查行人，我们希望各级武委会，严格执行边区政府与太行军区最近关于紧急戒严的联合布告，好好掌握这一工作，做到普遍、经常、认真。此外不论接敌区与根据地腹地，必须把抗日戒严与准备反"扫荡"联系起来，灵活地设置隐蔽哨，既以此锄奸，又可以此防敌；而村与村之间的联防会哨，尤为达到上述锄奸防敌目的之良好办法。

再次，关于清查户口，履行旅客登记，举办连环保及建立秘密的除奸小组除奸□等，均要求我们加紧进行。关于清查户口，凡驻有部队机关团体之村庄，必须军政取得密切配合，一致行动；关于旅客登记，较大村镇以及交通要道，尤应特别认真，切实进行。

在部队机关团体方面，尤应发挥模范推动作用，一方面协助民众进行锄奸工作与锄奸教育，另一方面加紧自己内部的锄奸教育与反奸细工作，百倍提高警惕性，严防奸细活动与破坏。

以上种种，说来或系老生常谈，但在此空前残酷严重的"扫荡"与反"扫荡"大战行将到来的前夕，实有其新的意义，深望我抗日根据地广大军民，一致奋起，造成一个锄奸运动，胜利完成反"扫荡"准备工作。

（原载一九四一年十月二十九日《新华日报》华北版第一版社论）

希特勒败局已成

　　苏德战争开始迄今已经四月有奇，总结这四个多月的战争，希特勒在苏联战场，确有若干进展和某些暂时的局部的胜利，但这只是战争虚假的表象，决不能迷惑东线的真实形势。四个多月的战争的发展，充分证明希特勒政略既错，战略又输，人力资源更贫弱不堪，而决不能持久。所以，虽然战争尚在发展，四次攻势犹在进行，但希特勒的失败却已经成了定局，历史的方向，已无法挽回，他疯狂的攻势愈猛，挣扎愈烈，则他的失败也就愈加迅速，愈加悲惨。

　　我们先就政略方面加以剖析。希特勒发动侵苏战争，他的企图是以"反苏十字军"的招牌，骗取英美的妥协，吸收欧洲诸小国的后援，造成国际上的反苏统一战线，使苏联陷于孤立，求得"各个击破"，而自己则避免重蹈覆辙，陷于两国或多国作战的危险。但是希特勒的这个诡计是完全破产了！英美不仅没有中上希特勒这个圈套，而且它们深深认识到今天英美的利益是和苏联完全一致的。莫斯科三国会议以后，国际反法西斯统一战线在组织上已经完成。英美援苏物资源源不绝，最近英国又宣布了准备以三万辆坦克援苏的计划，而美国则复在亚□干日□开辟了援苏的运输线。至于欧洲被希特勒奴役的诸民族，反德斗争正在蓬勃发展，若干国家——如希腊、南斯拉夫等——更开展了广泛的反德游击战争。今天，事实上，苏联已成为国际反法西斯大联合的先锋队，高举正义战争的火炬，率领全世界人民，为消灭希特勒主义而奋斗；反之，希特勒却日益陷于孤立，成为四面楚歌的局面。不论今日前线战况如何，暂时的胜负如何，这个具有决定性质的因素，必然会影响德国的民心，影响德军的士气，转换苏德双方优劣之势，而最后判定胜负之局。

　　再就战略方面来说。希特勒虽然攻城掠池，大有不可一世的样子，但是他的战略也已经失败了。希特勒的战略方针是"闪击战"，是速战速决，他企图在战争开始以后的最短时间内，一鼓歼灭苏军主力，迅速结束战争。然而，事情的发展，出乎希特勒意料之外，现在他已被迫不得不进行持久战。德国历史上战略家们，所最害怕的是冬季作战以及两面作战和多面作战，而这种命运终于又呈现在希特勒的眼前。歼灭苏军主力的幻想，依然只能在梦中求之；被占领的苏联城市，在苏军撤退前都经破坏，已成为荒无人烟的瓦砾场，其丰□的资源经济更是可望而不可即。四个多月的侵略战争，希特勒支付了惊人的重大的代价，兵员伤亡被俘者已达三百万以上，飞机大炮坦克等损失，更不可胜计，而还在前线作战的部队，也日见疲困和消耗。这种情形，的确是在西欧两年战争中所未曾遭遇的。另一方面，苏联的战略方针，从战争一开始，便采取的是持久战和消耗战。希特勒的进攻苏联是突然的，他想打苏联一个措手不及，但是红军充分利用西欧的经验，摸清楚了德军的优点弱点，在战争初期，很谨慎的使用自己的兵力，采用□的办法，不与德军死拼，也不求迅速反攻；同时又使德军不能实行大规模包围以歼灭红军主力，而经常迫其进行正面的战斗，求得逐渐消耗德军实力。此外，更在被占领区发动人民进行普遍的敌后游击战争，袭击、牵击、消耗德军。这一战略方针，得到了充分的成功，结果打破了希特勒六个星期占领莫斯科，两个月灭亡苏联的计划，避免了过早的决战，保持了自己的有生力量，实现了后备队的动员，强迫德军陷入长期的持久战的泥淖。因此德军也就逐渐失去了主动，而入于被动。

最后，决定战争胜负的另一个重要因素，是双方人力物力的对比。在这方面，德国显然又是立于失败地位。以言人力，德国本国人口只有九千万，与苏军相较远差一倍。虽有十四个占领国的人民可供驱使，但他们大多数与其说是纳粹的勇士，还不如说是第三帝国的掘墓人。很早以前就有人指出：希特勒歼灭了十四个国家，等于吞下了十四颗炸弹，这些炸弹是有一天会爆炸起来的。以言资源，德国更形贫弱，而与英美苏三国联合力量相比，则尤等于小巫见大巫。英美苏三国炼油生意超过德国与其附属国二十八倍；钢的生产仅美国一国即超过法西斯集团三倍；飞机生产目前德美两国相捋，而今天美国生产力尚未全部开动，如果稍一加紧，即可以更多飞机援苏。至于法西斯集团谷物的奇缺，橡皮棉花之毫无生产，则系举世皆知，更无庸多所赘述。以此贫弱之人力与资源，自不能进行持久战争，盖无疑义。

然则，希特勒已经深入苏联领土，进抵莫斯科百里以外，又作何解释呢？

我们的答复是这样的：这是苏军战略利益和战术利益的暂时的矛盾所致。红军采取持久战的方针，所以一方面打击德军，消耗德军，使他每一寸进展都偿付应付的代价；而另一方面更注重于保存兵力，储蓄兵力，避免过大的消耗，准备将来的决战。实行此种方针时，一部份领土的暂时的牺牲是不可避免的。因此，不管战争的表面现象似乎与德国如何有利，不管希特勒如何夸口吹牛，可是纵观大势，对他总是败局已定，难逃拿破伦的覆辙！

（原载一九四一年十一月一日《新华日报》华北版第一版社论）

克服备战工作中的偏向

经过党政军民各方面的号召和动员，特别是各级干部的突击和努力，各地反"扫荡"的准备工作，确已获得若干进展和成绩。以太行区为例，一般村庄都已激荡着一种战斗的紧张空气，人民对于"扫荡"战争的残酷性和严重性比较已有新的认识，空舍清野工作初步着手进行，抗日戒严确已较前稍为严紧，情报网的组织也有若干布置，而民兵自卫队的训练和演习则更大见增强，这是一种十分可喜的现象。我们相信，只要我们经常保持这种严肃的战斗精神，并进一步加深我们的备战工作，那末，在"扫荡"战争到来的时候，一定可以避免和减少许多不必要的损失。然而，另一方面，在这短时期的备战工作中，却已发现许多偏颇的不良现象，这些偏向不仅妨碍了我们备战工作的更加深入和开展，而且更使我们整个根据地许多工作遭到不少的损失。本报仅举一般普遍存在的两种偏向加以揭发和论列，希能在实际工作中予以检讨和纠正。

第一种是把备战工作跟其他工作隔绝和孤立的偏向。某些地区，某些部门和某些同志误解了"一切为着准备反'扫荡'战的胜利"这句话的真谛，以为敌人的"扫荡"既然就要到来，备战工作既然如此紧急，其他一切工作自然大可丢开不管，或者再也无法照顾，只好暂时停止，以后再说。于是，扩兵工作的布置放松了，公粮的屯积迟滞了，合理负担暂停计算了，对敌斗争工作收回来了，公债的动员推延下去了，甚至某些机关连日常工作都休止了。很显然的，这是把备战工作活生生和其他经常工作切断开来了，成为一种单纯的"为备战而备战"的状态，同样是不认识敌后"扫荡"战争的特性。不知道我们加紧备战工作，是为了要取得反"扫荡"战的胜利，但反"扫荡"的胜利，不仅取决于备战工作，而且还有赖于其他各种任务各种工作的完成。我们在九月二十一日社论中，即曾特别指出："一切反'扫荡'的准备工作，都不能与预定的中心工作脱离，更不能取消其他中心工作。"又说："中心工作如果不完成，反'扫荡'的胜利也会受到影响；同时备战工作如果脱离中心工作，也决不会得到丰富的成绩。"证诸目前具体事实，可谓愈见昭著。而且我们还需说明：备战工作在敌后游击根据地的游击环境，原本是一种经常工作，因为准备迎接敌人大"扫荡"，而加紧动员突击工作，使得准备更充分，更深入，这是十分需要的；但如果因此而把其他一切工作一概放弃或取消，则其他工作固然会大受损失，备战工作本身也会因此而受到影响；反之，倒还大有可能引起悲观失望和惊惶失措现象。经验教训我们：必须一面沉着备战，一面照常进行各种应作工作，这样才能取得经常工作与紧急工作的有机密切配合。

第二种依然是形式主义的偏向。以前我们即曾举发这种偏向，但所指一般尚以上层为多，现在更需指明：这种偏向在下层也相当普遍和严重。

不错，正像一般人所说："村子里是动起来了！"然而，究竟是怎样动的，而且动得怎样呢？我们不得不郑重地说，一般还是形式多于内容，表面多于实际，空头架子多于有效工作，漂亮场面多于真实行动。好多村庄加紧武装训练，但是不注意于军事常识和普通游击战争知识等有真实实际意义的教育，却着重于强迫老弱妇孺成天爬山、跑步、扔手榴弹、摔交，反而使人民的生产和家务受到影响；好多村庄加紧空舍清野，但是他们不注意于真正帮助群众寻觅妥善的隐蔽地点，以便必要时埋藏物资，躲避敌人，求得安全的保证，却着重于强迫掩埋日常应用的杂物，反而使群众感到不便和麻烦；好多村庄抓紧抗日戒严，但是他们只动员一些妇女和小孩站到街头去应付应付了事，而对村里户口倒不加清查，甚至汉奸混入居住或宿夜都没有检查出来。诸如此类的例子，真是不胜枚举。总之，群众真实的困难没有为之设法解除，群众苦恼的问题没有得到适当的解决；群众切身的利益没有得到很好的照顾和帮助，群众对备战工作不但未感到是自己的事情，甚至反发生对于政府的不满，这样的结果自然是不言自明的，既然大家忙得满头大汗，但备战工作的深入程度却与要求还有一个距离，是否经得起战火的考验，实在还值得考虑。这一种偏向的发生，是与第一种偏向有联带关系的，因为没有把备战当作经常工作并和其他工作联系，只是事到临头，临时抱佛脚的急于求功，燥切从事，自然不能不粗枝大叶的只求形式，草率应付，至于深入和切实，也就谈不到了。为得使备战工作更能密切的与其他工作联系，以及更能深入切实，认真的进行一次再次的检查，是十分必要的。

敌情依然是紧张和严重的，解决中国事变是敌人的基本方针，这次敌东条内阁又更特别强调解决中国问题，至于对敌后的"扫荡"当更不会放松。晋察冀和太岳的"扫荡"是最好的教训，敌人常常企图在你没有准备，或准备疏忽的地方或时候，给你一个突然的袭击。备战工作应该成为经常的工作，俗语有云"未雨绸缪""有备无恐"，只要把工作作好，严阵以待，不管敌人什么时候"扫荡"都好,都可给以沉重打击。今天在备战工作已有初步成绩地区,更要进行一点一滴的检查,加深准备的程度,使之走上经常化,并努力完成这一时期的各种其他工作,真正使反"扫荡"的胜利得到最坚实的保证。

(原载一九四一年十一月三日《新华日报》华北版第一版社论)

东条对美的要求和日美谈判的前途

自苏德战争爆发以后，太平洋上两个阵营的对立日益尖锐，一方面是美英中荷"苏"反日包围阵线的形成与强化，一方面是日本法西斯强盗为突破这种包围而日益准备着新的大规模的战争，这两方面的过程，在日本东条内阁成立以后，更以加倍的速率进行着，这就使得远东的形势一天比一天紧张起来。在这种紧张的空气当中，却进行着另外一种过程，这就是日美间的谈判，虽然这一过程的进行非常迟缓，而且还缺乏明朗的前途，但它却仍然保留着一种和平的希望。日美谈判的成败与否，将决定整个太平洋的命运，并将给全世界以严重影响，因此，最近日本派遣来栖飞美，和日美双方对谈判的态度，不能不成为世界人士所注目的中心。

东条内阁虽然带着浓厚的火药气味,然而临到决定日本帝国主义命运的大战之前,却不能鲁莽从事,即要战争,也必须获得全体统治阶级的支持,并动员全国民众,因此东条仍旧继续了日美谈判,企图在使用武力之前,作最后的努力,以获得美国的让步,即使谈判破裂,也可以将战争的责任加诸对方;对内可以消灭现状维持派反对战争的借口,并可以煽动国民对美国的敌意,和从新煽起战争的情绪。于是来栖便携带着东条内阁最后的条件,飞到美国去了!

那么,东条内阁的条件是什么呢?据东条在临时议会中的演说,对美谈判的条件有三,即:(一)令第三国不妨碍日本解决"中国事变";(二)威胁日本之各国,不但不能在军事上威胁日本,且应取消经济封锁之类的敌性行为,恢复正常的经济关系;(三)极力防止欧战扩大至东亚。这就是说,日本要求美英:(一)停止援华,不干涉日本在中国的行动,即承认日本独占中国;(二)取消军事上经济上对日本的包围,即默认日本在东亚的霸权;(三)供给日本所需的资源。如果美国答应,则日本可以不南进或北进。以上是日本的基本要求,也是最低限度的要求,如果美国不接受,或是美国的基本要求越过了这个限度,则日本将不再进行谈判,而以战争的手段来解决。正如东乡外相在议会演说中所称:"吾人之和好态度,自亦有限度,苟有威胁日本生存或危及日本大国声威之情势发生时,则日本须取坚决之态度";最近日本之召开临时议会,通过三十八亿追加军事费预算,修改征兵法等等,都是准备战争的步骤。

至于美国方面,目前对日本的态度,已不复是让步妥协的政策,而是利用军事的经济的压力,打击与削弱日本,迫使其屈服就范的政策。虽然美国还在拖延谈判,推进日美战争,但如果日本一定要和美国开战,美国也准备着与之周旋,最近罗斯福在演说中再度阐明了美国援华的立场,我们相信,牺牲中国,纵容日本的态度,是今天美国所不齿的,因此像东条所说的条件，我们断定美国决不至于接受；同时，国际形势正产生着对日不利的新条件，如莫斯科战局之趋向稳定，红军局部反攻的得手，德国胜利前途的渺茫，美国贷款十亿元与苏，邱吉尔之宣称日美开战后，英国在一小时内即对日宣战，英国大西洋战舰之可能调至远东，美苏英合作之愈益强化等等，假使美国在这样的形势之下，容纳了日本的要求，那就是日本的成功和美国的失败！

虽然如此，但我们决不能忽视日美之间还有局部妥协和订立某种暂时性协定的可能，因为日本统治阶级内部的现状维持派，在目前对日不利的国际形势之下，必定用尽一切方法，或从阁外的策动来箝制东条，或通过美国内部的孤立派来劝诱美国当局，意图促使日美谈判成功，或使它迁延时日，不致破裂；他们的举动，不能不在某种程度上影响日美谈判。再就美国来说，修正中立法和武装商船法案通过之后，虽已扫清了正式参战的道路，但为了避免两洋作战和更多地削弱日本，可能以局部的让步（譬如缓和对日经济压迫，给日本以一定限度的石油、废铁等），仍然推延日美战争，这对美国也是有利的，因为时间是削弱日本力量、增长自己的因素。

总而言之，日美谈判虽已达到了最后的决定阶段，虽然双方基本的要求不能一致，谈判破裂的可能性较大，然而谈判的继续拖延，以及局部妥协的可能，仍然存在，这期间日本或将向中国举行新的军事进攻，这是我们必须警惕的！

（原载一九四一年十一月二十五日《新华日报》华北版第一版社论）

反"扫荡"的胜利结束

根据十八集团军总部发言人的谈话，敌寇本年度对晋冀豫区的大规模的"扫荡"已被我基本粉碎，本报以前所号召迎接的反"扫荡"大战已经胜利结束！自然，在日寇"强化治安"的总的阴谋下，对本区——特别是游击地区和□□地区——的不断骚扰和"围剿"，仍将不可免，但只要我全区军民保持消灭敌人的战斗精神，随时准备战斗，继续坚持战争，这些骚扰和"围剿"，当更不能有偌大结果。

这次反"扫荡"大战是在特出的情况下制胜暴敌的，打破了以往反"扫荡"的一般公式，这就是黄烟洞保卫战的伟大成就。黄烟洞保卫战，创造了防御歼敌战的光辉实例，我军以数百勇士，扼守山隘险要阵地，发挥勇猛无比的威力，与敌血战至八昼夜之久，以一与六的空前对比，严重地杀伤了敌寇之有生力量，使敌劲旅三十六师团主力的整一个联队，完全丧失了战斗力，以致不能像历次"扫荡"那样，到处横冲直撞，这就已经操了反"扫荡"决定胜利的左券。而最后三十亩与横岭间一个漂亮的伏击战，则更是锦上添花，杀得敌人落花流水，屁滚尿流，挟紧尾巴□□黎城，再在我大军加紧压迫和打击之下，不得不吐出黎城，还我根据地旧观。所以，这次晋冀豫区的反"扫荡"大战，可以说是以黄烟洞保卫战为中心，在该地埋葬了敌寇千余死尸，使得敌寇本年度对我晋冀豫区的"扫荡"宣告破产。

当此反"扫荡"胜利之日，我们谨以至诚之心，代表全区民众，向黄烟洞保卫战中殉难烈士，敬致哀悼缅怀之忱，并向□团健儿与前线各作战将士，致以亲热的崇高敬意。

同时，这次反"扫荡"胜利的另一重大因素，是民兵地雷战之开展。本区民兵运动，本年曾有相当发展，而地雷的创用，尤使民兵作用大见增强。进犯之敌一踏入我根据地境内，到处即轰发爆裂之声，如辽县、武乡、黎城、涉县等各地，敌寇虽抢夺人民牛羊牲畜，以之前导，扫除地雷，然犹不断炸死敌兵累累，或毁灭敌寇汽车与资材运输，使敌精神上先感受极大威胁，诚惶诚恐，日夕唯恐于不知不觉中丧命于地雷，而行动上□大为不便，彷徨无路，大有□□不前之势，无形中已经消耗了敌人的许多精力，增加敌人前进的许多困难，给予我正规军打击敌人以有利的配合。但这还只是地雷战的萌芽，如能将此运动更广泛的开展，并在地雷的装置和使用上，加以适当的改良，则其效果当尤不可限量，而敌人对我根据地的进窥也不能不格外小心翼翼，这是这次本区反"扫荡"中宝贵经验之一，这样生动的经验实有提供于所有敌后各抗日根据地之必要，各地均应学习本区以地雷武装民兵，用普遍的地雷战来反对敌人的"扫荡"和保卫我根据地。

然而，同在这次反"扫荡"战火的考验中，又暴露了我们工作上的许多弱点，举其最显著的两项来说：首先是战争一开始，各部门工作即立时宣告停滞，甚至远离前线百里之处，亦一律停止工作。上级机关准备行动或分散工作，即不知如何坚持工作，甚至连日常事务亦茫然无头绪，而下层则依然没有领导，以致工作上受到不少损失。这一方面说明我们对前线作战缺乏坚强的胜利信心，不能在前线部队咬住敌人的时候照常工作；另一方面又证明我们的工作系统、机构、组织、制度、作风、方式方法始终还未能适应战争的要求，未能在炮火下埋头苦干。这种经验已经不止一次，而今仍又重复了过去的缺点。其次是民兵游击战还没有足够的发动起来，更缺乏严密的组织和坚强的领导，某些地区民兵未见如何活跃，甚至连战时指挥部也未组设；而个别接近火线的村庄，民兵活动又表现出孤军奋斗的现象，脱离后方民众，未能取得广大民众的有力支援，于是自配合作战、运输伤兵，以至传送情报、侦察警戒，都由少数积极民兵一力担当，形成了事繁人简、任重力微的不平衡状态。这也是应该作为一种教训来接受的。

反"扫荡"大战基本上已经过去，在各地纷纷举行祝捷大会、庆祝黄烟洞保卫战胜利声中，当前最紧要的任务是立即恢复各种工作，向着预定的建设计划迈进，以补偿战争时工作停顿的损失，而下面几件工作我们认为更是急待进行的，即：（一）普遍展开国民公约运动，举行国民宣誓，号召每个公民，爱护军队，拥护政府，矢志效忠国家民族，反对敌寇汉奸，坚持敌后抗战到底。（二）加紧除奸工作，铲除潜伏在根据地的汉奸份子。这次黎城离卦道汉奸暴动，曾给予我们以剧痛教训。当此敌寇"扫荡"刚过的时候，一则敌寇可能又重新散布下一些汉奸份子，再则在这次敌人"扫荡"中，或有不少汉奸份子已经暴露了本来面目，这正是政府与人民，协同加紧锄奸的最好时机。（三）开展扩兵运动，号召好男儿踊跃参加八路军。事实证明，有了强大的八路军，才能粉碎敌人的"扫荡"，使人民的生命财产不受摧残,也只有壮大八路军的力量,才能保卫家乡,保卫根据地。(四)乘此冬天农闲,各地民兵应即进行训练,学习军事政治知识,特别是武器使用的方法,以备明年能够发挥更大的杀敌威力。

(原载一九四一年十一月二十九日《新华日报》华北版第一版社论)

检查和总结本年度工作

今天是一九四一年最后一个月的第一天，我们建议全华北各地党政军民，从今日起，开始检查和总结本年度的全部工作，看一看：我们在这行将逝去的一年，究竟作了些什么，是否完成年初预定工作计划及还有一些什么工作没有做？在已执行的工作中，有些什么优点缺点，曾经发现一些什么问题、什么困难，得到一些什么经验教训……以为明年度确定工作方针、任务、计划以及执行时的根据和参考。

定期检查和总结工作，对于改进工作和完成工作任务，是具有特殊重大意义的。英明的天才领导者列宁、斯大林同志以及我们布尔什维克的党中央，都特别重视总结和检查工作。斯大林同志曾经说："拥护党的总路线的良好决议和宣言——这只是事情的开端，因为他们只能表示出取得胜利的愿望，而不能表示胜利本身。在正确的路线已经提出以后，在问题的正确决定已经被提出以后，事情是否收成效，这就有赖于组织工作——有赖于组织斗争去实行党的路线，有赖于正确挑选人才，有赖于审查领导机关决议的执行程度。"斯大林同志把审查工作执行比作探照灯，他说："好好的审查执行程度——这是一种探照灯，这种探照灯帮助我们随时查明机关工作底状况，并揭露官僚主义者和文牍主义者底原形，可以深信地说：十分之九的破绽和缺陷，是由于没有正确组织执行程度底审查工作。无疑义的，如果有了这样一种执行程度的审查，那末，破绽和缺陷一定事先被防止了。"今年是华北各方面工作走向巩固和深入的一年，我们更须用探照灯来照射一下，照明前进道路上的一切。

检查和总结工作，应该全面的展开，举凡军事、政治、经济、文化、民运、党务等各种建设，以及对敌斗争等等，均应包罗尽致，由各负责机关负责实行。谁都知道，在这一切工作中，有的是获得十分显著而较大的进步，有的则包含若干缺点、弱点和错误，因而使得工作陷入停滞与落后的状态。虽然某些缺点、弱点和错误，是带有一般性的，然而有的也是相当严重而带有原则性的。今天为要彻底检查与总结我们今年的工作，布置明年的工作，因此我们应不管工作的好坏美丑，一律加以举发、罗列、整理、考查、分析和研究，决不能有所畏缩偏颇。这里，要求我们有高度自我批评的精神与勇气。

然而，检查和总结工作，还应注意一定的中心和重点，各部门最好能依据自己工作发展的具体情况，抽出和抓紧某一中心环节，特别搜集丰富材料，加以彻底的检查、整理、钻□、研究和发挥，从中发现问题，探求真理，得出正确结论，以为今后工作之南针。如探讨华北以往一年全般工作，最薄弱的环节，要算对敌斗争与群众工作，因此我们在总结全部工作时，即不能不对此特别多加研究。此外，如党务方面，应着重于地下堡垒——支部工作之总结；军事方面应着重于民兵武装之检查，而正规军则应考察一年教育和整训工作，特别是战术方面之素养等等都须加以研究。而敌占区、接敌区和根据地，因工作环境、工作任务与工作方式方法之不同，也应加以各别的研究检查和总结。

过去一般检查工作，最大的弱点是抽象、笼统、一般化、公式化以及粗枝大叶、不切实际，或者仅凭想像、揣测，笼笼统统的写上几条，或者只看一时的表面现象，即作出似是而非的结论，因而废话多于实际材料，议论多于本身内容，像这类的官样文章，以之作为潦草塞责、自欺欺人则可，以之作为真正研究问题，要想从中吸收资料，得到教益，却是难如登天。这次检查总结本年度工作，首先就须克服这种形式主义的恶习。必须抱着宁少毋滥的精神，实事求是，一点一滴的去收集材料，发掘问题，了解情况，悉心探求，缜密研究，无论书面或口头总结，都应该有十分之九是实际材料，而且最好是让实际材料自己来具体的描画一年工作的缩影，再根据这一工作缩影来细腻精致的剖析问题，确切而适当的发表自己对工作上的意见。唯有如此，工作总结才不致流于空洞一般，也只有这样才能对于今后工作有所贡献。

但是，要做到这样，检查总结工作，就不单凭几个领导者坐在机关里自我想像，而要真正深入下层，进行实地考察。"审查工作指示的执行，这就是说，不仅是在办公室，不仅是按他们形式上的工作报告来审查，而首先是要在地方上，按实际执行的结果来审查。"而且，也不能仅仅是自上而下，更须是自下而上来进行检查和总结。"从上而下来审查，当然是需要的，因为这是审查工作人员和审查工作指示之执行的有效办法。可是，从上而下的审查，远远不能概括整个审查工作，除此而外，还有另一种审查方法，即从下而上的审查，就是说，由群众、由被领导者来审查领导者……"（斯大林）今天，我们便须要学习这种检查和总结工作的方式。

时间还有一个月,算来并不过于忽促,希望大家以最严肃和认真的态度执行我们这一建议,在抗战的第五个年末,树立起一块里程碑,作为长途迈进中的指标,这是十分必要的。

(原载一九四一年十二月一日《新华日报》华北版第一版社论)

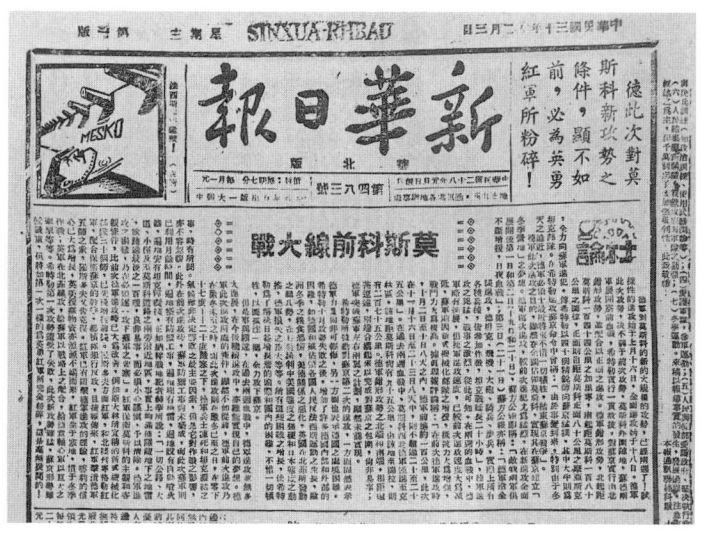

莫斯科前线大战

德军对莫斯科的新的大规模的攻势，已经两周了！试探性的进攻始于上月十六日，全面进攻始于十八日。德军此次攻势，决不弱于前次攻势，莫斯科外围阵地，苏德两军展开空前血战，希特勒实行一贯故技，对苏京实行南北钳形攻势，并配合以正面之进攻。德军钳形攻势，北起距莫斯科一百四十四公里之加里宁，南起距莫斯科一百八十公里之图拉，正面则自距莫斯科正面八十公里之摩亚斯克，全力向苏军进犯。传希特勒以四十个精锐师向苏京猛扑，其中大半则为坦克部队。在希特勒进攻苏京命令中曾称："由于事变到来，特别由于冬天之迫近，德军必须于最近将来不惜一切牺牲，结束苏京战争。"

德军此次进攻之目的，显然在企图占领莫斯科，实现其在苏京建立"冬季营地"之梦想。德军这次进攻，较前次进犯尤为猛烈，在新进攻全面展开后第一日和第二日（十九日和二十日），苏方公报即称："敌我两军俱不断增援，日夜血战"；第三日（二十一日）苏方公报亦称："敌军沿全线进攻，德坦克、飞机、大炮、骑兵、步兵，实际上所有各种兵种，皆参加作战，坦克战延长二十小时"，德军进攻之凶猛，战事之激烈，从此可知。在两周的血战中，德军略有进展，但德军进攻速度，已较前次进攻速度大为减低，苏军则因新式机械化部队之增援，抵抗力大为增强，战斗力大为提高。据真理报评论称："在前次德军进攻时，十月二日至十日八天之内，德军前进约一百公里，此次在十一月十六日至二十三日八天中，则不超过二十至二十五公里"。在过去两周血战中，莫斯科西北德军仅进至克林区，该地距莫斯科尚有九十五公里，由该地至图拉，则有二百七十五公里。德军钳形攻势之北端和南端，相距远甚辽远，两端合拢起来以完成对苏京之包围，尚非易事；德军突破苏军左右两翼之计划，显然未能实现。

希特勒所发动对苏京第二次的进攻，一方面固然表示德军力量尚非可轻悔，另一方面也表示德国之处境困难。希特勒十月攻势失败之后，增加了许多德国内部和外部的困难，如德国和被占领各国人民反法西斯运动之生长，欧洲冬季之粮食恐慌，美德关系之恶化，英国在北菲所发动之总攻势，在日美谈判中美国态度之强硬和日本态度之动摇，德军损失之重大等等。所有这些困难之增长，使希特勒为了解决日益增长着的国际和国内的困难，不惜一切牺牲，以图孤注一掷，全力攻下苏京。

但是事与愿违，在过去两周血战中，德军进攻并无多大进展，在今后继续进攻中，亦难能实现自己的梦想。德军此次进攻所处的条件，显然不如从前，德军前次进攻乃在严冬未至之时，而此次进攻则在严冬已至之日，在零下十七度—二十度严寒之下，德军兵士冻死和坦克凝结之事，时有所闻。气候虽非决定胜败之最主要因素，但是它对作战之影响，亦不容忽视。

此外在前次进攻时，苏军防御工事尚未筑成，而此次苏军则已利用月余时间，遍地筑有防御工事，遍地埋有地雷，遍地设有自动喷火器，遍地安有坦克障碍线，正如纳粹战地记者赫辛所说："一切公路、大道、小径及至莫斯科道路之两旁附近地区，事实上均满布隐藏地下之地雷，欲跨过最后之一百哩，良非易事，而必须小心谨慎，予以清除。德军进攻之困难，乃在必须逐一攻下苏军之要塞。"红军保卫莫斯科的主观和客观条件，比前次德军进攻时已大为改善，例如斯大林所宣称的新式机械化部队三十个师，已先后增援前线。罗斯多夫方面红军，和北线列宁格勒红军，配合保卫苏京的战争，都积极举行反攻，且捷报传来，红军击溃德军五师之众，罗斯多夫又告克复。红军已有阻击德军进攻的经验，胜利的信心已大为增长，英美援苏物资亦源源不竭而来，红军生于寒地，惯于冬季作战；英军在北菲总攻，给苏军以战略上之配合，给德意轴心军以巨大之牵制等等。希特勒第一次攻势遭受了失败，此次新攻势虽猛，苏京形势虽较严重，但将如第一次一样的为英勇红军所完全粉碎，这是毫无疑问的！

（原载一九四一年十二月三日《新华日报》华北版第一版社论）

壮大子弟兵

近日晋冀豫区各地纷纷召开祝捷大会，庆祝黄烟洞保卫战与反"扫荡"大战之胜利，人民箪食壶浆，慰劳凯旋归来的前线将士，情绪至为热烈。由此可见我根据地同胞对自己的子弟兵——八路军——是如何爱护备至，军民关系是如何融洽团结。然而，慰劳部队还只是爱护子弟兵的一种表现，爱护子弟兵的最好办法，莫若亲身参加八路军，壮大子弟兵的力量，充实八路军的阵容，使八路军更加发展，根据地更加巩固。

只有壮大八路军实力，我子弟兵兵强士健，在前线发挥坚强无比的战斗力，经常杀敌致果，打击敌寇，使狡诈暴敌无法逞其凶横，才能确保根据地社会秩序和人民生命财产，我千百万同胞也方得在抗日民主政权的光辉之下安居乐业；以壮大自己武装力量来保卫自己，乃是颠扑不破的真理，也早为全区人民所家喻户晓。即以此次反"扫荡"大战来说，唯其因为有坚毅英勇的子弟兵，在西井、黄烟洞一带，紧紧困住敌人，与敌奋力厮杀；血战八昼夜，予敌以歼灭打击，将敌寇三十六师团主力之一个联队战斗力完全摧毁以后，我广大根据地才能不被蹂躏，而千万同胞也方免屠戮焚掠之苦，这是最浅显的事实。在以往历次扩军运动中，各地爱国同胞，往往父勉其子，妻规其夫，兄弟携手，□朋连袂，踊跃参加八路军，其原因亦即在此。因此，关于参加八路军，壮大子弟兵的意义，实已毋庸我们在此哓哓赘述。

然而今日由于根据地日益牢固，人民经济生活日趋稳定，对于参加子弟兵却有畏缩不前的状态。据我们所知，今日根据地一般同胞对八路军均有至高无上的尊敬与景仰，一致认为八路军是盖世无双的优良劲军，但在个别落后群众中间，却流传三种不愿参加子弟兵的说法：一是参加八路军后，恐再无机会解甲归田，即所谓充当"□子兵"，不能不有家庭的顾虑；二是八路军生活太苦，恐非一般人所能受得了；三是八路军作战太勇，难免有杀身成仁的危险。这三种流言，一部份是寇奸所故意制造，藉以破坏八路军的，但一部份则确系出于个别落后群众无知误会与杞忧，这是应该引起我们的警惕与注意的。

实则，谁都知道，八路军有坚持敌后抗战的最大决心，各个区域的部队都已成为本区子弟兵，轻易不离本区，八路军战士不但可以经常与家庭通信连络，或于假期暇日回家省亲，且其家人父母均可根据优抗条例，得到政府和人民的优待和帮助，大可不必有所顾虑，而不久退伍解甲，荣归故里，当更为乡间所尊敬。八路军物质生活确较清苦，但此系人民子弟兵之本色，也是为着减轻人民负担，然较之一般农村生活，其丰衣足食的程度，不但未减于一般农民，且因人民爱护周到，不时慰劳，往往反较农民为丰富。而八路军内部上下平等，官兵一体，禁止打骂，不准苛待，政治与军事学习，比其他军队更为优越，每日除上操上课外，一切文化娱乐、赛球游戏等，生活十分活泼，与枯燥无味之家庭生活，不可同日而语。往往一字不识的文盲，一入八路军，不到数月，便成为知识开通的青年，这也是有目共睹的事实。至于八路军作战勇猛，自然是事实，但八路军除勇猛而外，尚有优秀灵巧战术，每次交□辄以少胜多，以最小损伤换取最大战果，绝非勇而无谋之愚勇。即以此次黄烟洞保卫战而言，敌我损伤一与六之比，又以晋察冀之反"扫荡"作例，敌人虽以六七万之众，严密包围清剿两月以上，然而结果不但是"狮扑老鼠"毫无所得，反而伤亡损失很大，这些事实都足以说明八路军作战有勇有谋，机智异常，不易为敌寇所伤。而且俗语有云："皮之不存，毛将奚附"，今日敌我斗争剧烈，敌寇到处拉夫捉丁，或流徙满洲，罚做苦役，或运往南洋欧洲，充当炮灰，若无八路军杀敌前线，保国卫民，我青年命运直不堪设想。于理更宜迅速从戎，保卫家乡，保卫自己，以免一旦沦入敌寇魔掌，充作奴隶牛马。

在这次扩大正规军运动中，我们特别希望共产党员以身作则，踊跃参军。我们这个革命的武装队伍，正是由于它理解了抗日战争任务和目的，有了懂得党的事业的无数布尔什维克的党员，成为这部队中的中坚和核心，才能日益坚强与壮大，才能成为无坚不摧的铁的军队。朱总司令很早以前，便提出"党员军事化"的号召。所谓"党员军事化"，除了一般的学习军事以外，最重要的是要参加革命的武装部队，在这大熔炉中锻炼和修养自己，和万千好男儿生活在一起，挺然站在抗战杀敌的最前线！在晋察冀、冀中的参军运动中，共产党员往往成为参军的模范，我们太行区同样也不应落后，而要为众先导，吸引广大群众共同参军。

一九四一年行将在战争的烽火中过去，估计明年敌我斗争将更紧张，更需要大批英勇健儿擎持天地，有血性的好男儿，应该赶速参加子弟兵！

（原载一九四一年十二月七日《新华日报》华北版第一版社论）

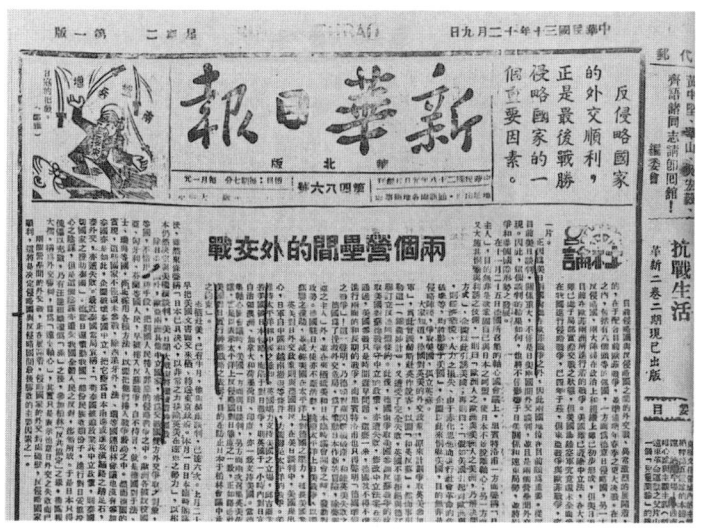

两个营垒间的外交战

目前侵略国与反侵略国之间的外交战,异常激烈地展开着,外交战的目的,在于配合目前欧菲战争,并准备明年春季之更大决战。在目前两大阵营之内,包括有六个头等的强国,一方面为德意日侵略国,另一方面为苏英美反侵略国,两大阵线在政治上和组织上虽已初步形成,但美日两国尚未参加目前在欧菲两洲所进行着的战争。美国虽已废除中立法,在大西洋上与德国虽已处于局部实际交战之状态,但美国海陆空军究竟还未全面参战。日本虽在我国进行侵略战争,已四年于兹,但东亚战争与欧菲战争,究竟还未打成一片。

正因为美日两国尚处在欧菲战争之外,因此两国地位在目前颇为重要。从这个观点来看目前美日谈判，关系重大，不仅是日美两国间外交谈判，并且是两个营垒间外交战之具体表现。因此，这个谈判的结果如何，也将不仅影响于日美关系和远东局势，并将影响于整个战争和整个国际形势之发展。

在十一月二十五日德国所召集的轴心国会议上，里宾特洛甫一方面声称"日本为东亚之主人"，目的无非是欲巩固自己与日本之同盟，使日本不致脱离轴心；另一方面，他对美国又大施其恫吓与利诱之伎俩，一则曰"欧洲人之欧洲与美洲人之美洲，乃解决问题最显明之方式"，企图以此引诱美国；再则曰："假如美国引起对欧洲与东亚战争，则经济恐慌、人力之损失、由于赤化思想而进行社会革命的危机、宗教之破坏等，均将影响于美国"，企图以此来恫吓美国，目的无非是企图分化反侵略阵线，争取美国，孤立英苏。

大家知道，德国对英美的外交政策，原来计划争取英美参加"反苏十字军"，为此曾派赫斯赴英作说客，以图"和英反苏"。然而事与愿违，希特勒这一"锦囊妙计"，又遭受了完全失败，英国不仅拒绝与德订和，并与苏联订立反德同盟条约。此后，德国由争取美国参加反苏战争的政策，转为争取美国对苏德战争守中立的政策，亦遭失败，修改中立法案在参众两院终得通过，美国参战只是时间迟早问题。这么一来，德国就不得不准备对英美苏进行两面的和长期的战争，而里宾特洛甫也只得声明"德国准备继续三十年之战争"！这一声明，乃德国对苏闪击战破产，和睦英美失败之另一证明。

德国为了挽救外交危局，为了策动日本作新的冒险，除声明"日本是东亚之主人"外，并在来栖抵美和日本临时议会开会之时，发动对苏京第二次攻势。德国驻日本大使亦不断活动，挑拨太平洋上日美战争，以图减少美国对苏联之援助，并减轻美国在太平洋上对德国之压力，延长美国参战之时间。

英美对日外交政策则与德国相反,在美日谈判中,美国提出日本退出轴心、日军自中国和越南撤退等条件,力图避免太平洋的战争。美国欲不战而维持太平洋和中国之权利。英国竭力支持美国之立场,邱吉尔业已宣称:"若美国被日本侵略,而陷于对日战争,则英国于一小时内对日宣战。"英属自治领澳洲、加拿大和荷属荷印、印度,亦一致支持美国。当德国在柏林召集轴心国会议时,美国一方面与日本谈判,另方面两次召集英美荷澳华五国会议,实足以表示太平洋上反侵略国对日态度之一致,正如路透社所言:"乃美国对日实行神经战略之表示,目的在防止日本于柏林会议中承受过于广泛之约束。"

来栖赴美,已有半月,他与赫尔谈判,已达六次。上月二十六日,赫尔早把美国文书面交来栖,转送东京政府。本月一日日本临时阁议讨论该文书后,虽然东京声称"日本已具决心,以非常之力排除英美在远东之势力",以相恫吓,但日本仍然决定与美继续谈判,美日间大概还将继续着神经战。

除日美两国外,欧亚两洲其他中立国家,亦为交战国双方外交争取之对象,尤其是德日等国,不惜用一切手段,把别国人民卷入罪恶的侵略战争之中。欧洲各被奴役国家如罗马尼亚、匈牙利、芬兰等国人民,早被卷入反苏战争,自不待言,就是德国对于法、西、土、瑞士、瑞典等国,亦正采用各种方法,以图把他们卷入战争漩涡之中。然而德国的企图还未能实现,这些国家不仅还未参战,除西班牙外,法、瑞等国连柏林会议也没有参加。日本对于泰国亦是如此,企图破坏泰国中立,把它变为日本南进或进攻滇缅路之踏足石,然而日本对泰外交,亦遭失败。最近,泰国当局宣称:"苟泰国被迫放弃其中立政策,则泰国欢迎其他一切国家之援助泰国。"德意日还策动我国一部份民族败类份子,进行对日妥协投降、参加轴心之阴谋,但是这个阴谋亦遭受我国全体人民之反对,迄无所成。于是日本只得拿出自己的傀儡以充数,乃有汪逆组织继伪"满"之后,参加柏林"反共协定"之举。德国报纸对此大吹大擂,称为外交胜利,目为"远东轴心",

其实只是表示德意日外交之失败而已！

两个营垒间的外交战，正在展开着，侵略国家的外交到处碰壁，反侵略国家的外交却是顺利，这将是决定侵略国与反侵略国间最后胜败的主要因素之一。

（原载一九四一年十二月九日《新华日报》华北版第一版社论）

加强人民武装工作

综观今年一年敌后华北战局，可以很显著的看到一点，即各抗日根据地基本上都是带有游击性的根据地，游击战争的成份是大大增强了。正因如此，人民武装和群众游击战争的地位和作用，也被战争的发展，现实地提升到了更高的高度。这就要求对人民武装委员会组织及其工作，予以更大的注意和加强，使之能适应整个战局，发挥更强烈的效能，这是开展群众性游击战争的重要前提。

在过去十一个月过程中，我们对于这一工作是得到初步的、相当可观的成绩的。最显著的事实，是一般群众已经开始体会到武装自己、发展民众游击战争的重要；认清楚人民武装委员会是人民自己的组织，民兵自卫队是自己的武装，因而对于自己武装组织发生很大的兴趣。同时，在这一年中，人民武装的活跃，确也达到了空前未有的境界；特别是在游击区和反"扫荡"斗争中，人民武装都显现出了极其英勇的姿态。如晋中民兵反敌伪屠杀掠夺的斗争，冀中、冀南民兵推倒敌万里长城的出击，以及最近晋察冀边区民兵，在反"扫荡"后的纵横全区的壮烈的破击运动，在在都给民兵运动写下光辉的史页。我们的人民武装已经构成为敌后军事力量的有机的组成部份之一，在不断的实际斗争中受到战火的洗炼，创造了许多新的斗争方式，而使自己日益坚强和发展，他们本身的英勇史迹，亦已要求我们予以另眼看待。

然而，正是从发展中我们才能更清楚看出自己的弱点，对于工作是永远不应该有满足的。首先，人民武装委员会的组织，至今尚不够充实和健全，它的军事系统没有很好建立起来，内部的分工也不够明确和细致；正因如此，武委会还未能适应战争所课予的要求，担负起领导和指挥全区人民武装的巨大任务。其次，是人民武装的纪律，今天差不多成为众口交议的焦点。人民武装是人民为保卫自身利益而组织起来的武装，按理说来，其对群众纪律，应该是无可非议的。熟知事与理违，在历次行动中，不特不遵守上级命令，不执行上级决定，而且个别地区民兵，竟致骄恣强暴，蛮横无理，欺压乡里，鱼肉父老，如乱吃乱喝、敲诈勒索、偷窃他人空舍清野的财物等侵犯群众利益的事件，都纷至沓来，造成严重的脱离群众的现象，大为群众所鄙视和憎恶，这样不但障碍了人民武装发展的前途，而且可能给予敌人挑拨与破坏民兵和人民的团结以藉口，凡此种种都说明今日民兵内部纪律教育的缺乏。再次，民兵的军政教育——特别是军事教育，犹远落希望之后。一般地区，民兵的训练，多偏重形式，成年累月都是"一二一"的制式教练，而对于实际军事知识、游击动作以及武器使用等等教育，则反付缺如。于是一旦反"扫荡"战争爆发，民兵即不知如何接近敌人、进行袭扰，而且还往往在不知不觉中受到敌人的包围与危害。如这次晋冀豫区在反"扫荡"中，涉县等地区民兵几乎不起多大作用，便是中了这种形式主义教育的毒害。

追究产生上述现象的原因，其中心关节，还在于对人民武装及其组织的性质，没有明确与深刻的认识。武委会曾是半群众半武装的组织，正因为是半群众性的，所以它不同于一般政府的正规军，必须发扬民主，提高群众的积极性；又正因为是半武装性的，因此它不同于工农青妇的一般群众团体，必须建立军事系统，遂行军事任务，执行军事纪律。这两者是一个组织的两面，相依为命，不可偏废。但在实际工作中，却往往发生偏向和片面现象。曾经有一个时候，某些地区十分强调武装性的一面，一切以强迫命令方式行事，对人民武装作过高要求，甚至把它与正规军同等看待，而完全忽视其群众性的一面，其结果群众把它当作自身以外的组织，即或参加亦视为一种繁重的劳役，不但积极性无从发扬，而且酿成许多不良风习。现在这一种现象，基本上算是克服了。现在另一方面的现象是过份强调群众性的一面，即高唱民主、独立、自主，而实际结果是有民主而无集中，有独立性而无组织性，以致教育松懈、纪律废弛，又形成了另一方面的恶果。所以，要克服武委会工作中的缺点，并进一步加强人民武装工作，首先便得纠正这种偏向，一方面继续保持其群众性，另方面则认真加强其军事性，而其实际步骤，则不外如下数点：

第一，确立武委会军事指挥系统，使武委会的组织军事化，县以下的组织可用部队长名义发布命令，按照命令行事，特别是在战争的时候，更须绝对执行命令，遵守纪律，丝毫不允折扣，或以"民主""讨论"等等口实来实行推诿敷衍。但是发布军事命令，并不能与强迫命令的工作方式混为一谈。我们一方面需要有严格的军事命令，另方面更需要有动员说服的工作方式。军事命令与政治工作，不但没有冲突，而且正是相辅为用的。

第二，加强纪律教育，切实整顿人民武装的纪律。无论是违抗命令，违反内部组织规则，抑或破坏群众纪律，均须按照纪律，实行必要的应有的处置。但是执行纪律，也并不等于只采取简单的行政处罚的办法，反之应该多多采用开导解说、说服教育方式，必要时可由全体会议公决处理，这样使人人感觉公平而心悦诚服。

第三，加强军事训练，认真提高军事素养。今年这一个冬天，应该好好利用，进行军训突击。在军训方面，主要应着重于游击战争、作战技术，以及一般军事知识的讲授和演习，特别是手榴弹、步枪、地雷等等射击和使用的教练，有其头等意义。

此外，武委会本身机构，为加强军事性能，也得有若干必要的建设，这便是建立军事指挥系统和政治工作系统，如设组参谋组、政工组，以分掌作战情报及组训工作，均属必要。同时，为加强武委会指挥的统一性和集中性，并密切与各群众团体的联系，各团体的武装部门，似宜参加武委会的生活和工作，以群策群力，共同领导群众的武装斗争。

（原载一九四一年十二月十一日《新华日报》华北版第一版社论）

站在反法西斯斗争最前线

据新华社延安电：西北青年救国联合会等十数著名青年团体，联合发起于明年一月五日在延安召开全国青年反法西斯运动大会，并已致书全国各地各青年团体，邀请派遣代表出席参加，共商推进中国青年反法西斯运动的一切方针。不言而喻的，这是中国青年运动史上空前盛大的一个大会，它将成为全国青年大团结的旗帜，动员青年参加反法西斯斗争的有力号角，当此日寇又作侵略戎首，挑动太平洋大战，法西斯毒焰吞噬全球，法西斯势力与反法西斯势力正在进行生死存亡的决斗，全世界青年——特别是中苏英美四国青年，日益团结站在反法西斯斗争前列，而中国抗战胜利尤与反法西斯斗争胜利不可分离之时，这一大会的召开，是有其世界政治意义的。

我们华北青年向来是反法西斯的最英勇战士，远在七八年前，当法西斯侵略势力刚才抬头，日本强盗进兵东北、觊觎华北的时候，华北的青年学生便高举起反法西斯的烽火，爆发了怒吼全国的救亡运动；当法西斯势力一踏入华北门户的时候，首先便遭到了英勇青年的猛烈打击，在四年又五个月的抗战过程中，始终在敌占区、在游击区、在根据地，与法西斯敌人进行武装的、政治的、经济的、文化的各方面的全面苦斗，我们的生动史迹，为抗战增加了许多光辉和色泽。华北青年也是全中国青年最先进、最团结的部份，无论是富家子弟、青年知识份子以及工农青年，已经有很大数目组织到青年团体与青年武装中来，这会给予全国青年运动和青年团结，以很大推动。而这次行将召开的全国青年反法西斯运动大会，就是由我们华北的许多青年武装和非武装的组织与西青救等联合发起的。因此，如何扩大这个大会的政治影响，增强我青年自身反法西斯主义的教育，并从各方面加紧我青年团体的工作，显示华北青年的力量和英勇姿态，来筹备和迎接这个大会的到来，已成为我全华北青年，特别是青年团体当前现实的任务。

首先，大会虽召开有期，但因敌后交通困难，消息阻塞，广大青年对于自身这一重大事件，或许尚有未知，应即展开一个宣传运动，或规定宣传日、宣传周之类，联合当地报章杂志，运用各种宣传武器，并召开座谈会、讨论会等等，进行深入的政治动员，对于西青救及华北各地各青年团体致全国青年团体之公开信应予印发或介绍，对于此次大会之意义和任务应予说明和解释，而对于华北青年在此次大会中的作用和任务尤需宣传和讨论，使个个青年透彻理解此次大会的召开与华北青年的关系，真正把它当成一件切身需要的工作来进行活动，并在大会开幕之日，举行热烈的庆祝，掀起拥护"全国青年反法西斯运动大会"的浪潮。尤其重要的，是要依据当地情形，加紧青年各种有声有色的活动，如战斗、破击、参军、学习等等，以这种加倍打击日本法西斯的英勇事迹，来欢迎一月五日这个节日。

其次，大会的中心任务是团结全国青年，展开反法西斯运动，但对全国各地青年团结抗战的阵容，目前青运的状况以及今后各地青年在反法西斯斗争中的任务和工作，均应给予检阅与讨论，华北青运历史悠久，成绩既多，经验亦丰，更应对大会有所贡献，因此各地青年团体，亟应收集和整理各种具体材料，如男女青年儿童之人数、成份、受教育状况，各种青年组织状况，青年儿童在军事、文化、政治、经济等各方面活动的收获和作用，青年儿童今昔的生活情形、社会地位，各种青运发展中的问题和经验，以及今后趋势等，以便委托代表，提出报告，以供全国各地青运之参考，并与各地青年领袖共作研讨，交换意见，制定青年以后反法西斯运动中的努力方向。此外，各地青年和青年组织，对于大会有何建议、要求和希望，特别是全国青年团体和青年运动之团结统一，久为华北各地青年所日夕关怀，不妨多多搜集意见，制成具体提案，一并委托代表提出，以充实和丰富这次大会的内容。

再次，为着使这次大会真正能代表千百万青年的意志，使这次大会更庄严隆重，出席大会之代表，均应由各地青年团体选派。我华北各地青年团体，素具民主精神和民主作风。选派出席大会代表，均应经由民主选举产生，并予以一定之委托书，以昭郑重。现在离大会会期日迫，而各地代表尚未完全选出，实宜立即着手进行选举，并将代表人选电达大会。

全华北的青年们！积极动作起来，以实际工作迎接我们青年自己的大会诞生，并使这个大会获得圆满成功。

（原载一九四一年十二月十三日《新华日报》华北版第一版社论）

太平洋战争的形势

太平洋战争爆发以来，倏忽将二星期，在这些日子里面，日寇以先发制人之势，给予英美在太平洋上的根据地，特别是夏威夷，以相当严重的损失，击毁了英美主力舰各一艘，占领了关岛，并在马来亚、菲律宾、吕宋岛等地登陆作战，威胁新加坡、马尼拉和香港。

谁都不会否认日寇在这一时期的作战中得到了一些成功，但是这些成功是不是像日寇大本营所狂吹的"赫赫之战功"呢，我们的回答是完全不是。就日寇损失而言，主力舰被击沉及受重创者二艘，航空母舰被击沉二艘，巡洋舰和驱逐舰被击沉各一，飞机被击落者据不完全之统计，至少在百五十架以上，日寇所支付的代价，不可谓不重，而日寇所获得之战果,并未能改变交战国双方军力的对比。在菲岛与马来亚日寇并未完全获得制空权,在夏威夷除了在宣战前偷袭有些成功以外,日寇空军遇到了优越的对手,现在已有裹足不前、不敢再事问津之势。日寇占领关岛,固然截断了美国自夏威夷增援菲岛的一条捷径和剥夺了美国可以用作空袭日本的据点之一,可是除此以外,这一弹丸之地的得失,无关于战争的全局。至于以远东直布罗陀著名之新加坡要塞和美国在远东前哨根据地马尼拉,今天虽受寇军之猛烈空袭和登陆威胁,可是迄今仍屹然挺立,并无在最短期内失守之征象,甚至四面受敌之孤岛香港,"皇军"亦未能一鼓攻下。日寇在太平洋上闪击战的成绩,较诸其盟友希特勒在欧陆的收获,大有相形见绌、望尘莫及之概。

在战争初期,日寇暂时保持了主动权,这是因为在战争爆发前,日寇早已布置就绪,将其军事力量放在突然闪击的出发点上,命令一下,立即向目标进攻,而英美方面,数月来虽然秣马厉兵,赶紧加强远东防务,可是这种准备并未完全告成。就战略地位而言,自日本本部横须贺以至越南之金兰湾,日寇拥有一连串的海空军根据地,并和已经设防之日委任统治群岛相呼应,而以钳形的形态包围和威胁美荷英在南太平洋的领属。越南与马来半岛仅隔一暹罗湾,加以泰总理□披汶之甘心投敌,便造成了日寇从海陆两方进犯马来亚的形势,自好望角远道东来至英战舰威尔斯亲王号,与利巴尔斯号到星埠未久,仓卒应战,以致惨遭意外损失,在菲律宾方面,台湾马公军港与吕宋岛北部,仅隔巴士海峡一带之水,日军舰、飞机云集于此,而美海军主力则尚在四千八百五十九里以外之夏威夷,这就是日寇在目前能够获得某些胜利的原因。

由于关岛失手,目前美国海军还不会远离夏威夷、在太平洋中线作战,而日寇亦无夺取夏威夷之可能,在太平洋北部自阿留申群岛直达日本的路线,目前雾季降临,不便于海空军的活动,因此,战争的范围,虽包括整个浩瀚的大洋,可是现阶段战争的重心,仍在于西南太平洋,特别是"ABCD

阵线心脏"——新加坡的存亡，有关整个太平洋的形势。新加坡如万一失守，则日寇可能突破 ABCD 阵线的包围，可能暂时巩固它在南太平洋的所夺得的据点，而使英美在太平洋反攻的实现需要更长时间的准备。反之，如新加坡能保持在英美手中，便可以经过荷印、澳洲、萨摩亚岛以至夏威夷，形成对日寇强有力的大包围线，日寇舰队如果突破这条包围线，非远离其根据地，陷于极端不利之地位不可。在这样情况下，即今日寇能夺取若干前哨据点，如香港、马尼拉，甚至于荷印的一部，仍然不能获得有决定意义的胜利，仍然无法阻止英美对于反攻的有效准备。

估计目前西太平洋上交战国双方军力对比，日寇仍占若干优势，就海军言，主力舰日方有十艘，而英美荷印则付阙如，巡洋舰日方卅七艘，英美荷印廿四艘，航空母舰日方有五至六艘，英美荷印三艘，驱逐舰日方一百十四艘，英美荷印五十艘，潜水艇日方七十五艘，英美荷印五十艘；就陆空军而言，英美荷印等反侵略国家拥有七八十万之众和飞机三千余架，可是英美荷印防卫辽阔的区域，力量比较分散，而日寇军力则比较集中，这样在英美大批后援尚未到达的现时，欲图抵住日寇的疯狂进攻，坚守重要战略据点，以期渡过难关，端赖英美荷远东军事当局更加同心合力，统盘筹划，适当配置现有力量。据日来电讯，澳洲空军英勇出击日根据地，巡逻菲岛荷印澳洲间航线，而一部份荷印海陆军则增援新加坡，荷兰潜艇且在暹罗湾屡建奇功，击沉运输舰多艘，这便是太平洋上反侵略国家在战斗中亲密团结、守望相助的光辉例证。

今天太平洋战争的长期性已成为众口一辞的论点，即战争罪魁东条亦不得不承认这一点，然而长期战争的意义是什么呢？这就是美英的强大海空军、无限的人力物力及其高度发展的军事工业，可以源源不绝地增援和接济远东的反日战争，而日寇则资源既属贫乏，重工业复无基础，在日寇对英美作战之时，亚洲大陆上我国抗战的火焰，仍然燃烧着日寇的脚跟，在北方实力雄厚对德抗战日奏功效的苏联，是英美的同盟者，它的巨影，使日寇有后顾之忧,战争延续下去,日寇益将四面受敌,兵力资源将益告匮乏,目前日寇在太平洋战争中所占之暂时优势,犹如昙花一现,终必有转化为劣势之一日。

(原载一九四一年十二月十九日《新华日报》华北版第一版社论)

论今后华北敌我的政治斗争

太平洋战争的爆发改变了整个国内外的政治形势,也多少改变了敌后华北的政治形势,然而这一新的形势,并非告诉我们,日寇另一只脚陷入太平洋泥淖之后,华北抗战便万事大吉,可以坐待胜利,而恰恰是警觉我们:今后华北敌我的政治斗争,势必较过去任何时期更为紧张而尖锐。

在今年一年中,华北敌我整个斗争的最大特点,就是政治斗争比重的增加;敌寇根据其"三分军事、七分政治"的"新方针",把政治进攻提高到第一位,因而有所谓一期二期三期"治安强化"运动。于是在敌占区则强化伪组织,残酷掠夺我人力与资源,单就掠夺人力一项而论,在今年一二两月中，我华北青年壮丁被敌寇运往伪满者，即达十二万之谱，全年估计，为数当更为惊人；对游击区则以"接头"政策，发展明的暗的"维持会"，甚至狡计丛生，设法逮捕我干部，阴谋万端，妄图消磨我人民抗日意志，破坏我抗日团结。特别在所谓第三期"治安强化"开始以后，根据其"求得经济封锁之彻底与重要物资之增产"的阴谋，拼命加紧对我经济资源之掠夺与封锁。敌寇此种阴谋毒计，不仅是为了"确实掌握占领地"，大量掠夺我人力资源，以达其"以战养战""以华制华"的阴谋，显然的，也正是为了太平洋掠夺战争的准备。

太平洋大战在敌寇的挑动之下，终于爆发，这一战争将是大规模的长期战争，就连敌寇自己也直认不讳，以敌寇人力物力之贫乏，又加上五年侵华战争的巨大消耗，如今再与我国及英美等二十余国家进行长期的多面作战，其痛感人力物力之极度困难，是不言而喻的。但是为了解决这一困难，除了拼命向国内工农大众榨取之外，它必将更益加紧对我沦陷区之掠夺。因此，假如说过去敌寇企图"以华制华"，那末，今后它必将此种阴谋扩大而为"以华制英美"，必然更将掠夺我大批青年壮丁，充当南侵中之炮灰；假如说过去敌寇是"以战养战"，它所要"养"的范围只限于侵华战争，那末，今后必将扩大其范围，要以我国的物质资源，去"滋养"太平洋战争；这便是敌寇今后对华北掠夺阴谋的总分析。而敌寇欲达到大批掠夺人力资源的目的，又必将加强政治进攻的毒辣阴谋，以政治进攻的手段，达到掠夺人力资源的目的。同时，也不难想像到，敌寇在太平洋上挑动新的战争，无异在死亡线上作最后的挣扎，恶魔垂死，其疯狂狠毒，必加倍于平时，因之，其对我华北敌后之政治进攻，必较过去更为毒辣；据最近获悉，敌寇又将于明年一月开始其所谓第四期"治安强化"运动，这便是继续加紧政治进攻的征候，应引起我们足够的注意！

然而，另一方面由于太平洋大战的爆发，由于国内外政治形势基本上对我有利，也为我们今后对敌政治斗争准备下许多有利条件，这种有利条件，首先便是敌占区、游击区千百万同胞抗日情绪的提高，他们知道敌寇挑动太平洋大战，陷于多方面作战，已成为世界人类之公敌，这就一定会增加他们对于祖国的眷怀，一定会增加他们抗日胜利的信心，对于抗战工作，一定会增加更多热情，同时，对于敌寇的政治统治与人力资源的掠夺，必然会反抗更烈。其次便是伪军汉奸的动摇，他们久受敌寇压迫摧残，早已心怀贰志，今必乘机悔悟，重返祖国怀抱，日来各地伪军反正杀敌的消息，不断传来，便是一种很好的证明。再次便是敌军士兵厌战反战情绪的滋长，五年来侵华战争既无出路，早在他们的心田里种下了苦闷的根苗，日寇挑起太平洋大战，扩大其侵略范围，必然更使他们怀抱失败的恐惧，更感回家之无日，而增加其厌战反战的情绪。此外，自太平洋大战爆发以来，敌占区人心动荡，伪钞狂跌，百物飞涨，民不聊生，凡此种种，都是对我有利而对敌寇不利的。

敌寇政治进攻的更将加紧，人力资源掠夺的更将残酷，以及我们对敌政治斗争的条件更加有利，这便是今后华北敌我政治斗争的新形势，针对着这一新的形势，提出我们的任务，也便是坚持根据地、开展敌占区接敌区工作、争取敌伪军三位一体的任务！在坚持根据地方面，我们的中心环节，应该放在武装建设、政权建设和群众工作上，要将武装和人民更紧密的结合起来，建设起千百万与人民血肉不可分离的地方武装，展开无边广泛的游击战争；而在政权建设与群众工作上，其中心任务便是进一步充实三三制民主政权的丰富内容；便是更益加强农村中的统一战线，团结组织更广大的人民。在开展敌占区接敌区工作方面，我们的方针便是团结一切中国同胞，保护中国人的利益，反抗敌寇的压迫和掠夺，要将敌占区接敌区同胞，不分党派，不分阶级，不分职业，不分宗教信仰，不分男女老少，都在抗敌爱国、保卫身家性命的口号下团结起来。在争取敌伪军工作方面，我们要抓紧这一良好机会，利用一切方法进行宣传鼓动；要以"七擒七纵"的宽大精神，去感化敌伪，瓦解敌伪。——这便是今日敌我政治斗争的具体内容！我们应该深刻体会到，不开展敌占区接敌区工作，不加紧争取敌伪军，便无以打破敌人"治安强化"的政治进攻，无以胜利地坚持敌后根据地；同时，不顺利的坚持根据地，也便无从开展敌占区接敌区工作，无从争取敌伪军。这便是三位一体的任务的联系性，便是粉碎敌寇政治进攻的法宝，也便是华北军民对英美友邦太平洋作战的有力配合。

但是，正由于国内外政治形势的对我有利，正由于我们对敌政治斗争有足够的胜利条件，可能有部份人，在有意无意之中放松机会，我们必须坦白指出这是极端有害的，要知道放松一分有利的机会，便给敌人增多一分机会，今后华北敌我政治斗争的紧张与尖锐，要求我们抓紧三位一体的任务，更加发挥对敌斗争的紧张性与坚持性，否则，胜利是不会自己到来的。

（原载一九四一年十二月二十三日《新华日报》华北版第一版社论）

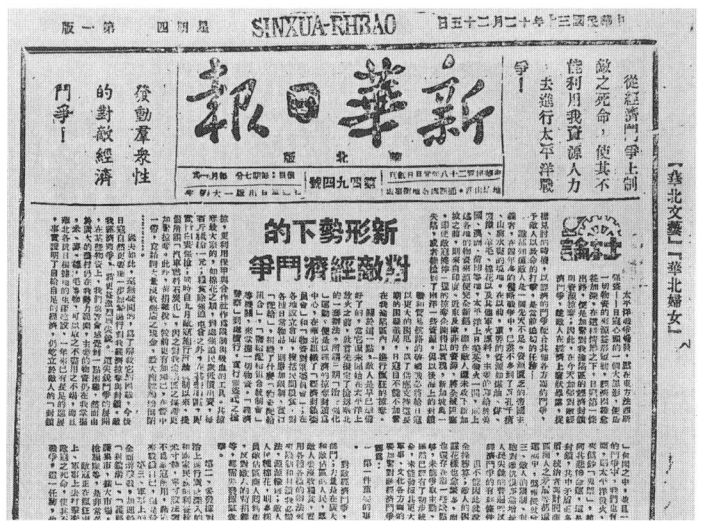

新形势下的对敌经济斗争

太平洋战争爆发，压在东方法西斯强盗——日寇心头的一个大黑影，便是一切物资的来源益形短□，经济困难愈益加深，在这样情形之下，日寇第一条出路，便是加紧对我沦陷区的经济封锁与资源掠夺；因此，在今天加强对敌经济斗争，趁敌人在经济上窘状毕露、捉襟见肘的时机，以经济的斗争配合其他各方面的斗争，予敌人以致命的打击，是当前迫切的任务！

谁都知道敌人是一个先天不足、资源匮乏的帝国主义者，在四年多的侵略战争中，已差不多到了百孔千疮、山穷水尽的境地。在以前，重要的资源如煤油、煤、废铁、羊毛、棉花以及其他军火原料，主要的仰给于美国、澳洲、荷印等地，太平洋上日美英战火一开，□上述各地的物资来源便完全断绝，而在敌人还未攻下新加坡之前，则来自印度、近东及欧菲的资源，将全被阻塞，即使敌寇侥幸一逞的掠夺企图得以实现，新加坡万一失陷，或者能抢到了南洋一些资源。但以后海上的封锁战和贸易航路的破坏战必将给日寇以更大的困厄，为了供应支持这长期的困难战局，日寇自不能不加紧在我沦陷区内，进行疯狂的掠夺。

关于这一点，敌人是早已准备好了的，当它还未开始在太平洋上放火之前，就首先拟定了抢劫华北的一套办法。所谓二期"治安强化"运动。便是以经济的掠夺封锁为中心，在华北组织了"经济封锁委员会"和"物资对策委员会"；在各地设立仓库，搜括民间粮食，对各种日常物品，则严加限制，实行"配给"，组织了什么"物资配给组合""需给配给组合统制会"等机关，来掌握一切物资。"经济警察"到处横行，实行强盗式之抢掠，更利用保甲与合作社作为限制与吸血的工具。其掠夺最大宗的，如棉花之类，到处强迫民众低价出卖，每百斤只给一元；粮食除强迫屯仓之外，在某些地区，更实行白□强抢；同时自九月敌寇施行汽油统制以来，提倡所谓"汽车燃料石炭化"，因之对我沦陷区之煤产更加紧掠夺。此外，苛捐杂税，较前更有加无已，在晋中一带，竟藉词大量没收商店之现金，致大商号纷纷关闭……

过去如此，毫无疑问的，为了解救它的困难，今后日寇自然更要进一步加紧进行对我经济掠夺与封锁。敌我经济战争，将更益激烈与尖锐。这尖锐斗争的展开，在某些物资上，我们也许会感觉到一点困难，然而由于广大的农村仍在我势力范围，主要的物资仍在我掌握，米、麦、棉、毛等物，可以取之不尽用之不竭，而且华北各抗日根据地的生产建设，一年来已有长足的进展，事实证明了自给自足的经济，仍屹立于敌人的"封锁"包围之中，并且一天天在繁荣滋长，同时在反封锁的斗争中，我们也有了不少经验与成绩；而在敌寇方面，则太平洋战火，首先必把伪钞跌得一落千丈，将来伪钞"鬼祟"，将与一九一八年以后的"马克"，同其悲惨命运，这是可以断言的。其次，敌人的经济封锁，其中矛盾正多，如封锁政策与其货币流通的矛盾，统治者与财阀商人间之矛盾，敌人与伪军及沦陷区商人之矛盾等都还存在着。在第二次"治安强化"运动中，伪报纸就曾发出了"封锁不便"的悲鸣。第三，敌人的限制、封锁、掠夺愈严酷，则我沦陷区同胞对敌仇恨事愈增长，这仇恨的增长，将促成沦陷区人民尖锐的普遍的反抗与斗争。这都是我们目前对敌经济斗争的有利条件。

但不能因此就说，在今天的经济斗争中，我们已全操胜算；敌人的困难愈甚，则其掠夺也愈残酷，阴谋花样也愈繁多，而且我们过去在对敌经济斗争中也还存在着一些缺点，例如对敌人的具体情况了解不够，未能争取主动、先发制人；在经济斗争的组织上虽然已经有了初步统一的机构，但上下层还未十分健全，未能发挥其更大作用；此外，经济斗争和政治军事、文化各方面的有机配合，也做得不够。因之，要加紧对敌经济斗争，必须克服上述缺点，这里我们认为：

第一件重要的事情，便是发挥这一斗争的群众性。

对敌经济斗争，不能光靠一纸政策，或个别经济部门；力量是在广大的群众中的，要发动整个根据地和敌占区的人民，群起投入这一斗争的浪潮里。比如敌人要没收粮食，实行"屯仓"，则敌占区同胞可以用各种各样的办法来拒绝、反对；敌人要配给物资，来限制和封锁我必需品，则可以动员商人，用巧妙方法，源源输送；敌人以强迫或欺压的手段，要敌占区人民种棉花，则多采取各种办法予以抵抗；此外，动员敌占区商人回到根据地营业，资本家不和敌人合作——反对敌人的苛捐杂税，开展不资敌运动，拒用伪钞等，都需要发挥群众的力量，才能予敌人以致命的打击。

第二，要发挥对敌经济斗争的群众性，必需从政治上进行广泛深入的宣传教育，使群众的切身利益，和国家民族的利益统一起来，使广大人民了解到，粒米寸丝，宁可设法运来根据地，用之于祖国抗战，亦不为敌寇所用，藉寇兵的资盗粮，便无异授人以刀，来杀□自己，这是最痛心的惨事！

第三，全面游击战，加速粉碎敌寇用以封锁割裂我根据地的"封锁沟"、"护路沟"与"瞭望台"之类；武装保护集市，扩大市场，扩大冀钞流通地域；打击敌寇的抢粮队等，是非常必要的。

敌寇正在疯狂南进，我们的任务，固然要从政治上、军事上去打击牵制削弱敌寇，便从经济斗争上制敌寇之死命，使其不能利用我人力资源去进行太平洋战争，这一任务，也有其伟大的意义。

（原载一九四一年十二月二十五日《新华日报》华北版第一版社论）

展开宣传战线上的攻势

由于太平洋战争的爆发，敌人已成为世界之公敌，最后崩溃的命运，更加昭然若揭，以致伪钞惨跌，敌占区物价暴涨，人心浮动，敌伪内部更其风雨飘摇，遑遑不可终日，个别地区的伪军伪组织，显然已呈动摇。这不是敌人任何欺骗宣传或夸大的胜利消息所能安定的。

抓住敌人这一致命的弱点，以公认的真理，铁的事实，展开一个宣传攻势，来加速敌伪崩溃的过程，是我们目前的当急之务。而且只要我们对这一工作给与应有的重视，细腻的作风、灵活的方式，定能成绩卓著，收事半功倍之效！

首先，我们就应该抓住一切有利条件，指出敌人必然崩溃死亡的命运，这里，第一，应说明太平洋战争是一个长期的战争，说明日寇经济的枯竭（如预算增加到两百多万万，公债发行到将近三百万万等），资源的贫乏（如钢铁、石油、棉花、样皮……的奇缺等），支持这一长期的战争是十分困难的，这就决定其最后必然失败的命运。第二，应指出美（英）日力量对比的悬殊。如海军力量的对比 [敌人不及美（英）的三分之一]，国富的对比（敌人仅占美国的七分之一），资源的对比（如敌人钢铁产量仅及美国的十三分之一），以及人口、生产力、黄金藏量等等的对比，来证明敌人远非英美和中国的对手，终必败北的命运。第三，应指明敌人已处于四面包围之中，指明已有二十几个国家对敌宣战，占全世界十分之九的人口都站在日寇的敌对地位，反日的统一战线一天一天的巩固，而且这些国家正在积极磋商建立军事同盟及统一的联合指挥机关，它将紧紧的包围以至困死日益孤立的敌人。第四，应说明中国四年余的抗战，已使敌人遭受"重大牺牲"，今后必更紧紧拖住日寇的泥脚，使它无法解除后顾之忧。第五，应指出日寇与德寇崩溃的命运是分不开的，目前红军胜利的反攻，德法西斯的惨痛败退，将大大的影响到太平洋的战争，大大的缩短日寇走向失败的路程。我们要以这些浅近的道理，具体的事实，来说明日寇的败亡，是命运注定了的；说明汪精卫、王揖唐等死心塌地的汉奸，都是孤魂随鬼，终难逃天理国法的制裁！来更益坚定更加提高同胞——尤其是沦陷区接敌区同胞们胜利的信心。

其次，指出在这敌人的困难空前增涨的情况下，它必更加残酷的向我同胞进行统制，征发与榨取，以图苟延残喘，它必更加花样百出的强征，捕捉我青年壮丁，调到南洋去同英美作战，去当炮灰；它必更加限制我沦陷区同胞的消费，以榨尽我同胞最后一颗粮食，最后一点血汗，以供其南进的大量消耗；它必定更加滥发鬼票，以一张空纸来换取我同胞的粮食、棉花、煤、盐等等的出产，去作进攻我们友邦英美的本钱；它必然更加滥上捐款、滥上税，以至更凶恶的敲诈勒索。尤其是某些地区（如晋西北的偏关、岢岚就是一个例子）可以为我英勇军队克复，便当敌寇溃退时，将更要入土三尺，囊括一空。敌人的这些阴谋毒计，必随着第三期第四期"治安强化"运动而加紧进行，有的地区且已在加紧进行，如最近敌人在天津、晋中的捕捉壮丁，在豫北出一块钱一斤的贱价强购棉花等，我们要将这些消息广为传播，以引起同胞的警惕，发动广泛的斗争，使沦陷区的人民免遭毒手。

最后，我们要号召沦陷区同胞、伪军兄弟、伪组织的人员，认清目前只有一条生路，展开对敌人各色各样的斗争。如将子弟送到抗日根据地来，反对敌人捕捉壮丁；尽可能将粮食储存起来，反对敌人的"配给制度"，反对老人与小孩不发口粮；要求有衣穿，有盐吃，有油点，反对敌人的无理编制；要求经商自由、贸易自由，反对敌人"合作社"的垄断一切；誓死不离家乡，反对改编伪军，反对将伪军调出国外去与英美友邦作战；不给敌人修路、挖沟、修碉堡，不给敌人当"肉电杆"，拒用伪票，在敌伪垮台时，伪钞便是一钱不值的废纸；拒卖棉花以及其他物品给敌人，敌人买去这些东西，便要制成军火来杀害我们同胞或英美友邦的人民；总之，敌人要我们往东，我们便应当往西；敌人要我们这样，我们便应当那样。同时，我们告诉沦陷区同胞，善于运用斗争方式，或明或暗，时紧紧驰，使敌人陷于不知所措的迷惘中。

关于宣传的方式方法，当视各地具体环境之不同而灵活运用，不过用力开展耳语运动，注意长期埋伏，便是一个初步的有效办法！此外，加强宣传品的发行工作，以及宣传品的短小精悍、生动活泼等问题，也都应当很好的注意及之。

目前在宣传战线上，我们是处于绝对的优势，只要我们能抓住火候，排除困难，利用一切可能利用的机会，展开一个广泛的宣传运动，则敌人的任何歪曲理论，将都要在真理面前屈膝；任何的谣言烟幕，都要在事实面前露出它的狐狸尾巴来。

（原载一九四一年十二月二十七日《新华日报》华北版第一版社论）

辞一九四一年

"光阴者百代之过客","一九四一年"这位"过客",在他目睹了人间空前剧战之后,现在就匆匆归去。

但是,一年来惊涛骇浪的剧变,它不会随着时间过去而消逝,它将永远留在人们的记忆中。谁能忘记呢?六月二十二日的清晨,像恶梦般的消息震荡着整个的世界:希特勒的血手伸入到苏联的光辉国土,战争的烽火由各民主国家的土地,蔓延到社会主义的乐园,使两万万历史的创造者,自由幸福的人民,卷入到战争的黑浪。谁能忘记呢?十二月八日,日寇发动了太平洋战争,使战火由欧陆蔓延到远东,由大西洋蔓延到太平洋,终于是形式上内容上都不折不扣的全世界大战完全展开,致远隔重洋的全美洲和平居民，都逃不出战争的劫运，致战争规模之大，死亡之惨，都远远超过人类历史上任何黑暗时代。谁能忘记呢？敌人向我长沙、郑州发动的大规模的新的进攻，尤其是对我华北敌后抗日根据地进行了空前残酷的"扫荡"，一个"钢脚夹击"不够，又来一个"铁壁合围"，一个"铁壁合围"还不够，又来一个"陆空总攻"，以"凌驾德军之攻势""摧毁了"（？）我"马其诺防线"（？）（伪庸报语）。致使许多地区，一片瓦砾，人肉胀死了无数的野狗，荆莽侵占了农民的田园（见二十七本报晋中通讯）。极目无垠的只是"鸟飞不下，兽挺亡群"的茫茫原野——所有这些罪恶的事实，都将永远刻在人们创伤的心头，希特勒、墨索里尼、东条英机等等名字，更将千秋万世永挂在人们诅咒的口边。

然而，真理决不会泯灭，残暴终必向正义屈膝，一年来国内外形势的发展，也正令人有"魔高一尺，道高一丈"之感。以六月二十二日为转捩点，全世界的政治面貌，完全一改旧观，从邱罗宣言到莫斯科会议，各反侵略的民主国家已结成五条反法西斯的国际战线。如果说这条战线，当时因美国尚未直接参战，还呈现着一个缺口，还不够扩大与巩固；那么"自太平洋战争爆发以后，全世界一切民主国家，将无处不受法西斯国家的侵略；同时，全世界一切民主国家，也将无处不起而抵抗。全世界一切国家、一切民族，划分为举行侵略战争的法西斯阵线，与举行解放战争的反法西斯阵线，已经最后的明朗化了"（中共中央为太平洋战争宣言）最近各反侵略国家正在积极磋商，以期统一军事行动，统筹资源供应，分担战争任务，因之，"反轴心国建立联合最高指挥部之事，已获有巨大进展"（罗斯福语）。这一国际反法西斯战线的形成，以及其日益扩大与巩固，是一九四一年最终一月中国际政治上的绝大变化，是战胜法西斯强盗的有力保证，是全世界人民未来和平幸福生活的始□。

就在这一新的政治形势展开之下，苏联红军开始了胜利的反攻，先后收复了罗斯多夫、加里宁等重要据点，逼使希特勒也不得不宣布"暂时停止向莫斯科进攻"。日本法西斯虽在太平洋上获得局部的暂时的胜利,占领了英美的一些岛屿,但也是每一寸土地,都付了相当高的鲜血的代价,日本法西斯的□腿,已陷入无法拔出的战争泥沼。所有这些事实,在在说明了,东西的法西斯强盗,随着□序的更换,已更加走近自己掘好的坟墓。

中国是国际反法西斯统一战线的一个组织成员,随着这一战线阵容的日趋严整,我政府已于英美对日宣战的次日,向日德意正式宣战,使我国政治面貌焕然一新,它不仅确定和提高了我国际地位,而且更兴奋了全国人民的斗争情绪,坚定了全国人民胜利的信心。

一年来华北敌后的战争,较任何其他战区都为频繁、残酷,一年来华北军民坚苦奋斗的成果,是差堪告慰于全国同胞和全世界友人的。在全华北,今年是光辉灿烂的民主之年,正因为加强了民主,才发动了团结了更广泛的人民,才在党政军民坚□搏斗之下,粉碎了敌人无数次"扫荡",使敌人的"钢脚"变成了泥脚,"铁壁"变成纸壁,虽然敌人在某些地区进行了残酷的屠杀与破坏,但敌人所支付的代价是惊人的。我们是胜利的保卫了抗日民主根据地,大量的牵制了敌人,有力的配合了全国的以至太平洋上英美友邦的反日战争。

坚苦多变的一年过去了,展在我们眼前的是更加接近胜利的光明大道,然而同时也是一个更艰苦困难的过程。苏德战争、太平洋战争都不能在短期之内结束,中国也还不能在"短期"之内战胜日寇;不管日寇困难如何增加,但它决不是已经没有力量对中国进行新的进攻,恰恰相反,它为着供应太平洋战争的巨大消耗,它必将更益加紧掠夺我华北的人力物力,因之敌人对于敌后根据地的"扫荡",依然可能是频繁的,我们决不能有丝毫松懈怠忽,"行百里者半九十",我们决不能为过去的胜利与目前的有利形势所陶醉,也不要为未来困苦而灰心,要再接接再厉,愈挫愈奋!让我们全国各党各派各阶级人士更加紧密的团结起来,让我们与英美苏各友邦更加紧密的团结起来，让我们与占全世界人口十分之九的反侵略人民更加紧密的团结起来，勇敢的踏上一九四二年的征途，向着胜利的目标挺进，日寇法西斯溃灭的迟早，完全决定于我们和反侵略各国的共同努力！

（原载一九四一年十二月二十九日《新华日报》华北版第一版社论）

一九四二
YI JIU SI ER

《新华日报》华北版

一九四二

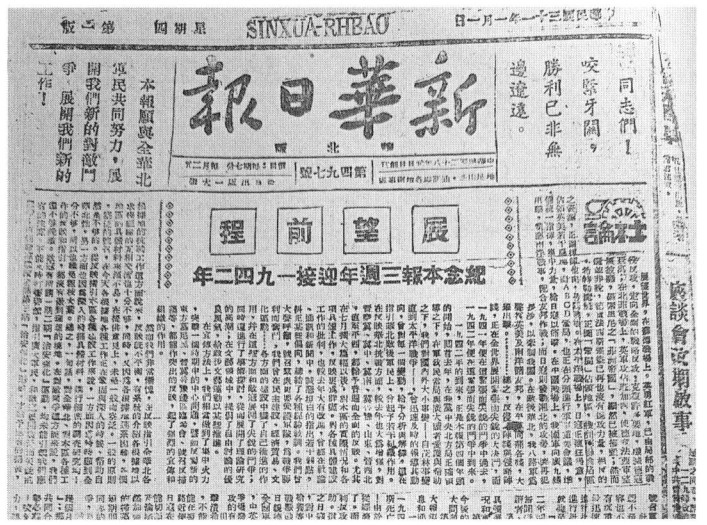

展望前程　纪念本报三周年迎接一九四二年

　　展望世界，在苏德战场上。英勇红军，已由局部的战役反攻，走向全面年的战略反攻，克复许多要地，歼灭德寇巨万；在北菲战场上，英军攻占班加西，使德意法西军望风披靡，墨索里尼之"菲洲帝国"，显然已被摧毁；然而还并非说，德意法西斯强盗已再也不没有进攻力量，相反的，希特勒魔魁，正图"巩固"占领地区，搜刮苏联伦陷区之资源，正图挥师他向，另□战法，在太平洋战场上，日寇正疯狂得意，占领英美若干属地，而ABCD当局，也正在分头进行军事重要会议，准备统一指挥，集中力量，给日寇以痛击。在中国战场上，我国军向广九线出击，策应南洋战事，配合友邦作战；而日寇则发动湘北的攻势，图再犯长沙，以牵制我国。在敌后华北，我八路军为声援英美及南洋诸友邦，在平□同蒲各线，大举出击。……总之，反侵略阵线与侵略阵线，正在全世界展开紧张而尖锐的大决斗，而一九四一年便在这紧张而尖锐的斗争中过去，一九四二年便在这紧张而尖锐的斗争中到来。

一九四二年的到来，正是本报第四个年头的开始。回首去年，在我党中央北方局正确领导之下，在军政民当局与广大读者爱护与帮助之下，我们对国内外大小事变——自茂林事变直到太平洋战争——曾迅速及时的报导其动向，曾对每一个变动，给予分析与解释。这在指引华北敌后军民上，曾起予若干组织作用。在反映华北抗战方面，较去年也大为增强，对晋察冀、冀中、冀南、冀鲁豫、山东、晋西北，直至平西，都给予普遍而全面的反映。尤其在七月扩大篇幅以后，对本区的实际情况和各项具体工作，反映更为详尽。对各种具体建设工作的批判，也较去年大有改进，曾经在社论、通讯和新闻中，诚恳坦白的指出若干弱点，纠正某些偏向，总结了各种经验教训。我们曾大声呼吁，号召群众更要爱护军队，为战争胜利而奋斗，我们曾在民主建设、经济贸易、文化运动……各方面的建设中尽了自己推进的作用，并在这些方面和敌寇展开了尖锐的斗争；同时还进行了学术探讨，从而展开了理论研究的高潮；在文艺领域中，提倡了自由讨论的优良风气，给敌后文艺运动以某些推进。

在宣传方法上，我们相当做到了集中火力，突击一个时期中的中心问题，譬如反对新的东方慕尼黑、晋冀鲁豫边区临委会、号召反"扫荡"等，都能作突出的反映，起了强烈的宣传和组织作用。

然而我们非常惭愧，在反映指引全华北各根据地的抗战工作这方面说来，反映既不平衡，有系统的介绍各根据地以求得经验的互相交流也十分不够，同时，又因为各根据地以求得经验的互相交流也十分不够，同时，又因为各根据地连系困难，各个地区的具体材料来源不易，在提供意见上，未免一般而空泛。一般的原则，空泛的号召，在今天各根据地各种工作正在巩固与深入的时候，帮助自然是不够的。从反映指引本区各种□设工作来说，一方面因为时时顾到全华北决策，另一方面也因为深入的发掘具体材料，进行细密的调查研究均十分不够，所以也难免粗枝大叶。总之，一句话，对全华北、对本区各种工作的反映和指引，都没有做到理想的境地。在对敌斗争这方面来说，我们还不够锐敏。敌寇有所谓一期二期"治安强化"运动，均未能引起我们应有的注意，不能及时打响警□，指引广大军民，和敌寇展开广泛而尖锐的斗争，直到敌区继续展开第三期"治安强化"运动，才给予应有的揭发，号召军民一致奋起，和敌寇进行坚决的斗争。

此外，三年以来，由于主客观条件的限制，深感到我们的报纸，□不免有些杂志化。报导的时间性既不够多样，范围既不够广泛，新闻内容也不够多样，甚至连篇累牍的文章有沉重之感。按理说来，一个政治性的新闻纸，应该是政治嗅觉最敏锐、最迅速，形式最短小精悍，而且应该是利用客观的事实、具体的材料，来进行批判（就是说，□□□□□□□□□通讯，从反映客观现实中来进行批判的），而我们主要的还只能在长篇大论的文章中来进行批判，□就难免拙笨而沉重。

"前事不忘，后事之师"，检讨过去，即所以确定将来，正当一九四二年开始之日，正当本报改隔日刊为每日刊，真正走向正规化的政治性的新闻纸之日，我们谨将我们的任务与方针露布于此，深望各界先进和广大读者，共同帮助，共同督促：

第一，我们的任务，将是 1. 及时报导和分析国内外时局动向；2. 具体解释党政军民各方面的政策；3. 及时反映和指引本区的各种具体情况和实际工作；4. 加强对敌斗争。

第二，本报的性质，有所改变，如果说过去是反映指引全华北。那末今后的中心将是反映指引本区的各种具体工作，但同时也并不放弃在一般大问题上，反映与指引整个华北。

第三，将努力克服一切困难，摆脱杂志化的现象；要提高时间性，扩大报导性，多反映新闻消息，少登载长篇大论，要在短小精悍的电讯、消息和通讯中，来完成指引和批判的任务。

一九四一年，在整个世界高度剧烈紧张而又使人兴奋的情况中过去，一九四二年，将是接近胜利的一年，将是有决定意义的一年。日德意法西斯死亡的迟早，将决定于我们反侵略阵线中各个组成部份今年的努力如何！由于日寇挑动太平洋大战，和英美荷以及南美二十多个国家为敌，不管从经济、政治以及军事各方面看来，日寇最后必然失败的命运是已经注定了。而德意法西斯魔鬼，经过苏联红军六个月的英勇抗击，经过最近的胜利反攻，经过北菲英军的胜利攻击，凶焰大减，将不可能对日寇有更多帮助。这种情况，不能不使日寇陷在孤立无援的两面甚至多面作战之中，因之日寇从中国抽调若干陆军到南洋作战的可能，在现时虽然不大，但至少，对中国再事增兵的可能已经不多了。同时，它对在华军队的物质补充和给养等，必将大大减少，这一结果，必然使在华日军，更感前途渺茫，反战厌战情绪，必将更益高涨，伪军伪政权也必将更形恐慌；而我国内部亲日德份子分裂投降的阴谋，则更将无所售其狡计！同时，另一方面，我全国军民尤其是沦陷区同胞，则必然更益增强抗日胜利的信心；在国际上，中英美苏及其他各反侵略国家的合作，必将更益亲密。这便是太平洋战争爆发后对中国抗战的有利形势，也便是我们中国积极准备大规模战略反攻的有利时机。

但是千万不要忘记，正同于法西斯巨魁尚未消灭，苏联还不能不身担击溃希特勒的最重任务，英国还不能不顾到欧菲的战争，而对太平洋作战，不能不有所牵制，美国也既不能不牵制于援助欧菲之战，而自己也还不能在短期间内将国力全部动员；也正由于太平洋上的地理形势，对日寇道路近便，力量集中，而对英美荷则路程辽远，兵力分散，大为不利，所以日寇在初期作战必将获得若干暂时的胜利；它可能掠夺一批南洋资源，可能切断我滇缅路交通，同时也正由于日寇要支持我供应太平洋战争，敌后及沦陷区域，势将成为日寇的后方，它必将更益加紧控制伪军伪政权，必然加强其特务活动,必然更益残酷的加紧破坏与掠夺,因而对敌后根据地的"扫荡",将依然凶残。因之,我们的困难仍然有□无已,胜利也决不能在短期间中从天而降!我们必须更加警惕,更加百倍努力,必须响应彭德怀同志的号召,要咬紧牙关,和敌寇展开比较以前更有决定意义的尖锐的斗争,要咬紧牙关,渡过我们接近胜利同时也是最艰苦的难关!

□能不松懈,不怠忽,那末将使我们想起斯大林同志所说的话:"再几个月,再半年,也许一年,希特勒德国势必葬身于自己的重重罪恶之下";那末在法西斯巨魁希特勒被击溃之后,那时在中苏英美等反侵略各国共同合力之下,在相□时间之内,是不是也可以说:"日本法西斯强盗,势必葬身于自己的重重罪恶之下"呢?那自然是一定的了!那末,同志们!咬紧牙关,胜利决不是无边辽远的了!本报同人愿与全华□军民共同努力,跟着新年的到来,打开我们□的□敌斗□,□□我们□□□□□□!

（原载一九四二年一月一日《新华日报》华北版第一版社论）

反侵略各国的空前团结

自希特勒策动日本对美英发动太平洋战争以后，继以德意对美宣战，并签订了德意日共同对英美作战到底和共同建立"世界新秩序"之协定。德意日强盗集团之这一新的暴行，激起了全世界反侵略各国之空前未有的大团结。在日本对美发动非正义的掠夺战争之后□头三天之内，就有二十五国对日宣战。在德国对美宣战之后，立即就有新的十余国对德宣战。此外去年底在华盛顿所举行的罗邱会谈和英美作战会议、莫斯科英苏会议和重庆中英美三国军事会议，莫不表现全世界反侵略各国之国际团结。所有这些国际会议，尽管会议地点和参加成份不同，但是性质和目的却是相同的，都是反侵略的军事政治会议，都有一个共同的主要目的，即在全世界各地，完全击败希特勒主义是也。

英国首相邱吉尔亲赴美京与罗斯福总统会谈，并共同主持英美作战会议，经经周余时间，始圆满结束。华盛顿会议所讨论的具体内容，事关军事秘密，虽然无从详细知晓，但从英美各国通讯社所传出的消息，得知该会议所讨论的问题，不外是：（一）在军事上英美联合作战和海军战略问题；（二）在政治上英美联合作战到底之共同协定问题；（三）在经济上合理的和有计划的分配人力财力资源和增加军火生产问题，以便源源不竭地大量供给反轴心各战场上军事需要。显然的，此次会议对上述问题已获得圆满解决，加强了两国间军务的政治的经济的合作，使两国成为名实相符的同盟国；且华盛顿会议之结果，不仅将会议内容通知了苏联、中国、荷印和美洲二十余国，而且消息传来，英美苏中等二十余国，已于元旦签订了共同协定，这自然对于团结反法西斯更有其重大意义。

当华盛顿会议之际，英国外相及英帝国副参谋总长奈伊中将等要人，赴苏京莫斯科，与苏联政府首脑斯大林和外长莫洛托夫等，进行莫斯科英苏会议，该会议也已结束。"英苏对于有关战争之进行，尤其是关于完全击败希特勒主义德国之必要，以及今后所应采取之措施，以免德国侵略再度发生之各项问题，俱有一致之意见。"（英苏公报）英苏会议之圆满结束，实为两国友好关系逻辑发展之必然结果。自去年七月十二日英苏签订共同对德联合作战协定以后，两国已成为同盟国，两国在半年来共同对德作战中，大大巩固和发展了相互间的友谊关系。过去英苏两国在伊朗之合作，保证了近东之安全和伊朗之国家独立，今后英苏两国将更加密切合作，将把欧陆东方战线的红军对德英勇反攻，与英国在北大西洋的海战配合起来，并可能得到英国建立欧陆第二条战线之援助。与华盛顿会议和莫斯科会议同时，印度英军总司令魏菲尔将军和美陆军航空总司令勃勒特抵渝，召开了中英美三国军事会议，该会议"对有关远东战略及将来之各方面问题均经讨论，目的与意见完全一致"（见英驻华大使馆公报）。这一会议之意义，自然亦不小于前二者。中英美三国会议，正表示我国抗日民族解放战争与英美对日反侵略战争打成一片，表示英美两大民主国已成为我国的政治同盟国。对于亚洲大陆上，我国对日作战与太平洋上英美对日作战之实际配合问题，毫无疑义，亦获得实际的圆满解决。这次会议影响所及，自亦非常显著。

总之，太平洋战争爆发后之国际形势，已发生巨大变化，全世界反侵略各国，已形成空前未有的国际团结，已形成强大的反希特勒主义的统一战线，这一国际反希特勒主义之统一战线之形成巩固和扩大，实为战胜侵略国的最重要之条件。德意日强盗过去所以能够得逞于一时，乃因国际反法西斯统一战线没有建立起来，现当全球反侵略各国业已团结一致和共同对德意日作战之时，今后希特勒及其伙伴，将难以逞其各个击破之故技，而将受到反侵略各国之联合的严重的打击，自然是意料中的事情。华盛顿、莫斯科和重庆的会议，已为反侵略各国共同战胜侵略国奠下一个坚固的基础，随着全世界反侵略战争之扩大，这一反侵略的国际合作，必将更加密切和更加具体，必能最后完全击败全世界吃人的希特勒主义，这是毫无疑问的。

（原载一九四二年一月五日《新华日报》华北版第一版社论）

太平洋战争中日寇在我沦陷区的动向

日寇为了进行这次太平洋的侵略战争,需要大量的人力物力和财力,而这些大量的人力物力和财力,如果完全由业已被侵华战争疲惫了的敌国本国负担,事实上是不可能的;因此,日寇今后势必加强对其国外殖民地以及广大的中国沦陷区(包括东北四省在内)的榨取。沦陷区的问题,正如毛泽东同志所说,是"日本帝国主义的生死问题",特别是在目前的太平洋战争中,沦陷区对于日寇更加具有重大的意义,这是不言而喻的。所以今后日寇在我沦陷区的新的动向,值得我们密切注意,值得我们一再论述。

根据近来一些事实,我们不难看出,日寇为了配合太平洋的战争,首先就是加强对我沦陷区经济资源的封锁和掠夺，这表现在华北敌伪所进行的"治安强化运动"中强调以经济封锁为中心（当然"治安强化运动"并不光是经济封锁，此外还配合以军事的"扫荡"和清乡等工作），经济封锁的目的，一方面是在防止经济资源流入我抗日根据地，另一方面则在加强对沦陷区经济资源的统制，以便进行其残暴的掠夺。以经济封锁为中心的"三次治安强化运动"，开始于太平洋战争以前，日寇之所以在"三次治安强化运动"中，强调经济封锁，其主要目的，与其说是欲以此达到敌寇"理想"中的所谓"治安"，毋宁说是日寇在发动太平洋战争前夕，在我沦陷区内加强经济掠夺的布置。太平洋战争已经爆发之后，日寇必然会把这种"经济封锁的实施"，更普遍于沦陷区各地，这是可以断言的。如果说日寇前□在沦陷区内还是用"开发"的美名来为其残暴的"掠夺"遮盖的话，那么，日寇对沦陷区人民在抗战初期所采用的那种赤裸裸的掠夺，又将复现于今日。

为要达到更进一步的对沦陷区的榨取，日寇今后势必加强自己对沦陷区的统治而削弱伪政权的独立性，明白言之，亦即是使伪政权益加傀儡化，这表现在敌军部对汪伪中央政权的不加支持，而迫使本□大□辞职归去。大家都知道，本多是扶植汪逆政权最力的人，年来他曾为"完成国民政府"而多方奔走呼号，他原想把汪逆政权伪装为"中国人自己的政权"，借以对外欺骗国际，对内愚弄沦陷区的民众，此种作法，既深为军部所不满，则今后汪逆，自必变成革新派军人指挥刀下的不折不扣的十足傀儡，从此，汪逆之任何独立的权力，那怕是极端微末的，亦将完全被剥夺殆尽。据去月重庆电传，南京群丑，因鉴于太平洋形势转□以及日本内部亲汪反汪派的斗争之激烈，而深感"汪政权"有崩溃之虞，纷纷购买外汇，企图逃亡海外。由此也可看出汪逆政权之动摇不定了。

在对外关系上，日寇欲澈底肃清和强占英美□国在沦陷区内的一切权利；战争发动后三四天，日寇即在天津接收英法租界内之存银五千五百万元，在上海则抢劫公共租界内的仓库，同时上海海关督利得利区，又复被伪南京政府免职，而代之以日人广吉继任。再□伪"满"在对英美开战之第二天，长春即举行"反英美游行"示威。总之，日寇今后将肆无顾忌地澈底排除和掠夺并吞英美各国在我沦陷区内的一切权利资源等等。从此，也不难想像，日寇为了确保其占领区，以便进行各种榨取，今后对敌后抗日根据地之"扫荡"，亦不会放松，甚至正面的战役进攻，亦非完全没有可能。正如本报在许多文章中所指出的：此次大战，对于中国的影响，还不能过早估计日本将减弱对华的进攻，日本为获得南进的后方安全，决不会停止对华的进攻。

综上所述，日寇今后在沦陷区的动向是：经济上实行空前残暴的掠夺和榨取；政治上更进一步控制伪政权，使伪政权更加傀儡化，加强对人民的奴役和统治；在对外关系上，澈底排斥英美各国的权利，和并吞英美各国在沦陷区内的一切资□事业；事实上，不放松对敌后抗日根据地的"扫荡"，和甚至继续发动正面的战役进攻。一句话，日本今后将更进一步使沦陷区殖民地化。

中国沦陷区问题是"日本帝国主义的生死问题"，因而也是敌我斗争的中心问题。敌人要用一切方法确保沦陷区，而我们对相反的，要用一切方法把它从敌人的铁蹄之下解放出来，使之成为自由的土地。太平洋战争的爆发，一方面固然促使日寇对我沦陷区进行空前黑暗的统治，和残暴无情的掠取，亦即把沦陷区更进一步推向殖民地化，但是另一方面，也由于太平洋战争的爆发，而给予沦陷区的解放以有利的条件，使之更快的向着真正自由幸福的新中国逼进。沦陷区的解放，基本上应该有赖于积极的准备战略的反攻，同时我们还应该"向中国沦陷区的人民进行反对日本法西斯的更加广大的宣传鼓动，为建立日本内部的反法西斯阵线斗争"（中共为太平洋战争的宣言）。

（原载一九四二年一月六日《新华日报》华北版第一版社论）

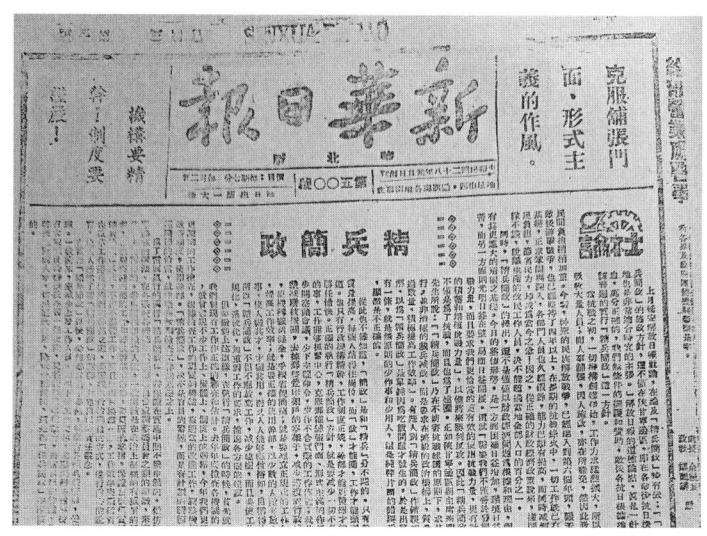

精兵简政

上月延安解放日报社论，在论及"精兵简政"时有云："'精兵简政'的施政方针，这不仅在陕甘宁边区，即在各敌后抗日根据地也是非常适合时宜的主张。"解放日报的这种论点，真是一针见血、万分正确的，我们无条件的拥护和赞助，敌后各抗日根据地应该普遍的实行"精兵简政"这一方针。

当抗战之初，一切机构创建伊始，工作力求猛烈扩大，所以要吸收大量人员；而人事铺张，因人施政，亦在所难免，然因此致使民间负担稍稍加重。今者，神圣的民族解放战争，已经进入到第六个年头，艰苦的敌后游击战争，也已经坚持了四年以上，在长期的抗战烽火中，一切工作既已打下基础，正求巩固与深入，各部门人员也久经锻炼，能力已颇有提高，而同时减轻人民负担，节省民力，却成为当今之急！因之，从正确的财政经济政策说来，撇开军队不谈，脱离生产的政民工作人员，决不能超过当地全部人口的百分之一。

同时，"精兵简政"的提出，还不是仅仅以财政经济问题为根据和理由，而实有其更远大的着眼之基础。今日的整个形势，是一方面困难日益增加，环境日益艰苦，而另一方面则光明日益在望，局面日益开展。这就"需要我们不仅善于发掘抗战力量，而且要求我们更恰当的更有效的使用抗战力量，更有计划的积蓄和培植抗战力量"，以备将来胜利反攻。因此"精兵简政"不仅是为了抗战，而且也为了建国。正如陕甘宁边区副主席李鼎铭先生所说："'精兵简政'乃在不妨害抗战建国的原则下，求其实行，并非消极的裁兵减政，而是要求在繁纷的政治机构上，质量胜过数量，积极提高工作效率"。有些人对"精兵简政"作错误的了解，以为"精兵简政"是单纯因为吃饭问题才发生的，于是出路只有一条，就是无原则的少作事和少用人，这是纯粹片面的错误看法，显然是不正确的。

从此也不难知道，"简政"是和"精兵"分不开的。只有干部质量提高，每个人站得住岗位，而"政"才能简，工作才能头头是道。也只有行政机构精干，工作制度正规，干部才能更发挥才能，胜任愉快。正确的执行"精兵简政"方针，就是要减少一切不必要的事，工作能够抓紧中心，克服那种铺张门面、形式主义的作风，少开空头会议，少下主观命令，少作不合实际的工作布置，就是要裁减骈枝机关，去掉那些叠床架户的空架子，减少繁琐的行政手续，使机构灵活健全，手续省便简捷；就是要建立正规化的工作制度，提高工作效率；就是要正确的使用干部，以少数的人□多数人的事，使人尽其才，才尽其用，而又人人能够应付裕如，自称得位。所以"精兵简政"不但不应放弃工作，减少建树，而且要使工作正规化、系统化，加重对工作的要求，推进各方面的建设。

但要做到上述这样，在执行"精兵简政"的时候，首先就要求我们对现有工作作正确的审查和估计。去年年底检查各机关的工作，就曾发现不少工作上、机体上、制度上的弱点，今年我们更须作更深刻的工作检查，根据检查工作的现实的总结，来适当的改进工作，调整机构，改善制度，使用干部。"精兵简政"，决不是盲目的紧缩，而是有计划的调节，这种调节的恰当，就建筑在□刻检查工作的基础之上。

为了雷厉风行的厉行"精兵简政"，并保证在实施中间不发生偏向，□仿陕甘宁边区的办法，在各系统机关□□委员会或调整委员会之类的组织，来专司□□□□□的。参□这□组织的人□，一□应该是在政治上坚强的有威信的领导者，□们对□□内部的工作和每个干部的情形，要更了若掌指，保证在□□实行"精兵简政"以后，不但不影响工作，□且□□□焕然一新，工作效率突飞猛晋。而在改革工作□更机构调整干部之际，必需采取政治动员的方式，进行耐心的说服教育，使人人透澈了解"精兵简政"的意义，加重自己的责任观念。

在实行"精兵简政"以后，干部必有若干多余，□应□各种具体情形，妥善处理。一般说来，应减少上层工作人员，□□下层工作□□，尤应开办各种学校，号召大家乘此时机进校学习一些技能，更益提高自己能力，丰富自己的□□，作为将来□□的人才，切忌□□□用，降低□部情□，这是在"精兵简政"中应该注意的。

（原载一九四二年一月七日《新华日报》华北版第一版社论）

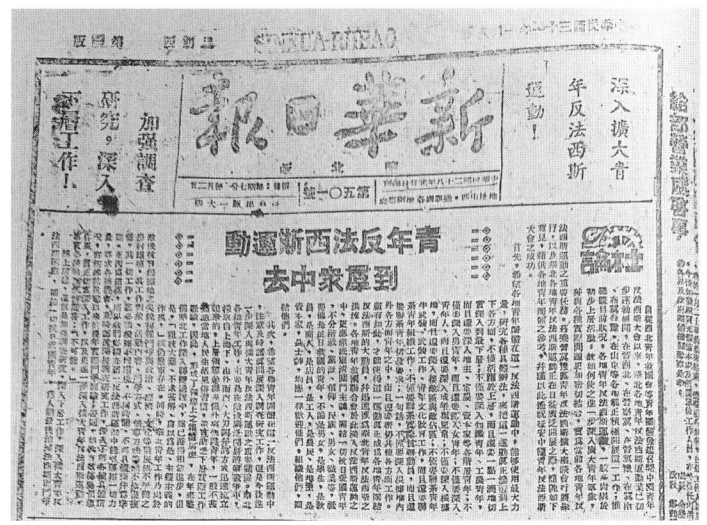

青年反法西斯运动到群众中去

自从西北青年救国会等青年团体发起召开中国青年反法西斯大会以来，华北各地青年反法西斯运动业已初步蓬勃展开，在晋西北、在晋察冀、在晋冀豫、在冀南、在冀鲁豫、在山东等各地都正积极开展这一工作；惟总观目前状况，各地青年反法西斯运动，一般多尚限于初步上层活动，故如何使之进一步深入广大青年群众，并与各种实际问题更加密切结合，实为当前各地青年反法西斯运动之重要任务。兹乘晋冀豫区青年反法西斯扩大座谈会行将举行，以及华北各地青年反法西斯运动正在日益广泛开展之际，简陈如下意见，藉供各地青年团体之参考，并谨以此遥祝延安中国青年反法西斯大会之成功。

首先，希望各地青年团体在这一反法西斯运动中，能够使用最大力量，研究各种具体办法，来把这一运动真正渗透到上下各方面，不仅活跃于上层，而且还要一点一滴地切切实实深入到最下层；不仅要深入知识青年、工农青年，而且还要深入地主、富农、资本家等各阶层青年；不仅要深入男青年，而且还要深入女青年；不仅要深入青年人，而且还要深入成年与儿童；不仅要深入根据地，而且还要深入接敌区与敌占区；不仅要联系青年半武装、武装工作、青年文化教育工作，而且还要联系青年组织工作；不仅要联系实际抗战动员，而且还要联系青年切身要求；一句话，不仅要深入根据地内外各方面青年之中，而且还要密切其他各方面工作。只有如此，才能使得这一运动真正成为各地青年团结反法西斯的大动员，并迅速汇为华北青年反法西斯之洪流。各地青年救国联合会于此深入反法西斯运动之中，更应澈底肃清关门主义，团结一切抗日爱国青年，不分阶级、党派、信仰、民族、男女、职业等，只要他是抗日救国的青年，不论是男女，是学生，是教员，是商人，是店员，是工人，是农民，是地主，是资本家，是士绅，均应一律欢迎他们，组织他们，团结他们。

其次，希望各地青年团体在这一反法西斯运动中，注意及时认真开展深入调查研究工作，这是今后进一步深入与扩大青年反法西斯运动之重要关键。华北各地青年工作，主要是在敌后广泛开展游击战争中，采取自上而下、由外而内、大刀阔斧的方式迅速建立起来的，上层领导干部多系外来知识青年，一般不甚熟悉当地人民生活风俗习惯，并且缺乏下层实际工作经验，因此，形成了领导上之粗糙马虎，在年来整个华北工作深入转变过程中，虽已获得相当进步，但是，"粗枝大叶、不求甚解、自以为是、主观主义的作风"，确仍严重仍在。同时，华北青年工作乃处于敌后抗日根据地之尖锐复杂斗争与政治、经济、文化等发展极不平衡之农村环境，其工作对象、活动内容、斗争方式、领导方法等无不极尽复杂，其一切工作，都必须根据不同环境、不同时间、不同具体条件为准则。正因为这样，所以我们必须在这一反法西斯运动中能够运用一切力量，寻求各种机关，及时认真开展调查研究工作，深入了解各种具体情况，详细总结抗战以来的几年实际斗争经验；否则，如欲有效转变领导作风，真正切实深入工作，以及更进一步深入扩大青年反法西斯运动，事实必将给以无情回答："不可能。"

综上所述，这就是加强调查研究，深入下层工作，深入扩大青年反法西斯运动，团结一切抗日爱国青年，为人类最后消灭法西斯而斗争。

（原载一九四二年一月八日《新华日报》华北版第一版社论）

中国协助同盟国的主要方策

日寇在太平洋上暂时得到了优势,侵略的凶焰笼罩着亚洲的东南半岛,中国人民对菲律宾、马来半岛、荷印、澳洲的英勇保卫者们,寄与最大的同情和关切。他们的命运和我们是祸福与共、休戚相关的,我们不仅要密切注视他们艰苦的战斗,而且应当慎重研讨协助他们的有效方策。

在马尼剌弃守,新加坡紧张的情势之下,我军一部精锐,开入缅甸,这是我们对于英美友邦同仇敌忾的表示,更是反侵略各国在远东统一行动、加强团结的开端。在实际战斗中,我们这支劲旅可能对于马来半岛上的敌军,予以侧面袭击,给防守新加坡的勇士们,以实际的帮助。这支军队,对于滇缅路的保卫,更有重大作用。滇缅路不仅是中国接受友邦物资的重要孔道，同时又是英美的优越军事装备与中国广大兵源相接合的重要工具。在这种关系上说来，我军入缅，对于协助友邦进行太平洋反侵略战争，是有意义的。

不仅如此，我国这个行动，又可鼓起南洋各地侨胞协助友邦积极参战的热潮，在一月来的战争中，各地侨胞，对于□夺地的保卫工作，已有重大的努力。新加坡侨胞，在陈嘉庚先生领导之下，已经成立了总动员委员会，□□警察队、劳动队也纷纷成立。我军开入缅境，将□各地侨胞更为兴奋，在各地的保卫战中，更踊跃的出钱出力，杀敌致果，在日寇占领的地区上，则学习祖国的经验，开展群众的游击战争，对于汪逆傀儡助纣为虐、招摇撞骗的罪恶活动，则予以无情的揭露和打击。凡此一切，都将在长期艰苦的太平洋战争中，发挥其应有的作用。

然而这里不是说，我军出国□□是协助同盟国的主要方案，应当说，这个主要的方案，还应是坚持中国立场上的战斗，在中国战场上打击敌人，消耗敌人，以至归还敌人，配合友军在太平洋其他区域的战斗。目前烽火弥漫五大洲，参战者达数十国，这样庞大而复杂的机构，欲求其效力发挥至最大限度，必须有两个条件：第一，是经济军事资源的共同使用，这样使反侵略各国可以截长补短，有无相通，而整个阵线，得以加强；第二，分工合作，各守岗位，积各部份的胜利，为总的胜利。不久以前，在华盛顿、莫斯科、重庆所举行的会议，以及二十六国所签订的联合宣言，都是为了解决这些问题。关于资源的共同使用，这里暂置不论。至于各战区的划分和协作，据我们所知，已经定有欧陆、北大西洋、地中海和菲洲、西南太平洋、中国等战区，这些战区，在责任上已有明确的分配，虽其间不无轻重缓急之别，但必须每个战区各守岗位，各得胜利，然后才能有整个的胜利。我们所负担的是中国战区，我国□□□□委员长已兼任中国战区□□军的统帅，这样，我们在反侵略阵线中的主要职责，就在于坚持中国战场上的战斗而不在其他，这还不明显么？

这种分工，是在其充分理由的，就中国的力量说，我们基本上是陆军国家，对于陆地战争，较有经验，而且以本国人民进行保卫祖国之战争，自然易于取胜；就中国地形说，从南海到□阳，在数千里的土地上，到处都是打击日寇的最好根据地；就日寇的力量说，百万大军，陷在中国抽不出来，而且他进行长期战争，又必须求助于我沦陷区之人力和物力，因此我们如能举行出击，准备反攻，牵制它更多的兵力，消耗它更多的资源，打破它"以战养战"的阴谋，那便是严重打击它的民心和士气，因此，也将是对于同盟国的最有效的帮助。

而且目前我们还有更着急的任务放在面前，这就是击退敌人新的进攻。寇军以十万之众，猛犯长沙，湘垣城郊，激战多日，我军虽获胜利，但这并非说日寇再也没有可能向我作新的正面进攻。因此，无论为中国自己，为了反侵略阵线的利益，或者为了中国在分工合作上的职责，都要集中全力，击退日寇对于任何地区的进攻，粉碎它在任何战场上的可能的蠢动，然后自己才能发动攻势，以至举行全面反攻，使它疲于奔命，不能在中国立足。果真如此，则日寇□狡，也难在太平洋上趾高气扬、不可一世了罢。

但当此强敌在前，寇□深入之时，有些人不作实际的打算，却幻想于海外的远征，不在自家屋内捉贼，却要远重洋到荷印澳洲去救火，这种大志，诚可钦佩，不过实际结果，倒值得注意！且不说中国军队对于远涉重洋，既少训练，又缺乏装备，不能不遇到严重困□，即以此种空想而论，它难道不是对于目前保卫长沙或其他重要城市的具体任务，分散心力妨碍其贯澈么？

美国的现实主义，闻名于世，久知其主要内容，就是实事求是，埋头苦干，有几分力，做几分事，此种美德，是值得学习的。当全国对于西南太平洋战局表示极度关切之时，我们愿献一言：中国协助同盟国的主要方案，是在中国战场上坚持战斗，首先是保卫重要地区，打退日寇任何新的进攻，并在数千里漫长的战线上准备全面的反攻。

（原载一九四二年一月九日《新华日报》华北版第一版社论）

马尼剌弃守后的太平洋战局

在马来亚与菲律宾战事紧张之际，荷印各地已频告寇□，在北婆罗洲（英属），西甲伯□岛与新几内亚岛各地，皆有日寇登陆，同时苏门答腊北端棉阑，亦遭受日寇降落伞部队的袭击。马尼剌失守后，荷印失去屏障，形势更形危殆，日寇对荷印的大规模进攻，已迫于眉睫，荷印的争夺战，将成为太平洋战争中的重要一幕。

日寇进攻荷印之目的，首先是为了包围和孤立新加坡。日寇陆军正在马来半岛上着着进逼，日寇如能攫取荷印，则可以封锁爪哇海与马六甲海峡，而使英美的增援难于达到新加坡，这样来削弱西南太平洋上反侵略国家最重要的据点。其次，荷印群岛拱卫着澳大利亚的北岸，荷印如入敌手,则澳洲便受日寇的直接威胁,而澳洲正是英美在西南太平洋上的后方。再则,荷印富产煤油,掠夺这一战争必需之原料,亦为日寇进攻荷印的目的之一。

荷印群岛自东至西,绵亘数千哩,荷印海陆空军薄弱,加以自菲岛撤退之美舰队,在数量上仍远逊于日寇,以劣势之兵力,防守无数的岛域,其困难自可想见。因此日寇进攻荷印,可能获得某些新的成功,而使西太平洋局势更趋严重。

在太平洋战争爆发之时,有些人以为不出两三星期,美国即可以自菲岛反攻,获取胜利,易如反掌,马尼剌之遽告陷落,显然出于这些人意料之外,战争的进程,已证明速胜论的错误。由于日寇的暂时胜利,速胜的情绪又可能转变为相反的方面——悲观的情绪,可是这种悲观的情绪,同样亦是不正确的。速胜的情绪,由于□看见反侵略国家,特别是美国的庞大国力,而不知把这潜在的国力,在太平洋战争中发挥出来,尚需时日;悲观主义者则震慑于日寇目前的胜利,而忘记了太平洋战争的最后胜负,还须要取决于战争的性质(正义的或非正义的)和交战国双方国力(人力、物力与财力)的对比。

日寇占领马尼剌后,会大吹大擂,宣称"粉碎了"民主阵线最重要的一环。然而事实上太平洋上反侵略阵线不但没有削弱,反而大大增强。在二十六国反侵略协定之后,西南太平洋统帅部即告成立,形势乃为之改观,如果说这以前日寇的力量是集中的,而太平洋反侵略国家,则有力量分散和相形见□之慨,那末反侵略国家这一弱点将随着联军统帅部之成立而逐渐消除,他们将有效地互相配合,成为一个整个的战斗体。

西南太平洋是一个广大无伦的岛屿世界,目前日寇在占有优势之时,固不难乘间蹈隙,略取防御薄弱的岛屿,但是它不可能肃清所有岛上的抗日武装。日寇残杀泰□与马来人民的消息,遍传南洋,激动了千百万土著人民的义愤,这些人民一旦组织起来,获得接济,将星罗棋布的岛屿变成无数抗日堡垒，这将形成岛屿游击战争的伟观，而使日寇陷入进退维谷的困境。不难想象，在荷印的争夺战中，富有斗争传统的七千万印度尼西亚人民，必皆奋起杀敌，还是可以预言的。

今天关系远东全局的要塞新加坡，诚然有被包围和孤立的危险，但是由于新加坡防御设备的坚强，由于马来亚军民的誓死抗敌，由于缅甸境内英军源源增援与我军一部开入缅境，威胁南下马来亚的日军侧翼，一般估计，新加坡要塞不至于短时期内失守。只要这个堡垒一天不失，则日寇在西南太平洋上已经获得的据点，便一日不得巩固，日寇将南海变成为自己的内海的计划，亦一日不得完成，一到英美的能力大批增援之时，新加坡将成为同盟国海空军反攻的前哨据点。至于幅原辽阔的澳洲，既非日寇所能全部占领，而美澳间在南太平洋之交通，亦非日寇□能□断，这就保证美国能够逐步增援。日本美国军事生产与扩军的进展，不特□□西南太平洋上的力量对比将逐渐变化，而且在太平洋上阿留申群岛等地，亦可能成为美国的空中堡垒，威胁日寇的据点。以飞机生产而言，美国现已□到□二千架之□，不久将超出三千架，而日本□□□不过每年二千五百架，□此一端，已足证明力量的转变，反侵略国家是决不会弱于日寇的。

马尼剌失守以后，西南太平洋战局是更加严重了，但是由于反侵略国家的加紧团结和努力，转败为胜的因素，已□见端倪。正视目前的严重局面，抱定最后胜利的信心，只有这样，才能勿骄勿绥，站稳自己的战斗岗位，完成太平洋上反侵略阵线一份子的战绩。

（原载一九四二年一月十日《新华日报》华北版第一版社论）

对症下药

——希望于十五日文化人大集会

用老老实实的实事求是的精神，给当前文化运动呈现的病态，来一个"对症下药"，应该是这次本区文化人大集会的重要任务。

当前敌后文化运动主要症候为何？一句话。它的广泛性与深入性未能同今天根据地建设的发展相适应，还未能和目前所展开的对敌斗争，密切配合。但这绝不是说，敌后文化运动在抗战的烽火中没有丝毫的贡献，我们五年来光辉的发展成果，是谁都不能否认的，问题在于文化工作的"八字步"，赶不上战争与人民的"跑步走"。因之，应当用严格的自我批评的精神，做一个深刻的检查。

设想本区文化运动的全貌，有人这样说："上边没有研究创作的风气，下面缺乏与群众血肉相关，利害相连的文化运动"，这句话，平心静气想来，是有相当理由的。各种文化性质的研究会，成立得不能说不多；然而，在政治上、文化上、思想上提供各种具体知识，进行新的启蒙教育，却是凤毛麟角。根据地各方面都在发生着新的变化，怎样认识它，以至于进一步给以指导和推动，在理论阵线上也还是异常的薄弱。研究风气的没有形成，正表示对于现实的深度还摸不着边际，现实与理论分家，创作也就一定贫困。我们曾经听见很多从各地带来的声音说："知识份子对硬性书籍吃不消，软性的启蒙的书籍又找不着，以至于看济公活佛"，"农村剧团成立了许多，干部也很热心，就是不知道怎样做，没有剧本"，"小学教员不知地球是方的还是圆的"，"干部看报不知道昆明是属于那个国家"，"农村没有文化娱乐工作，民革室做不起来"等等，这充分证明，今天文化运动还不是蓬勃的群众性的运动。因此，群众的需要并未能满足。团结知识份子的整个文化工作中的呼声，一向是很高的，然而，从各方面去满足他们思想上的要求，解答他们各种大小问题，却是异常的不够。农村中群众文化娱乐工作一向是为人重视的，然而，我们却还没有同群众在一起，未发掘出群众自己喜见乐闻的各种形式与内容。

正确的方针已经确定，正确的文化政策也已确立，现在的重要问题，是进一步寻求正确的工作方式与作风，进一步建立具体的工作，在过去，在作风上一般的还表现了浮浅，不切实，粗枝大叶。在研究工作上，往往不能从丰富的具体材料出发，缺乏不放松一切小问题的科学的研究精神；在实际工作上，则常常与现实斗争与群众脱离。眼睛不往下看，结果文化脱离群众，群众性的文化运动也就不会形成了。在新文化人与旧文化人，外来文化人与本地文化人的结合上，至今也还没有显著的成绩，这是一件很苦的组织工作，应该以互相尊重、互取所长、互促进步，来代替过去一些冷淡隔离的现象。文化运动深入性不够，这与培养□方文化干部不够，以及发扬民间性的地方文化不够是不可分离的。这次文化人大集会，正是应当进一步团结、进一步集中力量，进一步开展对敌文化斗争！

不难想像，在新的政治形势面前，这次集会意义之大。更重的担子需要一切文化战士们勇敢的负担起来，但这不应该是铺张、烦琐；大而无当的工作计划，结果定会像水泡一般的消逝；应当用双手去接的，却是一点一滴的深入工作。不是在落后的农村里，去建筑自己的艺术之宫，而是到群众中去提高落后；不是在同敌人白刃相接的场合里漠视现实，而是面向敌人，进行尖锐的斗争。这就要取消教条主义的学习方法，取消抽象的政治噪声，取消一知半解自以为是的作风，而要进一步认识在战斗中各阶级复杂而细微的全面变化，认识敌人，深刻的体验生活，最详密最具体的进行调查研究工作。在这方面，应当找出事物发展的规律，同时，也应该更尖锐的磨练出锋利的思想武器。

每一个文化工作者，应该进行这一准备，更要有勇气的去进行艰苦的实践。这次文化人的大集会，就是一个有历史意义的开始，这次大会的精神与内容，都将贯澈着这一要求！

在新的对敌斗争形势面前，要求我们力量的统一与集中，应该检讨出过去的统一常常流于形式；形式上的统一并不等于火力的集中，现在，不是另起名堂，再做一副架子的事，而是要真正朝着敌人集中火力，统一对敌宣传，揭发和打击敌人致命的一点。这次文化人大集会，中心正是在于对敌，在于集中火力进行各种宣传鼓励。

这次大会是一二九师政治部与中共晋冀豫区党委共同召开的，这正表示了今天全面的斗争的开展，正有待于文化战线上的协力，我们相信，大会将获得圆满的成就。

我们更相信，一切文化战线上的战友们，都以最愉快的心情，在克服接近胜利的困难中，在严重的对敌斗争任务面前，接受五年来宝贵的斗争经验，向着崎岖的路上，迈开壮健如飞的步子而前进！

（原载一九四二年一月十二日《新华日报》华北版第一版社论）

我们的困难在那（哪）里

我们常常大声疾呼："困难！""困难！"现在又要求我们咬紧牙关□过今后两年最困难的斗争，究竟我们的困难在那里？军事上没有办法么？政治上没有出路么？都不是的。军事上我们是充分有办法的，而政治形势的有利于我也是空前未有的，我们的困难主要在于财政经济，在于富源物力，在于军需民生的维艰。

战争是财力物力的总的角逐，战争所要求于资源财物的是无比的庞大，其损耗是无法胜计的。希特勒进犯欧陆，每日的消耗总在一万万六千余万马克之间；美国参加世界大战，准备每年以国民总收入之半——五千万万元，来充作战费；日本侵略中国的战争，五年当中也已经化了二百六十二万万日元，敌后抗战规模虽然没有这样大，但是因为后方没有接济，一切均用之于民，取之于民，完全要依托当地，再加上战争的破坏和损耗，数字也是着实可观的。

我们负担是两方面的，一方面是敌寇的摧残和掠夺，另方面是本身支应战争的需求。别的不说，每次较大规模的"扫荡"，民间损失动辄在千万以上，日寇对于异民族的掠夺，是丝毫不留余地的，这正是它野蛮的封建帝国主义进行侵略战争的目的。大批的壮丁被输送出境，好多劳动力被征充作军事苦役，民间的土地资源被搜括，财物蓄积被掠夺，甚至桌椅门窗盆甕针线之微均被抢劫以去，人力物力的损失是不难想像的。我们抗日民主政府是人民自己的政府，是处处为人民着想的，所加于人民的负担，比以往官僚政府轻得多。据边区政府戎副主席在晋冀鲁豫临参会上的报告，本区人民负担是每人每年十一元七角二分，以目前物价高涨的情形计算，约合战前一元三角，而战前山西人民每人每年负担在四元以上，就是说，仅抵战前三分之一。然而，在根据地创建伊始，由于各方工作猛烈开拓，人事施政数倍增加，曾经有一个时期开支是相当浩大的。此外，严格地说来，民兵作战破路，自卫队站岗送信，以至于支应差役、集合开会等，在在都要化费人民的精力和时间。劳动生产力的减弱，相对地影响到民间富力的增加。

华北各省本来并不怎样富饶，民国以来，战乱频仍，人民被灾不深重，"九一八"以后，又经常处于特殊化状态，军阀的剥削加上日本帝国主义的吮吸，更使民间元气大损，大多濒于山穷水尽的境地。这五年敌后抗战是在最艰难条件下支持过去，虽然因我们是正义的民族解放战争，民众自觉地勉力供应，毫无怨言，但无庸讳言的，战争的担子是加在老百姓身上的，民间富力一般已经很大减弱。这是一个天大的问题，凡是我处身敌后的每一人士所应寝食不忘，日夕□思的。

正因民间总的富力降低（包括人力物力财力），元气受到损伤，财政经济的基础减弱，各方面的困难亦就旋踵而至，最显著的一点，是生产不能□度的提高，物价上涨，军民日常生活不能不感到困难。对于这种现实的困难，我们全体军政民不能没有感受。但是对于困难和困难程度的认识，各人却大有差别，一般说来是非常不够的。有些人还抱着一种侥倖图存、得过且过心理，以为吉人自有天相，天无绝人之路，任你把困难说得如何严重，以为总会照样过去的，正唯如此，始终还难免大家□式，不知艰难，在对人力物力的使用上，就不能完全做到节约，就难免还有浪费，也就使我们的困难格外增加，这真是一种天大的罪恶！

现在我们已经把问题正面提出，今天敌后抗战能否坚持下去，不在别的，而在我们的财政经济是否能够支持，我们的根据地能否养活我们自己，能否自力更生，能够再打上几年而财政经济仍有办法。这是我们眼前决定生死存亡，最现实性的问题。只有真切认识这点，咬紧牙关，埋头苦干，在财政经济上打破难关，不再增加人民负担，维持人民的抗战积极性，我们才能破风排浪，抵达胜利的彼岸。

然则，我们的出路在那里呢？我们的出路只有一条，这就是□华北最高领导者彭德怀同志所提出的精兵简政，节省民力和增加生产，培植富力。在今天这样情况下，为了减轻人民负担，提高工作质量，巩固自身力量，以备将来反攻，我们的兵不能不精，政不能不简，根据地脱离生产的人员，一般不能超过当地居民人数的百分之三。我们提出这样的标准，是有充分的科学和客观的根据的，一方面是根据人民负担的力量，他方面是根据战争的要求，少了不能坚持抗战，坚持工作，坚持阵地，多了便养不活。至于增加生产，则是克服困难的另一方面的最基本的方法，必须从各方面入手。主要是农业，但工业也决不能例外。今天多增加一分生产，不论收获归谁，归地主或农民，资本家或工人，要之，都是增加根据地的财富，增强民间元气，增加抗战力量。因此，我们要竭尽一切力量，来增加生产。

要实行上述这个方案，首先要求我们对当前的困难有更深刻的体会和认识，特别是干部，尤其是高级干部，今天谁不关心财政经济问题，谁不了解民困，谁不体念时艰，谁就不是好干部。今后无论安排一件什么工作，使用一件什么东西，甚至个人的一言一行，一粥一饭，都得先替人民设身处地着想，先从财政经济着眼，先由整个全局设想，只有干部首先真正认识困难，然后把这种认识和观念贯澈到下层，到每一个军民中去，大家一致自觉地随时随地注意节省人力物力，努力生产，所谓众志成城，众力举鼎，困难也就迎刃而解！

（原载一九四二年一月十三日《新华日报》华北版第一版社论）

敌军工作是反攻的先锋

最近华北的敌军接连发生了两次同样性质的巨变,据新华社晋察冀八日电:"……晋东北山阴县日兵十名,前日携带全部武器出走,投入八路军,并带来机枪两挺,到达我军某部,受到热烈欢迎与崇敬。又上月二十九日,晋东北盂县下社据点日兵六名,亦出走投入八路军,并携带武器,现已到盂县某区公所,与我部队取得联络,备受优待与热烈欢迎。"这真是值得我们严重注意的事件。

抗战以来,敌兵自动投降我军的事件曾时有所闻,尤其在太平洋战争爆发以后,敌军动摇、反战来归的消息,几乎是连篇累牍,那大多系出自个人的动机。如不愿出征,与长官冲突等等,只是一种无计划的个人的单独行动;而这次事件，却大异其趣了。此次两批日兵的自动来归，是在反战的意图之下一种有计划的集体的行为，而且是在同一地区连续发生的，这种事件，在过去四年半中间，确属罕见。

这个事件表示什么？那是日本军队行将崩溃的象征。在这种意义上，这是一件对于我国抗战的将来、对于太平洋战争的将来、对于日本帝国主义的将来是一种有历史意义的事件。

什么使二十几年来受过日本帝国主义武士道教育的日本士兵，采取这种革命的行动呢？

因为第一，长期的对华侵略战争，不但使们疲惫，使他们厌恶，使他们悲观，而且自入春以来，敌人所进行的南进和北进准备，给予他们以新的痛苦和不安，华北方面日本士兵的生活，日益恶化，去年以来，他们多吃包谷杂粮，来代替米饭，冬季则发给棉服来代替呢军装，军饷有时迟发一两月。加之，因为兵员的减少，便不得不以少数的兵员来担任警备，或参加战斗，这便加倍的增加了他们的危险与不安，因而装病逃避警备和作战的事情，成为士兵间的风气。再则他们回到日本本国的希望更加减少了。目前驻扎中国业已四年和三年的士兵，大大增加。不但如此，即幸而可以退伍返国，但不久又被动员征调出来，因此有退伍仍愿留在中国工作者，渐渐增加，甚至还有不愿退伍的士兵出现。这些厌恶战争的老兵，为着泄愤起见，对于新兵时常加以欺凌虐待，野蛮的暴行事件，在队伍中频繁的发生。

此外，从敌国寄来的音信，总是哭诉生活的痛苦，慰问袋的数目减少了，它的内容也极端弱贫贫了，这些事情，都使士兵的心日益阴暗。

尤其是从去秋以来，为着开始南进和北进而进行的驻华部队的调动，在士兵中间引起了一种惶恐，他们大部份厌战和害怕在赤道炎热之下和英美作战，害怕在冰冻的西伯利亚去和红军作战。因此，在日本军队内逃亡自杀者，急速增加了。

上述一切情形，促进了日本士兵的觉醒，他们当中的进步份子，开始知道了战争的本质，特别是当他们亲眼看到华北日军高级将官的那种奢华的生活、大资本家们在华北亦获得丰利，更听到岛国之内军需资本家大发战争财的时候，他们怎么能不有所憬悟？！

可是在促进日本士兵的觉悟上，起了很大作用的，是我军的对敌政治工作，以及日军内部的日本共产党员及反战份子的活动（根据日本宪兵的报告，一九四〇年在华北应付监视的日本共产主义者及社会民主主义者有一九一人）；这里，特别应该强调我军对敌工作的成效。在火线上枪林弹雨之中，或深入敌占区危险地带，向敌进行宣传工作的，正是我们的政工人员，他们当中有些人会为完成任务而流了鲜血，他们的工作是最困难而又不容易迅速收效的，但是艰苦奋斗四年于兹，今天终于开始见到一些成效了。下面这些例子，是我们近来常常听见的：譬如我们的宣传品，怎样受着日兵的欢迎；去年四月，某据点日军得到我宣传小册子以后，用线悬挂室中供人翻阅。五月间，楼沟日军士兵，得到我们的宣传品，即藏入衣袋内，与一哨兵偷看，一伪军问他看什么，他说八路军的日文传单，并说八路军内日本人多的有，要我们回国大大的好。又九月离石敌兵将我宣传品及小册子张贴于城内，供大家看。某县敌兵有将我之宣传品装在表盒内，向本国邮送者等等。

然而我对敌工作成绩之最好的实例，还是这回晋东北的两批日兵成队投入八路军的事件。这一事件，可以说在我对敌工作上，是一个划时期的事件，这一个事件，给我们对敌政治工作上一个重大的启示，即在日本军队内部已经存在着使我们的工作能够收到成效的条件；这一件事，给予我们对于将来工作以莫大希望与坚强信心。因此，对敌工作，今后应更加强化、充实，全党全军，应更加给他以帮助与重视。

今天全中国人民、全华北人民的中心任务，是准备反攻，而首先应成为反攻的先锋的，则是对敌工作。以对敌工作来消失敌兵战斗意志，削弱他们战斗力,以便使我们的反攻更容易得到成功。我们口号是:"敌军工作是反攻的先锋!"

(原载一九四二年一月十四日《新华日报》华北版第一版社论)

寄语今日之苏武

当我们怀念到敌占区广大知识份子的时候,一个历史上的人物立刻浮现在我们眼前,这便是留胡不屈,忍辱十九年的苏武将军。苏武坚韧斗争,高度表现了中华民族的伟大精神,而千载以后,在敌占区的无数知识份子的身上,也正寄寓着这种伟大的民族气节。

但是,今日的苏武,生活在敌人迫害与毒攻之中。

不管是敌人特务机关的文件,或是新民会的文件中,都有一条规定:"确实利用支那知识分子,用以征服人心"。敌人拉拢知识分子,曾不惜以巨资创办报章杂志,组织各种团体,用征文引诱青年,摆下了多少迷魂阵。另一方面,当敌人愿望不遂时,则监狱死刑,纷至沓来,而随时随地的精神刺激（如进城必脱帽敬礼），行动的束缚，思想的控制，更是使人喘不过气。

敌人得到了些什么呢？我们可以肯定的说，敌人永远不可能把广大的知识份子，从祖国的怀抱中夺去，"士可杀，志不可夺""舍身取义""杀身成仁"等民族道德，正像血流一般活跃在心中。广大知识份子都隐身自保，坚决不为敌用，间有不得已者，也只是出任一些社会事业，服务桑梓。只有少数认为"做奴隶比死好"的人，才屈膝事仇，但这只是一些腐败的渣滓。在这方面，敌人失败的最好证明，便是大汉奸王揖唐在总结二次"治安强化"运动时所说的"知识份子还抱着观望旁观的态度"。我们也曾听到，晋中一位知名的知识份子，曾为敌人百般威胁利诱，强迫当汉奸，往返十余次，均被严辞斥退，敌老羞成怒，处以极刑割断五指，以致殉国。在冀西，某教育界前辈，敌百般诱惑，坚不为动，数次通缉，至今尚未解除。正太线附近，某名士闻兽蹄踏至，即隐藏山林，实行殡葬，假装病死，表示坚决不二三其志，这些抗战中的新苏武，值得我们钦敬，值得后人景仰，更值得学习。

我们极端关怀这些优秀的中华子孙，我们知道，民族的灾难，带给他们以最大苦痛！在汉奸报纸与杂志的字里行间，我们不难看到青年们忧郁的眼光，在冀西某地所举行的敌占区与根据地私人间的同学会上，我们可以听到愤怒的告诉，敌人要把活的中国人变成死的木偶式的中国人，他们不能引吭高歌、不能谈话、不能读书、不能自由的表现自己的快乐、悲哀、爱慕与希望，除了奴化思想外，他们不能享受一点文化，日本法西斯野兽是最憎恨文化的，"当我听到文化这个字，我就伸手拿起我的枪"，这就是野蛮的兽性的狂叫。在这样的情形下，许多知识份子成天唉声叹气，忧郁疯狂者，不知凡几。太南某县敌占区，半年来竟有五个大学生，在愁苦忧愤中死去。这是令人悲愤莫名的。

在长期苦难的磨难中，敌占区知识份子，也已经认识到没有持久的斗争，一切都不会白白得来，因此他们也进行各种"合法"的斗争，某县敌占区，经过知识份子组织了"耳语运动"；许多地区的小学教员，利用新民小学灌输民族思想，这一切事实是不胜枚举的。而其中最普遍的现象，便是要求抗战的书报杂志；一张本报，在敌占区知识份子手中流传百余次，他们甚至亲自到根据地附近的抗日政府，索取书报，或者写信要求转送，且不惜重金以求订阅，这都证明了随着斗争的尖锐化，在认识上的要求也大大的提高。他们需要正确的了解抗战形势来指导斗争，他们需要了解根据地来丰富斗争经验，他们需要抗战的知识（各种精神食粮），以便自己随着时代前进。

可惜，过去在帮助敌占区知识份子上，我们却做得异常不够。有些同志，常常用主观狭窄的眼光，去认识敌占区知识份子。不了解他们的处境，他们的生活，他们的内心苦痛与矛盾，用根据地的生活习惯，自由愉快等去看待敌占区知识份子，以至对他们轻视，要求过高，错认不出来工作就是不进步，错认在敌占区作社会事业就是投敌，这些错误认识，是必须纠正的。他们不了解殖民地半殖民地半封建社会下的知识份子，是眼光尖锐，革命性强烈，而且是苦难双重的人物。我们必须懂得，不动员知识份子参加抗战，民族解放事业胜利是不可能的。在精神食粮的供应上，我们却远远落在敌占区知识份子要求的后边。我们缺乏各种通俗的入门的读物，更缺乏完善的发行工作。在敌占区，本报还不能源源寄到，甚至有堆在敌我交界地的现象。有时偶然发到敌占区，不是年代久远，便是东鳞西爪。

这些缺点，应该让他同一九四一年一同消逝。我们号召根据地每一个文化人，知识份子，老百姓，每一个共产党员，都要伸出手来，紧紧的同敌占区知识份子握在一起。更希望我们文化战士，想出要多更好的办法，来争取敌占区知识同胞，希望这次文化人大会，对此有缜密的讨论。

目前，正当太平洋战争已逾一月，苏联红军展开战略反攻，国际反法西斯阵线正在空前开展，中国自然更加接近胜利，但敌我争夺沦陷区的斗争，必将更益激烈。因此，敌占区知识份子，要继续忍受艰苦，团结人民，教育人民，进行各式各样方法的宣传鼓动，建立敌占区人民的强大的反对日本法西斯的统一战线，这应该是每一个民族战士的伟大责任，不必犹疑，也不必畏缩，不要等待胜利，也不应悲观消沉，起来，持久的斗争下去！敌人的命运，将如东洋大海上的一个浪花，死亡是注定了的。而我们今日之苏武的责任，正是要领导人民去开辟中华民族的新胜利。

（原载一九四二年一月十五日《新华日报》华北版第一版社论）

新大陆上的狮子吼

珍珠港被炸,马尼剌失守,自建国以来,"山姆大叔"从未有遭受如目前的挫折,毋怪全美人士认为奇耻大辱,誓雪此恨。

美国为什么在太平洋遭受暂时的失败?除了日寇先发制人,并占战略地位的优势以外,美方准备之不足,实也不能辞其咎。溯自前年法国崩溃以后,美国已开始整军经武,然而孤立主义之遗孽未除。"黄金可代子弹"的幻想,亦未尽驱除,以致国防生产不能百分之百的完成,而供人享用的时髦汽车和其他消耗品,仍然耗费很大数量的生产力;海陆空军的人员配备和武器,则未能迅速赶上战时的水准;至于远隔重洋的战略据点,更未能有坚强之防御设备,关岛设防问题，因国会中始终议而未决，菲律宾群岛上除了柯里几多尔一隅以外，其他要冲之区，尚沿用十八世纪西班牙统治时代的大炮。松弛迟缓和准备不充分，这是美国国防动态难免的遗憾。

美国在太平洋上的挫折，使某些一向信赖它的人们开始怀疑和悲观，然而这种怀疑和悲观，是没有根据的。美国并不是外强中干的纸老虎，而是拥有实力的真狮子。的确，近年来欧亚两洲的烽火，仍未能完全惊醒它和平主义的幻觉，可是珍珠港上的爆炸声，已经震动了这新大陆上的雄狮，使它怒吼起来，抖擞精神，进行搏斗。

再看从旧金山至华盛顿，"毋忘珍珍港，誓雪此仇"之标语，已出现于通衢大街，正在代替着刺激人们购买欲的商业广告；征求志愿兵之号召一出，不数日即有八万健儿，慷慨投效，甚至孤立主义的林白亦停止其已往荒谬宣传，而向政府请缨。工人阶级的政党□□共产党和工会，更为民前驱，以全力支持罗斯福总统进行正义的战争。目前美国的团结一致与敌忾同仇，远非第一次世界大战时所可比拟。

甲于全球的美国大规模工业机构，已开始为战争服务，汽车工厂正在陆续改装，以便制造武器，工程师和技术工人们，不再绞尽脑汁，设计华丽的汽车样式，而正在精心擘划，制造锐利的武器——飞机坦克等等，来打击法西斯侵略者。罗斯福总统向国会提出了空前的巨额国防预算——五百九十万万元，这预算占了美国每年国民收入之半，这预算在一年内将变成无数反法西斯的武器——飞机六万架、坦克四万五千两、高射炮二万尊、舰船八百万吨和八百万步兵的配备。这些惊人的数字，将使法西斯德国望尘莫及，遑论日本！这些武器不特足以供给建立美国强大海陆空军之用，而且可以接济反轴心的同盟国。

今天美国虽在远东失利，然而在欧陆轴心巨魁希特勒正在苏联红军反攻的前面节节败退，这样便减少了美国在大西洋上后顾之忧，不管日寇怎样逞凶于一时，甚至新加坡万一有失，它仍无法阻止美国海陆空军和物资对澳洲的增援接济。美国国力充分发挥的结果,必有在太平洋上反守为攻、转败为胜的一日。罗斯福总统在美国会中,力言对敌将采取攻势,和邱吉尔首相对美参院演说,谓一九四三年同盟国将获得大规模主动权,都不是信口开河,而是有事实作根据的。

美国已经怒吼起来了!全世界反侵略国家和人士,正在以无限兴奋的心情,欣赏美国进入全面作战的急速步骤。

(原载一九四二年一月十六日《新华日报》华北版第一版社论)

反对寇野蛮的经济掠夺

　　去年十一月十一日开始，敌寇在全华北各地普遍的实行一种"配给制"。什么是"配给制"呢？这是野蛮的法西斯对于殖民地和占领区的经济统制和经济掠夺残暴凶恶的方式。经过"配给制"，它将沦陷区的一切经济资源完全攫为己有，一切工商实业完全操纵垄断，人民的一切衣食住行完全加以控制。在"配给制"下，人们根本丧失了生活的自由权利。"配给制"系由敌人"以战养战"的政策发展而来，在占领东北四省以后，日寇即实行配给制度，无情地吮吸东北人民的膏血，以为进攻中国本部的资本，现在更在华北伸开此种罪恶的血手，进行赤裸裸的搜刮，以供应其新的扩大的侵略战争。"配给制"毒网的□□，充分暴露了日寇侵略中国战争的帝国主义的本质，这就是野蛮的掠夺和抢劫，就是将沦陷区全体同胞，当作奴役和掠夺的对象。

"配给制"的血腥掠夺，是由各方面来执行的，仅就我们所知道的几项来说：第一是在各地遍设各种种类的"配给组合"，强迫一切工厂作坊和商店，无论中外资本家经营的，一律加入组合，缴纳一定的"信任金"，保证遵守日寇所订的一切无理章则，否则便得不到原料和成品，而所出产的商品也根本不得发卖，而作为"配给组合"的主宰的，则是日本顾问和日本的大资本家。这就是说，日寇在沦陷区根本取消自由贸易，禁止资金的自由□动，对所有中外工商业家的动产和不动产，加以暴力的控制，采取大鱼吃小鱼的办法，并吞这些产业。而偶一触犯"章则"，甚至毫无"理由"，便可无条件的随意没收这些资财，这是强盗式的掠夺的一种毒辣方式。

第二是在农村中普遍设立所谓"公仓""官仓"，强迫人民将田间耕作的辛勤所得，缴入那些无底洞中去，然后随意发还入许，成人每日不满一斤，六岁以下儿童□□，五十六岁以上老人，或根本不予一餐一粟，或每日仅予数两，这就等于扼住我同胞的咽喉，要人人永远处于半饥饿状态，转辗于死亡线上，而日寇则将大批米麦，源源运输出境。

第三，在大小村镇，遍设所谓合作社，垄断工商实业，操纵乡村市场，以出奇高价，统制发售日本造的粗劣工业品，复以最便宜的低价，强购民间农产品，根本禁止小手工业和小商人的自由经营，使我沦陷区同胞的日常生活，完全受彼支配，而民间所产的，一丝一缕，亦完全经由"合作社"而搜刮净尽。至于中小工商业既无能力加入城市的"配给组合"，在乡村又丧失营业基地，不能不宣告破产，这是日寇暴力摧残中小工商业，独占吮吸农村财富的一种法门。

"配给制"的残酷掠夺，几如水银高注，无空不入。自从"配给制"实行以来，沦陷区的农村，立时如遭虫蝗□噬，急速走向崩溃，民间以往蓄积，全被囊括一空，大多农家□均至一贫如洗，购买力大大降低，生产情绪一落千丈，其能免于饥饿寒冷者直寥若晨星。城市则市场萧条，工厂商店纷纷倒闭，以天津一地来看，一个月内大商店歇业者高达四十余家之多，造成空前未有之凄惨景象。至于伪钞价格之惨跌，尤为众所目击之现象。在此情况下，敌占区资金纷纷向我根据地奔流，资本家工人联袂投归祖国怀抱，沦陷区同胞对日寇之民族仇恨，急剧增长，到处爆发斗争和反抗的火花，即伪军伪组织人员中，对日寇亦普遍发生不满，遇事心灰意冷，阳奉阴违，以示消极抵抗。由此可见，"配给制"的暴力掠夺，已使沦陷区民不聊生，社会秩序呈现混乱，民族矛盾空前激涨，大有不可终日之势。

为了隐蔽"配给制"的掠夺的本质，压低民族矛盾，日寇便拼命散布各种欺骗宣传，其主要一点，是说实行"配给制"的目的，是在封锁"匪区"，防止"好人"接济"共匪"。要沦陷区同胞忍受一时的"不便"和痛苦，企图以此转移我同胞视线，缓和我同胞不满和反抗。且更选择不同对象，作各种不同的解释，如对有资产者则称，"配给制"是□□"反共"，实行以后可保证资本家攫利，地主收得租金，以博取地主资本家的同情；面对贫苦工农则说，配给制度保证一切必需品的统一供应，可平抑物价，限制商人的居中剥削，以此来讨好贫寒人民。实则"配给制"的本质，首在搜刮沦陷区的资源财富，吮吸沦陷区同胞的汗血，统制沦陷区同胞的衣食住行，使人民沦为其奴隶牛马，而封锁我根据地，则□□其附带的次要的任务。如果没有我八路军在敌后坚持抗战，没有我抗日民主政权与之对垒，日寇对沦陷区的掠夺，一定会更加惨酷与横暴。无□的谎言，掩盖不了血腥的事实，沦陷区同胞已经饱受"配给制"的荼毒，日益明瞭"配给制"的黑幕，愤怒已经无法止遏。

由于太平洋战争的爆发，日寇□沦陷区的经济掠夺必然加甚，随着第四期"强化治安"运动的推进，作为经济掠夺的中心环节的配给制度，也必然会延伸到每个角落、各种品类，沦陷区同胞正陷身于水深火热而无法□脱，我们要展开宣传攻势，号召沦陷区同胞，一致奋起，反对配给制度，反对强盗的野蛮掠夺,不把粮食缴到所谓"公仓"中去,不加入"配给组合";把粮食运到根据地来贮藏,到根据地开□□店作置□。□我抗日民主政府,则更□招抚沦陷区同胞来归,予以妥善的安置与保护,帮助他们解决生活和业务上的问题。

(原载一九四二年一月十七日《新华日报》华北版第一版社论)